BASTEI LÜBBE

Taschenbücher von Margaret Weis und Tracy Hickman
im BASTEI-LÜBBE-Programm

Das dunkle Schwert
20 159 Kind des Todes

Die vergessenen Reiche
28 198 Himmels-Stürmer

28 201 Elfenstern

MARGARET WEIS &
TRACY HICKMAN

Sohn der Verbannten

Fantasy-Roman

Ins Deutsche übertragen
von Eva Eppers

BASTEI
LÜBBE

BASTEI-LÜBBE-TASCHENBUCH
Fantasy

Band 20 161

Erste Auflage: August 1991

Deutsche Lizenzausgabe 1991
Bastei-Verlag Gustav H. Lübbe GmbH & Co., Bergisch Gladbach
Originaltitel: Forging the Darksword
Lektorat: Reinhard Rohn
Titelillustration: Hans Hauptmann
Umschlaggestaltung: Quadro Grafik, Bensberg
Satz: Fotosatz Schell, Bad Iburg
Druck und Verarbeitung:
Brodard & Taupin, La Flèche, Frankreich
Printed in France
ISBN 3-404-20161-2

Der Preis dieses Bandes versteht sich einschließlich
der gesetzlichen Mehrwertsteuer.

THIMHALLAN
N
SHARAKAN
STEIN-
WÄCHTER
AVIDON
BAPTISTERIUM
WALREN
ZITH-EL
GRENZLAND
AUSSEN-
LAND
MERILON
JENSEITS
BALZAB
GRENZE
SHARZAD

Gefunden

Saryon hob den Kopf, blinzelte in die helle Morgensonne und musterte verständnislos seine Umgebung. Im ersten Moment glaubte er, jemand hätte in der Nacht seine Hütte verschwinden lassen und ihn schutzlos einem ungewissen Schicksal ausgeliefert.

Dann ertönte ganz in der Nähe ein knurrendes Fauchen, und die Erinnerung stürzte auf ihn ein, mitsamt der beklemmenden Furcht und dem Wissen, daß er mutterseelenallein den Fährnissen der Wildnis ausgesetzt war. Panikerfüllt sprang er auf – oder versuchte aufzuspringen. Wie sich herausstellte, kostete es ihn schon eine gewaltige Anstrengung, sich aufzusetzen. Sein Rücken schien durchbrechen zu wollen, seine Gelenke waren steif, und er hatte kein Gefühl mehr in den Beinen. Seine Kutte war feucht vom Tau, er fror, alles tat ihm weh, und seine Laune erreichte den absoluten Tiefpunkt. Stöhnend legte er den Kopf auf die Knie und dachte daran, wie leicht es wäre, einfach hier sitzen zu bleiben und zu sterben.

»Wahrhaftig«, bemerkte eine bewundernde Stimme, »ich kenne bedeutende Magier, die es nicht wagen, eine Nacht im Außenland zu verbringen, ohne sich mit einem schützenden Kreis feuerspeiender Dämonen und dergleichen zu umgeben, während Ihr, ein Katalyt, hier unbekümmert schlummert, wie ein Kind in den Armen der Mutter.«

Es dauerte eine Weile, bis Saryon sich genügend von seinem Schreck erholt hatte, um den Urheber dieser schmeichelnden Worte zu entdecken – ein junger Mann saß auf einem Baumstumpf, und in seinen Augen drückte sich dieselbe unverhohlene Bewunderung aus wie in seiner Stimme. Das lange Haar, das auf seine Schultern fiel, war braun wie der weiche Kinnbart und das elegante Schnurrbärtchen. Seine Kleidung entsprach den Erfordernissen der Wildnis: ein schlichter brauner Umhang, gleichfalls braune Hosen und weiche, halbhohe Lederstiefel.

»Wer – wer seid Ihr?« stammelte Saryon und bemühte sich vergeblich aufzustehen. Er war überrascht, verwirrt und schlaftrunken, und als einzige Erklärung fiel ihm ein, daß die FeldMagi jemanden hinter ihm her geschickt hatten. »Ihr kommt nicht aus dem Dorf?«

»Erlaubt, daß ich Euch behilflich bin«, erbot sich der Fremde, stand auf und half dem Katalyten, sich zu erheben. »Seid Ihr nicht schon ein bißchen alt, um Euch nachts im Wald herumzutreiben?«

Saryon befreite sich gekränkt aus dem beflissenen Griff des Mannes. »Wer seid Ihr?« verlangte er streng zu wissen.

»Wie alt genau, wenn man fragen darf?« erkundigte sich der Jüngling und schaute Saryon interessiert ins Gesicht. »Mitte Vierzig?«

»Ich bestehe darauf …«

»Anfang Vierzig«, sagte der Jüngling, nachdem er seine Musterung beendet hatte. »Hab' ich recht?«

»Das geht Euch gar nichts an«, wies ihn Saryon zurecht. Er fröstelte in seiner feuchten Kutte. »Entweder beantwortet Ihr meine Frage oder geht Eurer Wege und laßt mich der meinen gehn.«

Das Gesicht des jungen Mannes verdüsterte sich. »Nun, das ist das Problem. Ich fürchte, Euer Alter geht mich doch etwas an, weil Euer Weg auch der meine ist. Ich bin Euer Führer.«

Saryon starrte ihn an, zu verdutzt, um gleich zu antworten. Dann fiel ihm ein, was Jakobias gesagt hatte: *Es gibt da ein paar Leute, die sich nach Euch erkundigt haben. Sie brauchen einen Katalyten, also könnt Ihr von ihnen vielleicht Unterstützung erwarten ...*

»Mein Name ist Simkin«, sagte der junge Mann und reichte ihm freundlich die Hand. Saryon erwiderte den Händedruck mit einem Gefühl dankbarer Erleichterung, obwohl schon diese kleine Bewegung ihm eine schmerzliche Grimasse entlockte, und er die unter dem Baum verbrachte Nacht bitter bereute.

»Wenn Ihr glaubt, dazu in der Lage zu sein«, fuhr Simkin verbindlich fort, »sollten wir uns allmählich auf den Weg machen. Vor einem Monat sind zwei von Blachloqs Männern hier den Zentauren in die Hände gefallen. Sie wurden förmlich in Stücke gerissen. Ein scheußlicher Anblick, kann ich Euch sagen.«

Der Katalyt erbleichte. »Zentauren?« fragte er ängstlich. »Hier? Diesseits des Flusses?«

»Auf Ehre!« meinte Simkin und musterte Saryon erstaunt. »Ihr habt ja wirklich nicht die geringste Ahnung. Ich hielt Euch für unglaublich mutig, und jetzt stellt sich heraus, Ihr seid nur unglaublich dumm. Dies ist ein Schleichpfad der Zentauren, an dem Ihr geschlafen habt! Und jetzt haben wir genug Zeit vergeudet. Sie jagen bei Tag, wißt Ihr? Nein, vermutlich wißt Ihr's *nicht*, aber Ihr werdet's noch lernen. Also ...« Er schaute Saryon erwartungsvoll an.

»Was starrt Ihr mich an?« Saryon versteckte die Hände in den weiten Ärmeln seiner Kutte. »Ihr seid der Führer!«

»Aber Ihr seid der Katalyt«, entgegnete Simkin. »Öffnet uns eine Transversale.«

»Eine Transversale?« fragte Saryon erstaunt. »Das kann ich nicht tun. Man würde auf uns aufmerksam werden! Ich bin – ich bin verzweifelt«, er fiel in seinen vorbereiteten Text zurück, »ich bin auf der Flucht, ein Renegat ...«

»Du liebe Güte«, warf Simkin merklich kühler ein, »das könnt Ihr den guten Leutchen dahinten im Dorf vielleicht weismachen, aber ich weiß es besser, und wenn Ihr glaubt, daß ich *monate*lang durch diesen gottverlassenen Wald marschiere, dann seid Ihr – salopp ausgedrückt – schief gewickelt!«

»Aber die Erzwinger ...«

»Die wissen genau, wann es geraten ist, in der Wachsamkeit ein wenig nachzulassen«, erklärte Simkin mit einem verschmitzten Augenzwinkern. »Ich bin sicher, Bischof Vanya hat ihnen diesbezügliche Anweisungen gegeben.«

Vanya! Saryons Mißtrauen, die Zweifel und Fragen, die über den Schrecknissen der Nacht in Vergessenheit geraten waren, stürmten wieder auf ihn ein. Woher wußte dieser seltsame Fremde über Vanya Bescheid? War er vielleicht ein Spion?

»Ich – ich habe keine Ahnung, wovon Ihr redet«, stotterte Saryon mit schlecht gespielter Verständnislosigkeit. »Ich bin ein Renegat, ein Abtrünniger. Eine Kommission von Katalyten hat mich zur Strafe in dieses gräßliche Dorf verbannt. Ich habe nie mit Bischof Vanya gesprochen.«

»Ach, das ist doch reine Spiegelfechterei«, unterbrach ihn Simkin, strich sich über die braunen Locken und schaute mißmutig zu Boden. »*Ihr* habt mit Bischof Vanya gesprochen. *Ich* habe mit Bischof Vanya gesprochen ...«

»Ihr – habt – mit Bischof Vanya gesprochen?« Saryon merkte, wie ihm die Knie weich wurden, und hielt sich an einem Zweig fest.

»Seht Euch doch an«, meinte Simkin spottend, »schwach wie ein neugeborenes Kätzchen! Und das ist der Mann, den Ihr allein ins Außenland geschickt habt!« wandte er sich mit anklagend erhobenen Händen an irgendeinen unsichtbaren Dritten. »Natürlich habe ich mit Vanya gesprochen«, wandte er sich wieder an Saryon. »Seine Korpulenz haben geruht, mir seine Pläne darzulegen. ›Simkin‹, sagte er, ›ich wäre Euch dankbar, ewig dankbar, wenn Ihr mir in dieser kleinen Angelegenheit behilflich sein könntet.‹ ›Bischof, alter Knabe‹, erwiderte ich, ›Ihr könnt nach Belieben über mich verfügen.‹ Er wollte mich umarmen, aber es gibt einige Dinge, da hört bei mir der Spaß auf, wißt Ihr, und von dikken, kahlköpfigen Männern umarmt werden, ist eins davon.«

Saryon starrte den jungen Mann in konfusem Staunen an; ihn schwindelte, und er hatte nur die Hälfte des Redeschwalls begriffen. Das ist verrückt, war sein erster Gedanke. Dieser – Simkin soll mit Bischof Vanya gesprochen haben? Seine Korpulenz – also wirklich! Und doch, Simkin wußte …

»Ihr müßt der Spion sein!« platzte er heraus.

»Muß ich, wahrhaftig?« entgegnete Simkin vieldeutig.

»Ihr habt es so gut wie zugegeben!« rief Saryon und umklammerte den Arm des jungen Mannes. Erschöpft, von Angst, Ungewißheit und Gliederschmerzen gepeinigt, war er am Ende seiner Kräfte angelangt. »Was hat Vanya mit mir vor? Ich muß es wissen! *Ihr* könntet ihm Joram bringen, wenn ihm nur daran gelegen ist! Warum hat er mich belogen? Wozu diese Intrigen?«

»Immer mit der Ruhe, alter Knabe, keine Aufregung«, beschwichtigte ihn Simkin. Plötzlich ernst geworden, zog er Saryon zu sich heran. »Wenn Ihr mit Eurer Vermutung recht hättet, daß ich für Bischof Vanya arbeite, dann könnt Ihr Euch denken, daß mein Leben weniger wert ist als dieser wirklich schäbige Fetzen, den Ihr am Leibe habt, wenn irgend jemand da hinten« – er nickte in die Richtung, wo aller Wahrscheinlichkeit nach die Siedlung des Zirkels lag – »davon erführe. Um mich habe ich keine so große Angst«, fügte er mit gedämpfter Stimme hinzu, »aber ich muß an meine Schwester denken.«

»Schwester?« fragte Saryon matt.

Simkin nickte. »Man hält sie gefangen«, flüsterte er.

»Der Zirkel?« Saryons Verwirrung wurde immer größer.

»Die *Duuk-tsarith*!« zischte Simkin. »Wenn ich versage …«

Statt weiter zu reden legte er sich die Hände um den Hals und vollführte eine unmißverständliche Bewegung.

»Das ist ja furchtbar!« ächzte Saryon.

»Ich könnte ihnen Joram ausliefern«, fuhr Simkin mit einem abgrundtiefen Seufzer fort, »er vertraut mir, der arme Junge, ich bin sein bester Freund, auf Ehre. Und ich könnte ihnen alles erzählen, was sie über die Verhandlungen mit dem Herrscher von Sharakan wissen wollen. Mit meiner Hilfe könnten sie diese Technologen als Mörder und Verräter an der wahren Magie entlarven. Aber wir haben schließlich andere Pläne, nicht wahr?«

Saryon hielt es für geraten, sich dazu nicht zu äußern, da er nicht so genau wußte, was für Pläne er hatte. Ihm fiel nichts weiter ein, als mit hängenden Schultern vor diesem höchst ungewöhnlichen jungen Mann zu stehen und ihn mit großen Augen anzustarren. Woher wußte er das alles? Vanya *mußte* ihn ins Vertrauen gezogen haben.

»Es ist ein kompliziertes Spiel, das wir spielen«, äußerte Simkin geheimnisvoll und legte Saryon die Hand auf den Arm. »Kompliziert und gefährlich. Ihr seid mein Leidensgenosse, der einzige Mensch, dem ich vertrauen kann.« Er schluchzte erstickt. »Endlich, bin ich nicht mehr so allein!«

Er umarmte Saryon, legte ihm den Kopf an die Schulter und brach in Tränen aus.

Völlig überrumpelt von diesem unerwarteten Gefühlsausbruch, hielt Saryon verlegen still und tätschelte dem niedergeschmetterten Jüngling unbeholfen den Rücken.

»Vielen Dank, es geht schon wieder«, meinte Simkin tapfer, schnupfte auf und wischte sich über die Augen. »Tut mir leid, daß ich mich hab' gehenlassen. Es ist dieser ewige Streß und daß man sich nie mit jemandem austauschen kann. Jetzt sollten wir aber wirklich keine Zeit mehr vergeuden. Man darf das Schicksal nicht mutwillig herausfordern …«

»Ja, gleich, sofort«, murmelte Saryon, in dessen Kopf alles durcheinander wirbelte, »doch zuerst erzählt mir bitte, warum Vanya *mich* …«

»Da!« fiel ihm Simkin erregt ins Wort und griff wieder nach Saryons Arm. »Habt Ihr das gehört?«

Saryon erstarrte und lauschte angestrengt. »Nein, ich …«

»Da – wieder!«

»Ich habe nichts …«

»Zentauren, ohne Zweifel!« Simkin war bleich, aber gefaßt. »Ich bin in diesen Wäldern geboren. Ich kann auf fünzig Schritt ein Eichhörnchen niesen hören. Was zögert Ihr? Öffnet die Transversale. Hier, ich gewähre Euch Leben, und ich werde Euch führen. Vertraut mir.«

Saryon konnte sich nicht zur Flucht durch die Transversalen entschließen, er war sicher, daß die *Thon-Li* ein Auge darauf hatten. Auch traute er weder diesem jungen Mann noch seinen skurrilen Geschichten, obwohl er Vanyas Spion sein *mußte*, immerhin schien er über alles Bescheid zu wissen. Dennoch – bevor er eine Transversale öffnete …

Plötzlich hörte Saryon tatsächlich etwas oder glaubte es wenigstens. Ein dumpfes Pochen wie nahender Hufschlag! Nun hatte er keine Wahl mehr! Er umfaßte Simkins Arm, ließ dessen Lebenskraft in sich einströmen und stieß die Beschwörungsformel hervor. Vor ihnen, mitten auf dem Pfad, tat sich ein Abgrund auf, ein Tor ins Nichts. Simkin sprang hinein und zerrte den Katalyten hinter sich her.

Das Tor schrumpfte zu einem senkrechten langen Strich,

wurde immer dünner und war verschwunden – in ungestörter Morgenstille rauschten friedvoll die Bäume.

»Wo sind wir?« fragte Saryon und trat vorsichtig aus dem jenseitigen Tor.

»Im tiefsten Herzen des Außenlandes«, antwortete Simkin geheimnisvoll raunend. Er schob Saryon vor sich her, als er hinter ihm die Transversale verließ. »Tut keinen unbedachten Schritt, sprecht kein unbedachtes Wort, mißtraut jedem Schatten.«

Die Transversale schloß sich hinter ihnen. Saryon warf einen unbehaglichen Blick zurück; er hatte das Gefühl, jeden Moment müßten die *Thon-Li* auftauchen, um sie beide zu ergreifen. Vielleicht *hoffte* er, jemand würde auftauchen und sie beide ergreifen, gestand er sich trübsinnig ein. Doch niemand tat ihm den Gefallen.

Er und Simkin hatten ihr Ziel unbehelligt erreicht und dieses Ziel war – soweit Saryon es zu erkennen vermochte – ein Sumpfgebiet. Baumriesen mit dicken, schwarzen Stämmen, wie der Katalyt sie nie zuvor gesehen hatte, ragten aus dem trüben, schwarzen Wasser. Die feuchtschimmernden, mit einer Schleimschicht überzogenen krummen Äste verschlangen sich zu einem undurchdringlichen Gewirr, bis das Auge nicht mehr zu unterscheiden vermochte, wo der eine Baum aufhörte und der andere begann. Statt Blättern hingen von Zweigen bleiche Tentakel ins Wasser hinab wie lange, dünne Zungen.

»Das – das ist aber nicht der Zirkel?« fragte Saryon beunruhigt, derweil er spürte, wie seine Füße im morastigen Boden einsanken.

»Nein, selbstverständlich nicht!« versicherte Simkin mit gedämpfter Stimme. »Es wäre ausgesprochen ungeschickt, mitten im Zirkel aus einer Transversale aufzutauchen, findet Ihr nicht auch? Ich meine, die Leute würden Fragen stellen und glaubt mir«, fuhr er in unerwartet grimmigem Ton fort, »es würde Euch nicht gefallen, wenn Blachloq Euch Fragen stellte!«

»Blachloq?« Als der Katalyt den Fuß hob, quoll an der Stelle eine dicke Gasblase aus dem Modder und zerplatzte. Ein fürchterlicher Gestank breitete sich aus. Saryon hielt sich würgend den Ärmel vor Mund und Nase und beobachtete mit entsetzter Faszination, wie der zähe Schlamm seinen Fußabdruck auffüllte und auslöschte.

»Blachloq? Das Oberhaupt des Zirkels«, erklärte Simkin mit einem freudlosen Lächeln. »Ein *Duuk-tsarith*.«

»Ein Erzwinger?«

»Ein früherer Erzwinger«, wurde er von Simkin berichtigt. »Er kam zu der Auffassung, daß es für ihn einträglicher wäre, selbst der Nutznießer seiner wahrhaft bemerkenswerten Talente zu sein, statt sie im Dienst des Kaisers zu verschwenden. Also verließ er den Orden.«

In der feuchtkalten Luft des düsteren, stickigen Waldes barg Saryon fröstelnd die Hände in den Ärmeln, hielt unglücklich nach allen Seiten Umschau und fragte sich bang, ob es in dieser scheußlichen Gegend womöglich auch noch Schlangen gab.

»Ihr werdet noch mehr über ihn erfahren – mehr als Euch lieb ist«, äußerte Simkin vielsagend. »Und vergeßt nie, mein Freund, Blachloq ist ein gefährlicher Mann. Und jetzt kommt, ich gehe voran. Bleibt hinter mir und tretet genau in meine Fußstapfen.«

»Wir müssen durch diesen Sumpf marschieren?« fragte Saryon kläglich.

»Nur ein Stück. Wir befinden uns ganz in der Nähe des Dorfes. Das hier ist ein Teil des äußeren Verteidigungsringes. Paßt auf, wo Ihr hintretet.«

Der Fußabdruck, den Simkin im Morast hinterließ, füllte sich gurgelnd mit schwarzem Wasser. Saryon sprach ein kurzes Stoßgebet und folgte Simkin mit genau bemessenen

Schritten, während ihm das Herz bis zum Hals schlug und das Blut in seinen Ohren rauschte. Der an ein abgeschiedenes und behütetes Dasein gewöhnte Katalyt hatte das Gefühl, in einem grauenhaften Alptraum gefangen zu sein. Etwas regte sich in seinem Gedächtnis, Erinnerungen an die Gutenachtgeschichten der HausMagierin, die sie ihm erzählte, wenn sie abends an seinem Bett saß. Geschichten von den Zauberwesen aus dem Dunklen Land der Ahnen – Drachen, Einhörner, Seeungeheuer. Sie lebten an Orten wie diesem. Schon damals, in der tröstlichen Geborgenheit seines vertrauten Zimmers, hatten ihm diese Kreaturen gräßliche Angst eingeflößt. Um wieviel angsteinflößender waren sie jetzt, durch keinen Schleier beruhigender Unwirklichkeit mehr von ihm getrennt! Vielleicht beobachteten sie ihn genau in diesem Moment aus ihren Schlupfwinkeln.

Eingeschlossen in die kalte, nüchterne Zelle der Mathematik, hatte Saryon sich immer für einen phantasielosen Menschen gehalten, doch jetzt mußte er erfahren, daß seine Einbildungskraft offenbar auf ihre große Stunde gelauert hatte, denn plötzlich stürzte sie hervor, um für die lange Zeit der Mißachtung fürchterliche Rache zu nehmen.

»Das ist doch lächerlich«, rief er sich streng zur Ordnung, obwohl er überzeugt war, den glänzenden, schuppigen Schweif eines grauenhaften Ungeheuers im trüben Wasser des Sumpfes verschwinden gesehen zu haben. Vor Angst und Kälte zitternd, heftete er den Blick auf Simkin, der schnell und scheinbar von keinen Zweifeln geplagt, vor ihm herging. »Sieh genau hin. Das ist dein Führer. Er weiß Bescheid. Du brauchst nichts weiter zu tun, als ihm zu folgen …«

Der Katalyt verlangsamte seinen Schritt und schaute sich mit plötzlich hellwachen Sinnen aufmerksam um. Aber natürlich! Wie kam es nur, daß ihm das nicht gleich aufgefallen war?

»Simkin!« zischte Saryon.

»Was ficht Euch an, Meister Hasenfuß?« Der junge Mann drehte sich vorsichtig um und betrachtete Saryon mit verärgert hochgezogenen Augenbrauen.

»Simkin, dieser Wald ist verwunschen!« Saryon gestikulierte mit den Händen. »Ich weiß es! Ich kann es spüren! Die Zauberkraft, die hier wirkt, ist anders als alles, was ich kenne!« Wahrhaftig – die Magie war so allgegenwärtig, daß sie Saryon förmlich den Atem benahm.

Simkin schien sich unbehaglich zu fühlen. »Ich – ich nehme an, Ihr habt recht«, murmelte er und schaute auf den Nebel, der vom Wasser aufstieg und sich in fahlen Schwaden um die Bäume wand. »Wenn mich nicht alles täuscht, habe ich irgendwann einmal gehört, daß dieser Wald verwunschen sein soll, wie Ihr es nennt.«

»Und wer ist dafür verantwortlich? Der Zirkel?«

»Nein«, gestand Simkin zögernd. »Damit haben sie eigentlich nichts im Sinn. Außerdem stand uns auch kein Katalyt zur Verfügung, so wie Ihr einer seid, und allein deshalb wäre es ziemlich schwierig gewesen ...«

»Wer dann?« Saryon blieb stehen und betrachtete Simkin argwöhnisch.

»Ich würde vorschlagen, mein Bester, daß Ihr vorläufig weitergeht.«

»Wer?« wiederholte Saryon ärgerlich.

Lächelnd deutete Simkin auf die Füße des Katalyten, und als Saryon nach unten sah, bemerkte er zu seinem Entsetzen, daß er langsam, aber sicher immer tiefer in den Morast einsank.

»Gebt mir die Hand!« forderte Simkin ihn auf. Es bedurfte einer ziemlichen Anstrengung, bis Saryon seine Füße befreit hatte, und als es endlich gelang, entließ ihn der Schlamm mit einem lauten Schmatzen, als wäre er zornig darüber, die Beute wieder hergeben zu müssen.

Dieser Zwischenfall versetzte Saryon dermaßen in Angst, daß ihm nichts anderes übrigblieb, als hinter Simkin her zu stolpern, obwohl der starke Zauber, der über diesem Wald lag, so erdrückend auf ihm lastete, daß er kaum noch atmen konnte.

Er hatte das Gefühl, als würde ihm gegen seinen Willen das Leben entzogen.

»Ich muß ausruhen«, keuchte er. Die nasse Kutte hing von seinen Schultern wie ein schweres Gewicht, während er die Füße kraftlos durch das schwarze, faulige Wasser schleifte.

»Nein, jetzt nicht!« erwiderte Simkin in bestimmtem Ton. Er umfaßte Saryons Arm und zog ihn hinter sich her. »Nur noch ein kleines Stück, dann erreichen wir festeren Boden ...«

Zu schwach, um sich gegen Simkins entschiedenen Griff zu wehren, stapfte Saryon weiter und bemerkte neiderfüllt, daß der junge Mann sich ganz mühelos fortbewegte. Kaum, daß seine Stiefel einen Abdruck im Boden hinterließen.

Immerhin ist er ein Magus, dachte Saryon resigniert und setzte mühsam Schritt vor Schritt. Vermutlich sogar ein Zauberer ...

»Da wären wir«, verkündete Simkin heiter und blieb stehen. »Jetzt könnt Ihr ausruhen, wenn es unbedingt sein muß.«

»Es muß sein«, stöhnte Saryon und spürte dankbar festen Boden unter den Füßen. Er folgte Simkin auf die kleine runde Kuppe, die sich aus dem Moor erhob, wischte sich mit dem Ärmel den kalten Schweiß vom Gesicht und schaute sich fröstelnd um.

»Wie weit ...« schickte er sich an zu fragen, als ihm der Atem stockte und er einen erstickten Laut von sich gab. »Flieht!« rief er.

»Was?« Simkin wirbelte geduckt herum, bereit, sich auf den Feind zu stürzen.

»Rettet Euch!« gelang es Saryon hervorzustoßen. Er versuchte seine Füße zu bewegen, doch konnte er fühlen, wie der Zauber ihn langsam und unaufhaltsam in die Tiefe sog.

»Retten wovor?« Simkins Stimme schien aus weiter Ferne zu kommen, während aufsteigende Nebelschwaden seine Gestalt und sein Gesicht verhüllten.

»Elfen – ring!« krächzte Saryon und sank auf Hände und Knie, als der Boden unter ihm in Bewegung geriet. »Da – seht doch …«

Indem er sich mit letzter Kraft zur Seite warf, versuchte Saryon dem magischen Kreis zu entkommen, doch schon gab der Boden nach, und er fiel. Seine Finger scharrten zwischen den Pilzen, gruben sich haltsuchend in die Erde, aber der Zauber zog ihn unwiderstehlich tiefer und tiefer hinab …

Das letzte, was er hörte, war Simkins Stimme, die geisterhaft durch den tanzenden Nebel drang:

»Ich glaube fast, Ihr habt recht, alter Knabe. Nehmt's mir nicht übel …«

»Simkin?« flüsterte Saryon in die undurchdringliche Dunkelheit.

»Hier, alter Knabe«, ertönte die vergnügte Antwort.

»Wißt Ihr, wo wir sind?«

»Ich fürchte ja. Versucht, ganz ruhig zu bleiben, tut mir den Gefallen. Es ist alles in bester Ordnung.«

Ruhig. Saryon schloß die Augen und holte tief Atem, um seinen stolpernden Herzschlag zu beruhigen. Sein Mund war trocken, jeder Atemzug schmerzte ihn in der Brust. Wenigstens stand er auf festem Boden, und das beruhigte ihn etwas, doch er wagte keinen Schritt zu tun, denn selbst mit ausgestreckten Armen vermochte er in der Dunkelheit nichts zu ertasten, woraus er auf seine Umgebung hätte schließen können. Er konnte auch nicht fühlen, ob sich irgend etwas oder irgend *jemand* in seiner Nähe befand, und doch war die Aura von Magie so stark und unmittelbar, daß jede Faser seines Wesens unter ihrem Anhauch vibrierte.

Hier befand sich der Quell des Zaubers über dem Wald – und Simkin mußte es gewußt haben.

Als er glaubte, seine Stimme einigermaßen in der Gewalt zu haben, sagte er: »Ich bestehe darauf zu erfahren ...«

In diesem Augenblick explodierten Dunkelheit und Stille um Saryon. Fackeln krönten sich mit gelben und roten Flammen, Sterne schienen jauchzend vom Himmel zu fallen und ihn zu umtanzen. Grüne Funken zuckten vor seinen Augen und tummelten sich in seinem Schädel. Grellweiße Phosphorblitze blendeten ihn, gellende Fanfarenstöße drohten ihm das Trommelfell zu sprengen. Er hielt sich die Hände vor die Augen, und aus dem Chaos brach Gelächter über ihn herein.

Während er sich blinzelnd die Augen rieb und versuchte, in dem wabernden, vom Qualm der Fackeln erfüllten Zwielicht irgend etwas zu erkennen, hörte Saryon eine tiefe, kehlige Frauenstimme durch das Lachen strömen wie einen kühlen Fluß durch eine riesige, hallende Grotte.

»Simkin, mein süßer Schatz, meine Augenweide, du bist wieder zurück. Und hast du mir gebracht, was ich begehre?«

»Nun ja, also, nicht unbedingt. Das heißt – vielleicht doch. Euer Majestät sind so schwer zufriedenzustellen.«

»Ich bin nicht schwer zufriedenzustellen. Ich würde mich mit dir begnügt haben.«

»Aber Euer Majestät. Das haben wir doch schon zur Genüge besprochen«, entgegnete Simkin mit einem Anflug von Unsicherheit in der Stimme, oder so kam es Saryon vor, der sich immer noch bemühte, gegen die flimmernde, unstete Helligkeit anzublinzeln. »Ihr wißt, ich würde mich – geehrt fühlen, aber wenn ich den Zirkel verließe, würde Blachloq kommen und nach mir suchen, und er würde mich finden. Und Euch. Er ist ein mächtiger Zauberer ...

Saryon vernahm ein unwilliges Fauchen.

»Ja«, beeilte Simkin sich hinzuzufügen, »ich weiß, daß Ihr ihn und seine Männer besiegen könntet, aber es wäre so eine unappetitliche Angelegenheit. Sie verfügen über Eisen, wie Ihr wißt ...«

Bei diesen Worten ertönte ein schaurig anzuhörendes Zischen, und die Lichter flackerten derart, daß Saryon die Augen mit der Hand beschirmen mußte.

»Eines Tages«, sagte die kehlige Altstimme, »werden wir uns mit diesem Emporkömmling befassen. Aber jetzt gibt es Wichtigeres zu bedenken.«

Saryon hörte ein Rascheln, und augenblicklich trat tiefe Stille ein. Die blendenden, flirrenden Lichter erloschen, der ohrenbetäubende Lärm verstummte, und der Katalyt stand wieder in völliger Dunkelheit. Aber die Dunkelheit war von Leben erfüllt, er konnte Atemzüge hören – leichte, kurze, flache Atemzüge; tiefe, gleichmäßige, sonore Atemzüge; und innerhalb dieses unsichtbaren Konkons aus geisterhaften Lauten vernahm er das leise wispernde, samtene Atmen eines einzelnen Wesens.

Er hatte keine Ahnung, was er tun sollte. Er wagte nicht zu sprechen oder Simkins Namen zu rufen. Das Atmen kreiste ihn ein, rückte näher, bis er das Gefühl hatte, jeden Moment den Kopf zu verlieren und blindlings davonzustürmen – um vermutlich in einen Felsspalt zu stürzen oder ein anderes Ende zu finden ...

Wieder blühte Helligkeit vor ihm auf, nur war es diesmal ein angenehmes, gelbliches Licht, das ihn nicht blendete und nicht in den Augen schmerzte. Endlich konnte er sehen, schaute sich um – und erblickte Simkin.

Der Katalyt schüttelte in fassungslosem Unglauben den Kopf. Vor ihm stand derselbe junge Mann, der ihn vor den Zentauren gewarnt und sich als Führer durch die Wildnis angeboten hatte, aber die braunen Gewänder waren, wie auch die ledernen Stiefel, verschwunden. Simkin trug nichts als glänzend dunkelgrüne Blätter, die sich um seinen Körper schlangen wie Efeu. Er musterte Saryon mit einem flehenden Ausdruck auf dem Gesicht, der jedoch verschwand wie weggewischt, als eine Gestalt aus dem Halbdunkel hinter ihm in das schimmernde Licht trat.

Saryon vergaß Simkins wundersame Verwandlung; er vergaß Bischöfe, seine Mission, verwunschene Wälder. Beinahe hätte er sogar das Atmen vergessen, und erst, als ihm merkwürdig leicht und schwerelos zumute war, dachte er daran, tief und zitternd Luft zu holen.

»Pater Saryon, darf ich vorstellen: Ihre Majestät, Elspeth, Königin des Elfenreichs.«

Es war Simkins Stimme, aber Saryon hatte keinen Blick für ihn. Er hatte nur Augen für *sie*.

Die Frau schwebte näher heran.

Saryon wurde die Kehle eng, und ein ziehender Schmerz erfüllte seine Brust.

Goldenes Haar flutete in glänzenden Wellen bis zum Boden und hüllte ihre Gestalt in einen lichten Strahlenkranz. Silberne Augen glänzten heller und kälter als die Sterne, zu denen Saryon in der Nacht aufgeblickt hatte. Ohne daß ihre Füße den Boden berührten, kam sie näher und näher und füllte sein ganzes Blickfeld aus. Ihr nackter Leib war mit Blumen umrankt, doch statt züchtig ihre Blöße zu verhüllen, umschmeichelten Hände aus Rosen und Lilien schamlos die weißen Brüste und schienen die köstlichen Früchte dem schreckensstarren Katalyten darzubieten; die Blütenfinger tasteten spielerisch über den flachen Bauch und liebkosten die gerundeten Schenkel, als wollten sie ihm sagen: »Beneidest du uns? Nur zu! Nimm unseren Platz ein!«

So dicht vor ihm, daß ihr Duft ihm berauschend zu Kopfe stieg, verharrte sie. Saryon war nicht imstande, sich zu rühren oder zu sprechen; er konnte nur in ihre silbernen Augen starren, den Duft der Lilien einatmen und sich bebend ihrer Nähe bewußt sein.

Den schönen Kopf zur Seite geneigt, die anmutig geschwungenen Lippen ernsthaft geschürzt, musterte ihn

Elspeth mit forschender Eindringlichkeit. Nach einer scheinbaren Ewigkeit legte sie Saryon die Hände auf die Schultern, und die Bewegungen ihrer Arme lupfte die schwellenden Brüste aus ihrem Rosen- und Liliengarten ... Saryon schloß die Augen, schluckte trocken und blieb stocksteif stehen, während ihre Finger über seine Schultern glitten.

»Wie alt ist er?« fragte die tiefe, melodische Stimme plötzlich.

Saryon schlug die Augen auf.

»So um die Vierzig«, erwiderte Simkin munter.

Die geschürzten Lippen verzogen sich zu einem bezaubernden Schmollmund. Saryon mußte wieder schlucken, als ihre Hände mit sanftem Druck seine Schultern umfaßten. »Das ist nicht zu alt für einen Menschen?«

»O nein!« beteuerte Simkin hastig. »Ganz und gar nicht. Wie heißt es doch – ein Mann in den besten Jahren ...«

Saryon, der endlich die Kraft fand, den Blick von dem Zauberwesen vor sich loszureißen, hätte Simkin gerne gefragt, was das alles bedeuten sollte, aber der junge Mann runzelte so finster die Stirn, daß der Katalyt es für besser hielt, zu schweigen.

Elspeth zog die makellos gezeichneten Brauen zusammen. »Er ist dünn. Er ist nicht stark.«

»Er ist ein Gelehrter, ein weiser Mann«, antwortete Simkin rasch. »Er hat sein Leben mit Studieren verbracht.«

»Oh?« hauchte Elspeth interessiert. Wieder fühlte Saryon den prüfenden Blick der silbernen Augen auf sich ruhen. »Ein Gelehrter. Das freut Uns. Es gibt vieles, das Wir lernen möchten.«

Sie musterte Saryon noch einige Atemzüge lang mit zur Seite geneigtem Kopf, bis sie schließlich gedankenvoll nickte. »Dann soll es sein«, murmelte sie.

Saryons Hand in der ihren, drehte sie sich schwebend zu ihrem Volk herum. Ihr goldenes Haar umflutete und streichelte ihn, ihre Berührung strömte prickelnd durch seinen Körper wie ein süßes, brennendes Gift. Elspeth hob die kraftlose Hand des Katalyten in die Höhe und rief aus: »Neiget alle das Haupt und beuget die Knie, dem zu Ehren, den Wir erwählt haben, der Vater unseres Kindes zu sein!«

Das Hochzeitsfest

Saryon wanderte in der kleinen Grotte hin und her, bis er völlig erschöpft auf einen weichen Diwan sank und aufstöhnend den Kopf in den Händen vergrub.

»Also wirklich, alter Knabe, nun ist es aber genug! Schließlich seid Ihr der Bräutigam, Anlaß und Zierde eines rauschenden Festes und nicht der Hauptgang des Festmahls.«

»In was für eine Bredouille habt Ihr mich gebracht! Ihr habt ...«

»Immer mit der Ruhe, mein Freund«, beschwichtigte Simkin ihn lachend und trat mit einem breiten Grinsen durch den Höhleneingang. Er nickte beiläufig über die Schulter zurück, packte Saryon ohne Umstände am Handgelenk und zog ihn vom Diwan. »Lauscher!« meinte er vielsagend mit gesenkter Stimme. »Da drüben sind wir ungestört.« Er schob den Katalyten vor sich her zum Ende der Höhle.

Saryon spähte über Simkins Schulter hinweg und entdeckte eine Schar von Elspeths Untertanen in der Türöffnung. Einige lugten um die Ecken, andere tanzten wie Schneeflocken in der Luft, und alle starrten ihn lüstern an, kicherten und zwinkerten ihm zu. Mit ihrem Auftauchen brach in der bisher wohltuend stillen und dunklen Grotte ein wahres Pandämonium aus. Als Wesen der Sinne leben die Elfen buchstäblich von Augenblick zu Augenblick, und ihr einziges Bestreben ist es, sich durch immer neue Reize immer neuen Genuß zu verschaffen, so flüchtig er auch sein mag. Die Magie fließt durch ihre Adern gleich Wein, sie leben in einem ständigen Rausch. Weder Gesetze noch Moral bestimmen ihr Tun; sie kennen weder Gut noch Böse. Jeder tut, was ihm oder ihr beliebt, ohne Rücksicht auf andere. Ihr einziges Band und die einzige Kraft, die das kleine Völkchen zusammenhält, ist die unerschütterliche Treue zu ihrer Königin. Unter der Ägide ihres Willens herrscht ein Anschein von Ordnung und Besinnung, doch ist ihre Aufmerksamkeit einmal abgelenkt ...

Saryon fühlte sich wie vor den Kopf geschlagen. Wo eben noch eine grünende und blühende Laube einen Winkel der schattigen Höhle ausgefüllt hatte, schwammen jetzt Wasserlilien und Schwäne auf einem großen Teich. Die Schwäne wurden im Nu zu Pferden, die stampfend, in Gischt gehüllt zum Ufer strebten; die Lilien flogen als Papageien krächzend zur Felsendecke auf. Dann war der Teich eine Kutsche, gezogen von Pferden, die Saryon auf sich zugaloppieren sah. Er kniff mit einem Aufschrei die Augen zusammen und warf schützend die Arme über den Kopf, während er den heißen Atem der Tiere spürte, das Donnern ihrer Hufe in seinen Ohren dröhnte und er jeden Moment erwartete, überrannt zu werden. Gelächter schwoll zu einem vielstimmigen Chor. Er riß die Augen auf und sah die Pferde zu Lämmern schrumpfen, die um seine Füßte tollten, während er noch in Todesangst schrie. Seine Stimme brach, er taumelte zurück – in Simkins Arme, der ihn festhielt und stützte.

»Nicht hinsehen«, warnte der junge Mann und drehte ihn so herum, daß er der mutwilligen Horde den Rücken zuwandte.

Saryon schloß die Augen und holte tief Luft, doch er bereute es sofort. Jeder nur vorstellbare Geruch strömte in seine Nase und wie ein Pesthauch in seine Lungen – zarte Düfte, gräßlicher Verwesungsgestank, der Geruch von frischem Brot.

»Und was jetzt? Soll ich aufhören zu atmen?« fragte Saryon erstickt, aber Simkin tätschelte ihm nur begütigend die Hand und wandte sich erklärend an die Elfen, die sich neugierig im Türbogen drängten. »Es sind die Nerven. Ein Mann der Kirche eben, hat noch nie mit einer Frau ..., wenn Ihr wißt, was ich meine!«

Nach dem hämischen Gejohle zu urteilen, wußten die kleinen Unholde es sehr genau. Saryon stieg das Blut in den Kopf. Ihm war schwindlig, fieberheiß und eiskalt zugleich. Er machte sich von Simkin los, stöhnte verzweifelt und bemühte sich, einen klaren Gedanken zu fassen.

»Setzt Euch doch, alter Knabe«, meinte Simkin fürsorglich und bugsierte ihn zu einem Mooskissen, das sich flugs in ein Polstersofa und dann in einen riesigen Fliegenpilz verwandelte, noch bevor er die ersten paar Schritte getan hatte. »Ich will sehen, ob es mir gelingt, die Hochzeitsgäste zu überreden, anderwärts ihre Aufwartung zu machen.«

Saryon nickte benommen und ließ sich nach einem schaudernden Blick auf den Fliegenpilz kraftlos zu Boden sinken, doch unversehens plumpste er auf den weichgepolsterten Diwan.

Er dachte an all die Gefahren, die er sich ausgemalt hatte – von mordlüsternen Zentauren bis zur verderblichen Zaubermacht der Drachen –, aber von der Elfenkönigin gefangengenommen zu werden und mit ihr ... Nein, das wäre ihm nie in den Sinn gekommen!

»Ich *glaube* ja nicht einmal an Elfen«, murmelte er kläglich vor sich hin, »oder ich habe nicht an sie geglaubt. Das sind doch alles bloß Ammenmärchen!«

»Der Elfenring! Das ist die Falle, in der die Elfen die Sterblichen fangen.« Die Stimme der alten HausMagierin tönte ihm ebenso deutlich in den Ohren wie das Lachen der Quälgeister am Höhleneingang. »Jeder, der unvorsichtig genug ist, in den magischen Kreis zu treten, sinkt tief hinab, in ihre Höhlen unter der Erde. Und dort wird der arme Sterbliche – und sei er auch ein noch so mächtiger Zauberer – unter den Bann der Elfen geraten und wird seine eigene Zauberkraft verlieren und ein Gefangener sein. Seine Tage wird er mit Müßiggang hinbringen, seine Nächte mit unbeschreiblichen Ausschweifungen, bis das Übermaß der Wonne ihm die Sinne verwirrt!«

Als Kind konnte Saryon sich nicht recht vorstellen, was das bedeuten sollte ›unbeschreibliche Ausschweifungen‹, aber trotzdem war die Geschichte so gruselig, daß der kleine Junge in wohligem Schrecken davonlief, wann immer er im Gras einen Pilz entdeckte.

Aber der Unschuld dieses kleinen Jungen bin ich entwachsen. Hier sitze ich auf einem Diwan aus süß duftenden Gräsern, Klee und Moos, der weicher ist als die kostbarsten Sessel im kaiserlichen Palast. Hier sitze ich, und jedesmal, wenn ich an Elspeth denke, gerät mein Blut in Wallung und ein Teil von mir sehnt sich danach, diese ›unbeschreiblichen Ausschweifungen‹ zu begehen …

Fast gegen seinen Willen wandte Saryon den Kopf und schaute unter halbgeschlossenen Lidern zu dem Elfenvolk an der Tür, das sich auch von Simkins Wortschwall und seinen lebhaften Gesten nicht verscheuchen lassen wollte.

»Ich weiß, daß ich nicht träume«, flüsterte Saryon leise, »weil ich nicht einmal in meinen Träumen Phantasie genug habe, mir so etwas auszudenken!«

Gleich ihren verzauberten Pilzen sprossen die fidelen Störenfriede im Eingang der Grotte empor, wie ihre magischen Schöpfungen in steter Wandlung und Verwandlung begriffen. Manche waren zwischen sechs und sieben Spannen hoch, mit braunen, verschmitzten Gesichtern voller Lachfalten – wie Kinder, die alt geworden sind, aber nicht weise. Andere waren so winzig klein, daß sie in Saryons Handteller Platz gefunden hätten. Auf den ersten Blick sahen sie aus wie Kugeln aus Licht, jede mit ihrer eigenen Farbe, doch bei genauerem Hinsehen glaubte Saryon zierliche, nackte, geflügelte Gestalten zu erkennen, umgeben von einem magischen Glanz. Und zwischen diesen beiden Extremen tummelte sich eine Unzahl anderer Elfenwesen, manche klein, manche dick, manche dünn, manche anmutig. Auch Kinder mischten sich in das kunterbunte Treiben, dazu Tiere aus Wirklichkeit und Phantasie, die frei herumwanderten und sich zuweilen den größeren Elfen als Reittier oder Diener anboten.

Keins von diesen Geschöpften war so groß oder einem Menschen so ähnlich wie Elspeth, aber wenn Saryon zurückdachte, gab es auch dafür in den Märchen eine Erklärung. Wie die Bienenkönigin von ihrem Volk umsorgt und gespeist wird und zur mehrfachen Größe ihrer Untertanen heranwächst, so ist auch die Elfenkönigin groß, strahlend schön und mit wollüstiger Sinnlichkeit begabt, um den Fortbestand der Art zu sichern. Ohne eine Königin wären die törichten Elfen dem Untergang geweiht, daher muß sie einem Mann aus dem Volk der Menschen beiliegen und mit ihm ein Kind zeugen …

Saryon legte das Gesicht in die Hände, um die anzüglichen Grimassen und hüpfenden Lichtbälle nicht sehen zu müssen, doch ihre Stimmen konnte er nicht ausschließen.

So groß ist die Vielfalt im Elfenvolk und so unterschiedlich sind ihre Stimmen von vogelähnlichem Zwitschern und Zirpen bis zum tiefsten Brummbaß –, daß Saryon nicht einmal heraushören konnte, ob sie alle in derselben Sprache redeten. Er verstand nicht ein Wort. Simkin jedoch schien sie nicht nur zu verstehen, er unterhielt sich offenbar glänzend mit ihnen, nach den immer neuen Heiterkeitsausbrüchen der Koboldschar zu urteilen. Saryon konnte sich sehr gut vorstellen, *was* Simkin ihnen erzählte, und wand sich innerlich vor Verlegenheit.

Nun zähle zwei und zwei zusammen, Saryon, forderte er sich selbst auf. Ergibt es immer noch vier? Präsentiert eine logische Erklärung, Brüder und Schwestern Katalyten, aus den klugen Folianten eurer Bibliotheken! Subtrahiere sie hinweg, diese Ausgeburten deiner Phantasie, Saryon, und dann erkläre, warum du sie in einer blumengeschmückten Grotte tanzen siehst. Reiße es mit der Quadratwurzel aus, dieses Verlangen, dich zu ergeben, dem Unbeschreiblichen auszuliefern. Das Fleisch ist schwach – quod erat demonstrandum …

Nein! Das Plappern und Zwitschern und Kichern begann an seinen Nerven zu zerren. »Ich muß von hier fort!« kam es ihm zu Bewußtsein. »Die Märchen haben recht – man verliert den Verstand hier unten. Aber wie? Simkin ist mit ihnen im Bunde! Er hat mich hergelockt!« Doch obwohl Saryon sich krampfhaft an Vernunft und Wirklichkeit klammerte, stand ihm auch inmitten dieser Fluchtgedanken das Bild von Elspeth vor Augen – schwellende Brüste, zarte Haut, Wärme, Duft … Gehetzt sprang er von dem Mooskissen auf, einen solchen Ausdruck von Panik und wilder Entschlossenheit zu fliehen auf dem Gesicht, daß Simkin nach einem flüchtigen Blick in seine Richtung die übermütige Elfenhorde kurzerhand in den Gang hinausschob und ihnen die Eichentür vor der Nase zuschlug.

»Laßt mich hinaus!« rief Saryon mit hohler Stimme.

»Nun seid aber vernünftig, alter Freund«, mahnte Simkin und stellte sich ihm in den Weg.

Saryon gab keine Antwort. Er stürzte sich mit der Kraft der Verzweiflung auf seinen ungetreuen Führer und stieß ihn zur Seite.

»Tut mir leid, Euch das antun zu müssen, aber Ihr wollt ja nicht hören«, meinte Simkin betrübt. Er sagte einige Worte in der zwitschernden Sprache der Elfen und verfolgte mit einem leichten Seufzen, wie die Eichentür verschwand und an ihrer Stelle die Höhlenwand zum Vorschein kam, genau in dem Moment, als Saryon darauf zusprang.

Mit einem schmerzlichen Aufstöhnen glitt der Katalyt an der Wand hinunter zu Boden.

»Ich weiß, es ist hart, mein Guter«, bemerkte Simkin, ging neben ihm in die Hocke und legte ihm teilnahmsvoll die Hand auf die Schulter. »Ich werde schon einen Ausweg aus dieser Misere finden. Ihr müßt mir nur etwas Zeit lassen.«

Saryon warf einen düsteren Blick auf den belaubten jungen Mann und schüttelte wortlos den Kopf.

»Ich verstehe«, flüsterte Simkin mit brüchiger Stimme. Seine Unterlippe bebte. »Ihr vertraut mir nicht. Nach allem, was ich für Euch getan habe ... Nach allem, was wir einander bedeutet haben ...« Zwei dicke Tränen rollten in seinen Bart. »Ihr seid mir lieb gewesen wie ein Vater ... Mein armer Vater und ich standen uns sehr nahe«, erklärte Simkin traurig, »bis die Erzwinger kamen und ihn fortschleppten!« Zwei weitere Tränen liefen über seine Wangen. Er schlug die Hände vor sein Gesicht, stolperte blind durch die Grotte und warf sich der Länge nach auf den Diwan, wobei er einen Schauer duftender Blüten aufwirbelte. »Ihr wißt doch, was sie meiner Schwester antun werden, wenn ich Euch nicht heil und gesund im Zirkel abliefere!« Er schluchzte laut auf. »Oh, das ist zuviel! Ich kann es nicht ertragen!«

Saryon starrte den völlig aufgelösten Simkin an und wußte nicht, was er tun sollte. Schließlich ging er zu ihm hin und klopfte ihm unbeholfen auf die Schulter.

»Nun«, sagte er tröstend, »ich wollte Euch nicht verletzen. Ich – ich bin nur ziemlich verzweifelt, das müßt Ihr doch verstehen.«

Keine Antwort.

»Könnt Ihr es mir verdenken?« ereiferte sich der Katalyt. »Erst führt Ihr uns in einen verwunschenen Wald ...«

»Das war ein Versehen«, erwiderte eine undeutliche Stimme zwischen Blättern und Blüten.

»Dann der Elfenring ...«

»Jeder kann mal einen Fehler machen.«

»Als nächstes sehe ich, daß Ihr angezogen seid wie einer von denen!«

»Nur eine Geste der Höflichkeit ...«

»Die Königin tut sehr vertraut mit Euch; des weiteren stellt sich heraus, daß Ihr die Elfensprache beherrscht. Ihr scherzt sogar mit ihnen, um des Almins willen!« Saryon war in Harnisch geraten und beging die unverzeihliche Sünde, den Namen seines Gottes im Munde zu führen. »Sagt mir, was ich davon halten soll!«

Simkin richtete sich auf und schaute ihn mit Tränen in den Augen an. »Ihr hättet mir Gelegenheit geben können, mich zu rechtfertigen«, sagte er schniefend. »Ich kann alles erklären, glaubt es mir. Aber nicht jetzt. Wir sind etwas in Eile.« Er wischte sich die Tränen aus den Augenwinkeln. »Ihr habt nicht zufällig einen Kamm eingesteckt?« Dann winkte er hastig ab. »Dumme Frage. Dann muß es eben so gehen, auch wenn ich bestimmt gräßlich aussehe.« Er zupfte Rindenstückchen aus Haar und Bart und fuhr sich mit einem gegabelten Zweig, den er aus dem Diwan gezogen hatte, durch die Locken.

»Ihr solltet Euch ein wenig herrichten«, konstatierte er und musterte Saryon von Kopf bis Fuß. »Wahrhaftig, alter Knabe, habt Ihr nichts Besseres vorzuweisen als diese schäbige Kutte? Ich habe eine Idee! Öffnet mir ein Exeunt. Ich werde euch im Handumdrehen prächtig ausstaffiert haben. Blätter vom – was nehmen wir denn? – o ja, Blutahorn! Nicht zu aufdringlich und immer kleidsam. An strategischer Stelle ein Kiefernzweig – perfekt. Die Nadeln pieken anfangs ein bißchen, aber daran gewöhnt man sich. Nun schaut nicht so leidend drein! Immerhin werdet Ihr *heiraten ...!*«

»Das werde ich nicht!« rief Saryon, sprang auf und lief händeringend durch die verschlossene Grotte.

»Dann eben nicht«, lenkte Simkin ein. Nach einem kurzen Schweigen räusperte er sich und meinte behutsam: »Aber – ganz so undenkbar wäre es doch eigentlich nicht, oder?« Er schaute den blassen, verstörten Katalyten treuherzig an. »Elspeth ist wirklich bezaubernd, findet Ihr nicht? Eine bemerkenswerte Persönlichkeit, ganz abgesehen von ...«

Saryon warf ihm einen vernichtenden Blick zu.

»Ja, Ihr habt recht. Völlig undenkbar«, nickte Simkin entschlossen. »Und ich habe auch schon einen Plan. Es ist alles vorbereitet und geregelt. Meine Schwester – Ihr wißt ja ...« Er senkte die Stimme. »Bestimmt habe ich erwähnt, daß man sie gefangenhält ...«

»Wie sieht dieser Plan aus?« unterbrach ihn Saryon mitten im ersten Akt des Dramas.

»Wartet auf mein Zeichen«, antwortete Simkin, stand auf und zupfte an seiner Belaubung. »Ah, da sind sie schon. Man kommt, um den Bräutigam zu seiner holden Braut zu geleiten.«

»Was für ein Zeichen?« flüsterte Saryon drängend, während sich an der Stelle, wo sich die Eichentür befunden hatte, die Felswand aufzulösen begann. Er sah brennende Fackeln im Gang, umgeben von einem Schwarm tanzender, flackernder Lichter. Hunderte von schrillen, tiefen, lauten und leisen Stimmen vereinten sich zu einem geisterhaften, beschwörenden Chor. Am jenseitigen Ende der riesigen, blumengeschmückten unterirdischen Halle konnte er Elspeth auf einem Thron aus einer lebenden Eiche sitzen sehen; ihr goldenes Haar glitzerte im Fackelschein.

Saryon schluckte. »Das Zeichen?« fragte er leise.

»Wenn es soweit ist, werdet Ihr es wissen«, versprach Simkin. Er nahm den Katalyten beim Arm und geleitete ihn zu seiner wartenden Braut.

»Noch einen Schluck Wein, Liebster?«

»N-nein, vielen Dank«, stotterte Saryon und schob die flache Hand über den goldenen Pokal. Zu spät. Auf ein Wort der Elfenkönigin füllte sich der Kelch bis zum Rand mit dem süßen, blutroten Nektar. Saryon zog die Hand zurück und wischte sie mit einer Grimasse an seiner Kutte ab.

»Noch eine Scheibe Honigkuchen?« Schon lag sie auf seinem goldenen Teller.

»Nein, ich bin ...«

»Früchte, Fleisch, Brot?« Im Handumdrehen saß er vor den erlesensten Delikatessen, deren verlockendes Aroma ihm in die Nase stieg, zusammen mit dem Qualm der Fakkeln, dem Geruch von bratendem Fleisch – und *ihrem* Duft; Elspeth roch geheimnisvoller und berauschender als Wein. »Du hast kaum einen Bissen gegessen«, tadelte sie freundlich und neigte sich so dicht zu ihm, daß ihr Haar seine Wange streichelte.

»Wirklich, ich habe – habe keinen Hunger«, verteidigte sich Saryon matt.

»Ich glaube, du bist zu aufgeregt, um etwas zu essen«, sagte Elspeth neckend. Ihre vollen Lippen verzogen sich zu einem betörenden Lächeln, während ihre Augen ihn einluden näherzurücken. »Ist es wahr, daß du noch nie bei einer Frau gelegen hast?«

Saryon wurde röter als der Wein und warf einen bitterbösen Blick auf Simkin, der neben ihm saß.

»Ich mußte ihnen doch irgendeine Erklärung geben«, brummte Simkin gekränkt und leerte seinen Pokal. »Sie konnten einfach nicht begreifen, weshalb Ihr so aus dem Häuschen geraten seid, als die Königin verkündete, Ihr wäret auserwählt, der Vater ihres Kindes zu sein. Ihr könnt von Glück sagen, daß man Euch zur Beruhigung nur in diese kleine Grotte gesperrt hat. Sobald ich dann erklärt ...«

»Was gibst du dich mit diesem Narren ab? Mir gebührt deine Aufmerksamkeit, Liebster«, mahnte Elspeth und zog

Saryon an seiner Kutte zu sich heran. Es war eine spielerische Geste, ihre Stimme klang weich und verführerisch, und doch jagten ihre Worte Saryon einen Schauer über den Rücken. »Du wirst es sehr gut bei mir haben, Liebster, aber vergiß nicht – du bist wirklich *mein* Liebster! Ich brauche, ich fordere deine ungeteilte Aufmerksamkeit. Immer und überall, Tag und Nacht sollst du an nichts anderes denken als an *mich*. Jedes Wort, das du sprichst, soll an *mich* gerichtet sein.« Sie hob seine Hand und legte sie an ihre blütenzarte Wange. »Nun aber, *mein* Liebster, da du nichts essen magst und da es noch zu früh ist, um sich in die bräutliche Laube zurückzuziehen ...«

»Wann – wann ist es denn soweit?« erkundigte sich Saryon errötend.

»Mondaufgang«, gab Simkin Auskunft und schaute beifällig zu, wie der Weinpegel in seinem Kelch stieg.

Elspeth warf ihm einen ärgerlichen Blick zu, doch im selben Moment brach weiter unten am Tisch ein lauter Tumult aus, und ihre Aufmerksamkeit war abgelenkt. Saryon nutzte die Gelegenheit und griff nach Simkins Schulter.

»Mondaufgang! Das ist in weniger als einer Stunde!«

»Stimmt«, bestätigte Simkin und schaute tiefsinnig in seinen Pokal.

»Wir müssen weg hier!« flüsterte Saryon panikerfüllt.

»Bald«, murmelte Simkin.

Saryon wagte nicht, weiter in ihn zu dringen, denn der kleine Zwischenfall – Streit oder Spaß – schien fast beigelegt zu sein. Ihm war zumute, als würde er jeden Moment die Beherrschung verlieren und sich laut schreiend über den Tisch werfen, deshalb beschloß er, doch einen Schluck Wein zu nehmen.

Weil seine Hände so zitterten, hielt er den Kelch in beiden Händen und starrte über den Rand hinweg mit der Miene eines Schlafwandlers auf das Schauspiel, das sich ihm bot. Er hatte in Merilon an ausgelassenen Festen teilgenommen oder vielmehr, er hatte an Festen teilgenommen, die man in Merilon für ausgelassen hielt – etwa am Dummerstag, an dem es Brauch war, sich (zumindest symbolisch) aller Besitztümer zu entledigen. Das zügellose Treiben jedoch, das er hier vor sich sah, überforderte seine Sinne derart, daß er es gar nicht als Ganzes zu erfassen vermochte, sondern nur unzusammenhängende Eindrücke wahrnahm, Farben, Geräusche, Lichter.

Mitten auf dem Tisch wurden erbitterte Handgemenge ausgetragen; auf Diwanen und Polsterbetten frönte man schamlos der Liebe. Unter den Blumengirlanden tanzten Bären, Akrobaten jonglierten mit brennenden Fackeln, Kinder grölten unzüchtige Lieder, der Inhalt von Tellern und Schüsseln klebte an Decke, Boden und Wänden. Schaute er hierhin, war er entsetzt; schaute er dorthin, war er beschämt; schaute er anderswohin, wurde ihm übel.

»Denkst du an mich?« raunte eine schmeichelnde Stimme in Saryons Ohr.

Der Katalyt zuckte zusammen. »Aber ja«, antwortete er hastig und drehte sich zu Elspeth herum, die lächelnd ihre Hand in seinen Ärmel schob und ihn zärtlich zu streicheln begann. Sie allein, kam es Saryon zu Bewußtsein, war in diesem Chaos ein Pol der Ruhe und des Friedens. Er sehnte sich nach ihr, weil sie ihm Rettung versprach vor dem infernalischen Tumult.

»Und jetzt«, sagte sie mit einem verschwörerischen Augenzwinkern, »wirst du mir erzählen, warum du nie bei einer Frau gelegen hast. Ich kann merken, daß meine Berührung dir behagt«, fügte sie hinzu, als sie spürte, wie Saryons Muskeln sich unwillkürlich versteiften.

»Es – es ist bei meinem Volk nicht Sitte«, stammelte der bedrängte Katalyt und entzog sich ihrer Liebkosung, um hastig nach dem Weinpokal zu greifen. »Solche – Akte ziemen sich für Tiere, aber nicht für zivilisierte Männer und Frauen.«

»Davon habe ich gehört«, nickte Elspeth. In ihren silbernen Augen glomm belustigte Verwunderung. »Aber ich wollte es nicht glauben.« Sie zuckte mit den Schultern; ihre von duftenden Maiglöckchen umhüllten Brüste hoben und senkten sich im Rhythmus ihrer Atemzüge. »Wie ist es dann möglich, daß euch trotzdem Kinder geboren werden?«

»Als der Almin uns kundtat, was sein Wille sei«, erklärte Saryon stockend, »wurde uns Katalyten zusammen mit den *Theldari*, den der Gabe des Heilens teilhaftigen Schamanen, die Fähigkeit verliehen, das InNomine zu vollziehen. Die Zeugung von neuem Leben ist ein heiliges Werk und sollte nur in größter Ehrfurcht und Demut vollzogen werden.« Oh, wie albern und trocken das klang, so nah an ihrem weichen Körper ...

»Ein wu – wunder – wunderschöner Vortrag«, lallte Simkin, während sein Pokal sich wieder füllte. »Ihr werdet ein prima – prima Vater sein. Genau wie meiner, der Almin hab ihn selig!«

Von Kummer übermannt, legte er Saryon den Kopf auf den Arm und weinte.

»Simkin!« zischte Saryon, der sich unbehaglich Elspeths glitzernder Augen bewußt war, die auf ihnen beiden ruhten. »Hört auf damit! Nehmt Euch zusammen!«

Simkin richtete sich auf, doch nur, um Saryon beide Arme um den Hals zu werfen und ihn mit sich auf den Tisch zu ziehen, wobei der Katalyt sich heftig den Kopf anschlug.

»Was soll das?« fragte Saryon leise, aber erbost; er versuchte sich loszumachen und hielt den Atem an, als Simkins Weinfahne ihm entgegenschlug.

»Dassis – Sseichen«, flüsterte Simkin vernehmlich und lächelte Saryon trunken ins Gesicht. »Sseit zu« – er rülpste – »fliehen.«

»Was?« verlangte Saryon zu wissen und versuchte weiter, sich von Simkin zu befreien, doch jedesmal, wenn er eine Hand weggeschoben hatte, klammerte sich die andere wieder an ihm fest. Simkins Kopf rollte an seiner Schulter hin und her.

»Fliehen«, raunte Simkin ernsthaft.

»Wie denn?« fragte Saryon, während er mit halbem Ohr den Gesang hörte, der aus dem Getöse aufstieg und es übertönte. Zu seinem Schrecken sah er weißes Mondlicht durch die Risse in der Höhlendecke auf den Tisch fallen. Elspeth erhob sich, ihr schönes Gesicht war kalt und bleich wie das Licht, das darauf schien.

»Schagt – schagt ihn, ich – krank«, rang Simkin sich mühsam ab und rülpste wieder. »Schreck – schrecksche Krankheit. Pescht.«

»Aber Ihr seid betrunken!« fauchte Saryon empört.

Unvermittelt neigte Simkin sich zur Seite, fiel vom Stuhl und riß Saryon mit sich zu Boden. Die Elfen lachten und klatschten, Elspeth gab mit lauter Stimme Befehle. Hilflos verheddert in Simkins Gliedmaßen, lag Saryon auf dem Rükken, während Füße jeder Form und Beschaffenheit ihn umtanzten.

Endlich hob Simkin den Kopf von der Brust des Katalyten und schaute ihn mit runden, schwimmenden Augen an. »Elfen«, belehrte er Saryon in weinseligem Flüsterton, »Elfen werden nie betrunken. Metabolisch un-mög-lich. Sie werden glauben, ich bin krank. Fliehen. Hä?«

»Dann stellt Ihr Euch nur betrunken?« Vor neu erwachter Hoffnung mußte Saryon sich zwingen, leise zu sprechen.

»O nein!« verwahrte sich Simkin mit Nachdruck. »Ich mach' nie nicht keine halben Sachen. Helft – helft mir aufschehn. Ich muß auf die Beine komm'. Auf alle vier!«

In diesem Moment wurde Simkin von einigen der kräftigeren Elfen ergriffen und von Saryon heruntergezogen. Auch dem Katalyten streckten sich helfende Hände entgegen, doch er versuchte, durch möglichst ungeschicktes und umständliches Hin und Her Zeit zu gewinnen, um zu überlegen, was er sagen und tun sollte und ob es ihm vielleicht gelingen konnte, allein die Flucht zu bewerkstelligen.

Inzwischen wurde Simkin von vier Elfen mit vereinten Kräften gehalten: Zwei stützten seine einknickenden Beine, und zwei andere, die in der Luft schwebten, hatten die Finger in sein Haar gegraben und hinderten seinen Kopf daran, friedlich auf die Brust zu sinken. Als er die stieren Augen seines selbsternannten Führers sah, das dümmliche Grinsen und die baumelnden Hände, wurde Saryon auf dem Höhepunkt seiner Verzweiflung plötzlich ganz ruhig. Ohne Simkin fliehen? Unmöglich. Saryon wußte nicht, wo genau er sich befand, aber nach dem wenigen, was er gesehen hatte, konnte er sich ausmalen, daß das unterirdische Elfenreich ein riesiger Irrgarten war. Wenn er sich allein dort hineinwagte, war er verloren. Und sollte es ihm tatsächlich gelingen, zur Oberwelt zurückzufinden, war ihm der Tod gewiß.

Warum also nicht hierbleiben, bei Elspeth ... Und wenn er den Verstand verlor, welch seliger Wahn!

Mit einem stillen Seufzer wandte Saryon sich an die Elfenkönigin. »Schickt nach Eurem Heiler«, befahl er in dem strengsten Ton, der ihm zu Gebote stand.

Sie schaute ihn befremdet an und brachte mit einer schroffen Handbewegung ihre schnatternden, plappernden und gestikulierenden Untertanen zur Ruhe. Dunkelheit senkte sich über den Felsensaal, nur ihrem Haar entströmte ein goldener Schimmer. »Ein Heiler? Wir haben keinen Heiler.«

»Keinen Heiler?« Saryon war entsetzt. »Nicht einmal einen Mannanish?«

»Zu welchem Zweck?« entgegnete Elspeth hochmütig. »Wir sind niemals krank. Indem wir uns von den Menschen fernhalten, schützen wir uns vor ihren Krankheiten ...« Sie unterbrach sich und musterte Simkin mit plötzlichem Interesse.

»Nicht fern genug«, bemerkte Saryon grimmig und deutete auf den jungen Mann, der von Minute zu Minute elender aussah. Er schwankte, sein Gesicht hatte eine scheußliche grüne Färbung angenommen, seine Augen rollten wild in den Höhlen. Die Elfen, die ihn stützten, sahen verschreckt zu ihrer Königin.

»Überlaßt ihn mir«, erbot sich Saryon und legte Simkin entschlossen den Arm um den Rücken. »Ich bringe ihn in seine Gemächer …«

»Ich kümmere mich um ihn!« sagte Elspeth ruhig. »Sofort!«

Saryons Herzschlag setzte aus, als ihm klar wurde, daß sie vermutlich im Begriff stand, Simkin auf den Grund des Flusses zu verbannen oder sich seiner auf andere drastische Weise zu entledigen.

»Nein! Wartet!« rief er, ohne seinen albern grinsenden Gefährten loszulassen, der stillvergnügt hin und her schwankte und ein kleines Liedchen summte. »Wir – wir müssen erst herausfinden, was für eine Krankheit er hat!« Saryon war selbst erstaunt über diesen unvermuteten Geistesblitz. »Und ob sie ansteckend ist!«

»Tödlich!« verkündete Simkin düster und entledigte sich prompt seines Mageninhalts. Die Elfen, die ihn festgehalten hatten, ergriffen schimpfend und keifend die Flucht, und auch die anderen wichen zurück, bis ein freier Raum um den Katalyten und seinen Schützling entstanden war.

»Sind alle Menschen mit solchen Schwächen behaftet?« fragte Elspeth mit gerunzelten Brauen.

»O ja!« versicherte Saryon, der zu sehen glaubte, wie ein Hoffnungsschimmer das Halbdunkel der Höhle erhellte. »Ich habe ständig irgendwelche Beschwerden!«

Elspeth sah ihn an und lächelte. »Dann ist es gut, daß sich in unserem Kind mein und dein Blut vermischen werden. Mit der Zeit gelingt es vielleicht, diese Schwäche des menschlichen Erbes auszumerzen. Bring deinen Freund also in seine Gemächer. Ihr vier«, sie bezeichnete aus der Schar der großen Elfen vier der größten, »ihr vier, begleitet sie. Sobald Simkin mit allem Nötigen versehen ist, geleitet meinen Gemahl zu meinem Bett.«

Ihre Lippen streiften Saryons Wange, ihr warmer Körper schmiegte sich weich gegen den seinen, und einen Augenblick lang waren Saryons Knie so weich wie die seines berauschten Freundes.

Dann entfernte sie sich, umglänzt von dem goldenen Schimmer ihrer Haarflut.

»Das Fest mag weitergehen!« rief sie, und die Dunkelheit erwachte zu neuem Leben.

Saryon, aller Hoffnung beraubt, drehte sich um und bugsierte den trunkenen Simkin mühsam durch die festliche Höhle, gefolgt von vier tanzenden Elfenwächtern.

»Es war kein schlechter Plan«, flüsterte Saryon seinem Gefährten zu. »Leider ist nichts draus geworden.«

»Nichts draus geworden?« fragte Simkin und schaute sich verwundert um. »Haben sie uns erwischt? Nicht schnell genug gelaufen, hm?« Er drohte Saryon mit dem Finger.

»Laufen?« meinte Saryon verwirrt. »Wieso laufen? Ich dachte, wir sollten sie überzeugen, daß Ihr krank seid, damit sie uns gehen lassen!«

»He, das ist eine gute Idee!« nuschelte Simkin und betrachtete Saryon mit verschwommener Bewunderung. »Versuchen wir's damit.«

»Das habe ich bereits«, schnappte Saryon. Arme und Rükken taten ihm weh, die Blätter, mit denen Simkin sich geschmückt hatte, stachen ihm in die Hände, außerdem wurde ihm übel von dem Weindunst, dem Geruch nach Wald und dem säuerlichen Gestank von Erbrochenem. »Ohne Erfolg.«

»Oh.« Simkin wirkte niedergeschlagen, war jedoch gleich wieder obenauf. »Dann mü-müssen wir doch laufen?«

»Pst!« mahnte Saryon und blickte über die Schulter zu ihren Bewachern zurück. »Das ist Unsinn. Ihr könnt ja nicht einmal gehen, geschweige denn laufen.«

»Ihr vergeßt, daß ich ein mächtiger Zauberer bin, ein *Albanara*«, wies Simkin ihn von oben herab zurecht. »Öffnet mir ein E-Ekschunt, Katsalyt, und ich sch-schwebe auf den Sch-Schwingen der Magie davon!«

»Ihr kennt tatsächlich den Weg?« fragte Saryon zweifelnd.

»Klar.«

»Wie fühlt Ihr Euch?«

»Viel besser, seit ...« Er deutete mit den entsprechenden Geräuschen und Handbewegungen an, was er meinte.

»Also gut«, murmelte Saryon nervös und schaute wieder zu den vier Elfen, die ihnen nicht die geringste Beachtung schenkten. »Welche Richtung?«

Simkin reckte den Hals und drehte den Kopf wie eine Eule. »Da lang«, sagte er undeutlich und zeigte auf einen dunklen, leeren Gang. Saryon, der ihre Eskorte nicht aus den Augen gelassen hatte, merkte, daß die vier Elfen stehengeblieben waren und sehnsüchtig zu dem fröhlichen Treiben zurückschauten, an dem sie nicht teilnehmen durften.

»Jetzt!« rief Simkin.

Saryon sprach flüsternd ein Gebet zum Almin, doch schon nach den ersten Worten kam ihm schmerzlich zu Bewußtsein, daß er ganz auf sich allein gestellt war. Er öffnete sich der Magie, die ihn umgab und nahm sie in sich auf, während er gleichzeitig berechnete, wieviel Leben er dem Magus gewähren konnte, ohne sich selbst völlig zu verausgaben.

Erfüllt von der Magie, die zu nutzen ihm nicht gegeben war, erweiterte er das Exeunt auf Simkin und fühlte, wie der Strom des Lebens zu ihm hinüberfloß.

Gestärkt von der Gabe magischer Kraft, erhob Simkin sich mit trunkener Grazie in die Lüfte und verschwand in dem finsteren Gang. Saryon, von Angst und Erregung beflügelt, stürmte mit ungeahnter Schnelligkeit hinter ihm her. Er hörte die Bewacher aufschreien, konnte aber keinen Blick erübrigen, denn es erforderte seine ganze Aufmerksamkeit, beim Laufen nicht unversehens zu Schaden zu kommen. Die wenigen Fackeln in den Wandhalterungen verbreiteten ein unstetes, trübes Licht, und der Boden des Ganges war mit Steinen und Geröll übersät. Dazu kam die Ungewißheit: Ging es bergauf oder bergab? War es noch weit bis zum Ausgang, oder lag er hinter der nächsten Biegung? Links und rechts öffneten sich die schwarzen Mündungen von Seitengängen, aber Saryon hastete vorüber, ohne ihnen einen Blick zu schenken. Das Blattwerk, mit dem Simkin ihn ausstaffiert hatte, umflatterte ihn wie das Laub eines Baumes im Sturm.

Das Rufen hinten ihnen wurde lauter und hallte bedrohlich von den Felswänden wider. Saryon glaubte, Elspeths zornige Stimme alle anderen übertönen zu hören. Die Fakkeln erloschen, und in der fast greifbaren Dunkelheit verlor Saryon sofort jegliche Orientierung.

»Autsch! Verdammt!«

»Simkin?« rief Saryon angstvoll und blieb stehen. Obwohl er das näherkommende Geschrei und Johlen der Elfen hörte, wagte er keinen Schritt zu tun.

»Mehr Leben, Katalyt!« rief Simkin laut.

Während er keuchend nach Atem rang und sein Herz wild schlagen fühlte, öffnete Saryon wieder das Exeunt. Augenblicklich erhellte ein schwaches Leuchten den Gang, das von Simkins Händen ausging.

Der junge Magus schwebte vor ihm in der Luft und rieb sich die Nase.

»Bin gegen eine Wand gestoßen«, sagte er kummervoll.

Bei einem Blick über die Schulter bemerkte Saryon tanzende Lichter, die sich rasch näherten. »Weiter!« stieß er ächzend hervor, setzte sich mühsam in Bewegung und taumelte mit einem Aufschrei wieder zurück.

Eine riesige schwarze Spinne, größer als er oder Simkin, hing in dem gigantischen Netz, das ihnen den Weg versperrte. Die plötzliche Vorstellung, im Dunkeln in dieses Netz hineingeraten zu sein, fühlen zu müssen, wie haarige Beine über seinen Körper tasteten, verursachte Saryon ein derartiges Gefühl der Übelkeit, daß er sich kaum auf den Beinen zu halten vermochte.

An die Wand des Ganges gelehnt, starrte er auf das grauenhafte Geschöpf, das sie beide mit brennend roten Augen beobachtete. »Es ist sinnlos«, sagte er dumpf. »Wir können nicht entkommen!«

»Blödsinn!« antwortete Simkin forsch. Er schwebte zu Saryon hinüber, packte seinen Arm und schleifte ihn den Gang hinunter, geradewegs auf das Netz zu.

»Seid Ihr verrückt?« jammerte Saryon.

»Ziert Euch nicht!« gab Simkin vergnügt zurück und stürzte sich mit dem Katalyten im Schlepptau auf die riesige Spinne.

Saryon sträubte sich verzweifelt gegen Simkins Griff, aber der von magischem Leben erfüllte junge Mann war zu stark. Die roten Augen der Spinne wuchsen zur Größe von Zwillingssonnen an, die haarigen Vordergliedmaßen erhoben sich drohend, er spürte die klebrigen Fäden des Netzes im Gesicht, an den Händen ...

Saryon schloß die Augen.

»Also wirklich, alter Freund«, ertönte Simkins gekränkte und fast nüchterne Stimme, »Ihr scheint wirklich kein großes Vertrauen zu mir zu haben!«

Saryon riß die Augen auf und sah zu seiner Überraschung – nichts.

Vor ihm erstreckte sich der stockfinstere Gang, leer bis auf Simkin, der dicht vor ihm eine Handbreit über dem Boden schwebte.

»Was? Wie? Die Spinne ...« Saryon schaute sich fassungslos nach allen Seiten um.

»Ein Trugbild«, erklärte Simkin in wegwerfendem Ton. »Ich war ziemlich sicher, daß es sich nur um ein Trugbild handelte. Elspeth ist zwar ein tüchtiges Mädchen, aber eine echte Spinne mit einem Fingerschnippen zu erschaffen ist ein echtes Kunststück!« Plötzlich kniff er ein Auge zusammen und legte den Zeigefinger an die Nase. »Natürlich – hui!« Er spitzte die Lippen. »Daran habe ich gar nicht gedacht. Es hätte ja sein können, daß eine echte Spinne schon lange diesen Gang hier bewacht! Beim Almin, und wir haben uns mitten in dieses eklige Netz gestürzt!« Als er Saryons entsetzten Gesichtsausdruck bemerkte, zuckte er mit den Schultern und klopfte ihm gutmütig auf den Rükken. »Ist ja noch mal gut gegangen. Wie heißt es so schön: Spinne am Abend – erquickend und labend. Stimmt's, alter Knabe?«

Saryon war zu erschöpft, um zu lamentieren. Er begnügte sich damit, schmerzvoll nach Atem zu ringen. Das Geschrei hinter ihnen im Gang war eine wirkungsvolle Ablenkung.

»Wie weit ist es noch? fragte er müde und setzte sich wieder in Trab.

»Um die Biegung da vorn.« Simkin deutete mit dem Finger in die Dunkelheit. »Wenn mich nicht alles täuscht.« Nach einem prüfenden Blick auf den Katalyten, der mit hängenden Schultern neben ihm her trottete, fragte der Magus: »Werdet Ihr durchhalten?«

Saryon nickte grimmig, obwohl seine Beine längst völlig gefühllos waren und schwer wie Blei. Das Lärmen der Elfen kam näher. Als er einen Blick über die Schulter warf, sah er die tanzenden Lichter, oder vielleicht war es auch nur ein Flimmern der Erschöpfung vor seinen Augen. Er wußte es nicht, und es war auch unwichtig.

»Sie holen auf«, keuchte er. Ein stechender Schmerz, der seine Seite durchfuhr, ließ ihn verstummen und tief und behutsam Atem holen.

»Das haben wir gleich!« meinte Simkin. Er wirbelte in der Luft herum und hob die Hand. Lichtblitze schossen aus seinen Fingerspitzen, explodierten donnernd an der Felsendecke, und sofort stürzte krachend eine Steinlawine herab. Staub und erstickender Schwefelgestank erfüllten die Luft.

Geblendet, betäubt und in größter Gefahr, von dem niederprasselnden Geröll getroffen zu werden, gelang es Saryon, sich mit Simkins Hilfe in Sicherheit zu bringen. »Das wird sie eine Zeitlang beschäftigen«, sagte der junge Mann selbstzufrieden und winkte dem Katalyten, ihm zu folgen.

Saryon wußte kaum, was weiter geschah. Er lief und stolperte und fiel hin; nahm wie durch einen Schleier wahr, daß Simkin ihm aufstehen half. Er glaubte zu hören, wie er Simkin anflehte, ihn endlich sterben zu lassen und von den brennenden Schmerzen zu erlösen, die seinen Körper peinigten. Dann ertönte Geschrei hinter ihnen, das wieder verstummte, und er wollte stehenbleiben, aber Simkin erlaubte es nicht und dann wieder Stimmen und endlich – Sonnenschein.

Sonnenschein. Nichts anderes hätte die Finsternis aus Angst und Schmerz durchdringen können, die Saryon umhüllte. Sie waren entkommen! Ein frischer Luftzug belebte ihn, von irgendwo aus seinem tiefsten Innern strömten ihm neue Kräfte zu, er spürte seine Beine wieder und begann zu laufen.

Was mochte ihn draußen erwarten? Würden die Elfen ihnen in den Wald folgen? Sie einfangen und zurückschleppen? Saryon wußte es nicht und wollte auch nicht darüber nachdenken. Wenn er nur die Sonne auf dem Gesicht fühlen konnte, Gras unter den Fußsohlen und den kühlen Schatten der Bäume, war alles gut.

Die Rettung vor Augen, von Hoffnung berauscht, erreichte Saryon das Ende des Tunnels, stürmte in den Sonnenschein hinaus …

… und wäre um ein Haar über den Rand einer steilen Klippe gestürzt, hätte Simkin ihn nicht zu fassen bekommen und zurückgerissen. Saryon sank an der Felswand in die Knie und konnte im ersten Moment nicht begreifen, was geschehen war. Als er sich so weit erholt hatte, daß er fähig war, seine Umgebung wahrzunehmen, stellte er fest, daß er und Simkin auf einem schmalen Felsvorsprung kauerten. Wenige Schritte hinter dem Tunnelausgang ging es dreißig Meter senkrecht hinab, in ein dicht bewaldetes Flußtal.

Saryons Hoffnung auf Entkommen und Rettung zerbrach so gründlich, als hätte er sie wie einen Kristallpokal vom Rand des Felsvorsprungs in den Abgrund geschleudert. Die neu erwachten Kräfte verließen ihn, und er fühlte sich außerstande, mehr zu tun, als Simkin wortlos anzustarren.

»Das kommt auch mir ziemlich unerwartet«, gestand der junge Mann, strich sich über den Bart und betrachtete die Wipfel der Bäume tief unten. »Ich weiß!« sagte er plötzlich. »Verdammt! Bei der zweiten Gabelung hätte ich mich rechts halten müssen, nicht links. Das passiert mir *jedesmal*!«

Saryon schloß die Augen. »Rettet Ihr Euch wenigstens«, meinte er. »Ihr habt Leben genug, um Euch von den Luftströmungen hinuntertragen zu lassen.«

»Und Euch zurücklassen? Nein, alter Knabe, das kommt nicht in Frage.« Simkin ließ sich aus der Luft sinken und stand leicht schwankend vor Saryon. Offenbar hatte der Wein seine Wirkung noch nicht ganz verloren. »Auf keinen Fall lasse ich Euch im Stich. Ihr seid wie ein Vater für mich ...«

»Fangt bloß nicht an zu weinen!« schnappte Saryon kraftlos.

»Nein, nein. Tut mir leid.« Simkin unterdrückte mannhaft ein Schluchzen und wischte sich die Nase. »Wir sind noch nicht verloren, allerdings vorausgesetzt, daß Ihr noch einigermaßen bei Kräften seid.« Er sah den Katalyten erwartungsvoll an.

Saryon schüttelte nur den Kopf. Schon das Atmen fiel ihm schwer.

»Es ist dieses besondere Talent, das ich habe«, erklärte Simkin in eindringlichem Tonfall. »Ich vermag mich in unbeseelte Dinge zu verwandeln.«

Saryon starrte ihn verständnislos an. »Das ist verrückt«,

sagte er schließlich. »Ich kenne die betreffenden mathematischen Kalkulationen. Es bedürfte der uneingeschränkten Kraft von sechs Katalyten, um Euch mit genügend Leben zu versorgen, um ...«

Aus der Tiefe des Ganges hallte Stimmengewirr zu ihnen hinaus, vermischt mit keckerndem, triumphierendem Gelächter, als die Elfen begriffen, daß ihre Beute in der Falle saß.

»Aber nein!« erwiderte Simkin eifrig. »Ich sagte doch, es ist meine spezielle Begabung. Gewöhnlich kann ich es allein, aus eigener Kraft, aber Ihr wißt ja: die Aufregung, der Wein ... Deshalb brauche ich Eure Hilfe.«

»Aber ich ...

»Schnell, Mann!« rief Simkin, faßte nach Saryons Arm und zog ihn auf die Füße.

Der Katalyt hielt es für sinnlos, mit ihm zu argumentieren. Er stellte das Exeunt her und verausgabte seine letzte Kraft. Magie entströmte ihm wie Blut aus einer klaffenden Wunde, und dann war er leer, ausgebrannt. Er konnte nichts mehr geben, weil er sogar zu schwach war, um den Dingen, die ihn umgaben, neues Leben zu entziehen. Die Stimmen tönten lauter und lauter. Bald würden die Verfolger ins Freie stürmen, um sich seiner und Simkins zu bemächtigen. Vielleicht war es das beste, einfach zu springen, dachte er, starrte benommen in die Tiefe und malte sich aus, wie er fiel, stürzte, der Boden ihm entgegenkam, sein Körper gegen kantige Felsen schmetterte, zerschellte ...

Sein Magen krampfte sich zusammen; er wich langsam, Schritt für Schritt von der Felskante zurück und stieß mit dem Rücken gegen einen – Baum. Er fuhr herum und betrachtete den Baum mit verständnislosem Staunen. Wie war das möglich? Er hatte doch eben noch nicht hier gestanden?

»Los doch! Steigt hinauf!« forderte ihn der Baum mit gedämpfter Stimme auf.

Nach dem ersten Schreck, streckte Saryon zitternd die Hand aus und berührte die schartige Rinde. »Simkin?«

»Es ist keine Zeit zu verlieren! Versteckt Euch im Geäst! Schnell doch!«

Saryon hatte einen Zustand der körperlichen und seelischen Erschöpfung erreicht, in dem er es als Erleichterung empfand, daß man ihm sagte, was er tun sollte. Er steckte den Saum der Kutte in die Schärpe, griff nach einem tiefhängenden Zweig und schwang sich auf die unteren Äste des Baums, der dicht am Rand des Felsvorsprungs stand.

»Höher! Ihr müßt höher klettern!«

An den Stamm geklammert, brachte Saryon es fertig, noch ein Stück weiter nach oben zu steigen, doch schließlich verließ ihn der Mut. Er drückte die Wange gegen die moosbewachsene Rinde und kämpfte gegen das Schwindelgefühl an. »Ich kann nicht«, murmelte er abgehackt. »Ich kann nicht mehr weiter.«

»Na gut!« Der Baum hörte sich gereizt an. »Bewegt Euch nicht und dankt dem Almin, daß Ihr eine grüne Kutte tragt.«

Das wird sie nicht täuschen, dachte Saryon, während er den Stimmen lauschte, die in dem Felsentunnel hallten. Es braucht nur einer den Kopf zu heben oder hier herauf zu fliegen, dann ...

Ein Windstoß schüttelte den Baum, und der Ast, auf dem Saryon stand, gab knirschend nach. Er verlagerte sein Gewicht hastig näher an den Stamm und griff mit der freien Hand nach einem Zweig über seinem Kopf. Dann senkte er den Blick auf den geknickten Ast, und seine letzte Hoffnung verflog wie Rauch im Wind. Zwischen den trockenen, brüchigen Holzfasern sah das Mark aus wie braunes Pulver – der Ast war tot, ebenso tot, wie er bald sein würde. Eine zweite Bö traf die Felswand, und ein weiterer abgestorbener Ast fiel auf den schmalen Vorsprung. Saryon konnte fühlen, wie der ganze Baum erzitterte. Erst hörte er ein Knirschen, dann ein Knacken und Bersten. Zu guter Letzt durchlief ein schicksalhaftes Beben den Stamm, der Baum neigte sich und stürzte in die Tiefe.

Saryon, der sich in stummer Verzweiflung an Simkins Rinde und Blätter klammerte, hörte durch das Prasseln und Rauschen der Zweige und das Heulen des Windes den jungen Mann vor sich hin murmeln: »Ich geb's nicht gerne zu, aber das geht mir durch Mark und Mulm!«

Der Zirkel des Rades

»Das also ist der Katalyt.«

»Allerdings, mein Junge. Kein sehr imposantes Exemplar, stimmt's? Dennoch, der Schein *muß* trügen bei diesem älteren Herrn, auch wenn ich während unseres kleinen Ausflugs keine Anzeichen dafür zu entdecken vermochte. Man hat ihn deinetwegen hierher geschickt, Joram.«

»Geschickt? Wer hat ihn geschickt?«

»Bischof Vanya.«

»Aha. Und das hat dir der Katalyt erzählt, Simkin?«

»Selbstverständlich, Mosiah. Der alte Knabe schenkt mir sein vollstes Vertrauen. Immer wieder hat er mir gesagt, ich wäre ihm lieb wie der Sohn, den er nie gehabt hat. Nicht, daß ich ihm vertraue. Immerhin *ist* er ein Katalyt. Aber ich habe dasselbe von Bischof Vanya gehört – über Joram in diesem Falle, Bischof Vanya kennt keine sentimentalen Anwandlungen in bezug auf nie gehabte Söhne.«

»Und der Kaiser läßt durch dich vermutlich seine besten Grüße übermitteln ...«

»Ich kann mir nicht vorstellen, weshalb er das tun sollte. Grüße an euch Banausen! Ja, lacht nur. Der Tag der Vergeltung wird kommen. Dieser Saryon ist hinter dir her, Joram.«

»Er sieht arg mitgenommen aus. Was hast du ihm angetan?«

»Nichts! Auf mein Wort. Willst du mir die Schuld dafür geben, Mosiah, daß die Welt da draußen grausam und mitleidlos ist? Ein Ort des Schreckens, ein Jammertal, in das unser Katalyt sich fürs erste nicht wieder hinauswagen wird, möchte ich wetten!«

Saryon mußte niesen. Davon wachte er auf.

Ein dumpfes Gefühl der Schwere erfüllte seinen Kopf, über den Augen pochte ein quälender Schmerz. Hustend verkroch der Katalyt sich tiefer in seine Kutte und hielt die Augen fest geschlossen. Er lag in einem Bett, aber wo? In meinem eigenen Bett, in meiner Zelle im Baptisterium, redete er sich ein. Das und nichts anderes werde ich sehen, wenn ich die Augen öffne. Alles andere war nur ein böser Traum.

Einige tröstliche Minuten lag er still und warm unter seinen Decken und bemühte sich, die Illusion aufrechtzuerhalten. Er stellte sich all die vertrauten Gegenstände in seiner Zelle vor, die Bücher, die Gobelins, die er aus Merilon mitgebracht hatte — alles würde da sein, genau wie immer.

Dann hörte er, wie sich jemand bewegte, und öffnete seufzend die Augen.

Er befand sich in einem kleinen Raum, wie er ihn noch nie zuvor gesehen hatte. Blasses Sonnenlicht strömte durch eine gesprungene Fensterscheibe und beleuchtete eine Szene, wie der Katalyt sich vorgestellt hätte, daß es sie vielleicht im Jenseits geben könnte. Die Wände des Zimmers bestanden nicht aus Stein oder Holz, sondern aus ebenmäßigen Quadern, die in Reihen übereinander aufgeschichtet waren. Der unnatürliche Anblick machte den Katalyten schaudern. Tatsächlich sah alles in dem Zimmer ungewöhnlich und unnatürlich aus, stellte er zu seinem Entsetzen fest, als er sich auf die Ellenbogen stützte und Umschau hielt. Ein Tisch in der Mitte des Raums war nicht liebevoll aus einem einzigen Stück Holz geformt worden, sondern aus mehreren, gewaltsam zusammengefügten Einzelteilen gefertigt. Die Stühle hatte man auf die gleiche Art hergestellt; sie wirkten ungeschlacht und abstoßend. Der Anblick eines Menschen, dessen Körper aus den Gliedmaßen anderer toter Menschen zusammengesetzt war, hätte Saryon nicht mehr zuwider sein können. Er glaubte fast, das mißhandelte Holz gequält aufschreien zu hören.

Wieder erregte ein Geräusch seine Aufmerksamkeit. Saryon spähte in die Schatten, die in den Ecken und Winkeln des kleinen Zimmers nisteten.

»Hallo?« fragte er schniefend.

Er bekam keine Antwort. Verwundert legte er sich wieder zurück. Er hätte schwören können, Stimmen gehört zu haben. Oder war das nur ein Traum gewesen? Er hatte so viele Träume gehabt in letzter Zeit, schreckliche Träume. Elfen und eine wunderschöne Frau und ein sprechender Baum …

Er mußte wieder niesen, fuhr im Bett empor und tastete nach etwas, womit er seine triefende Nase putzen konnte.

»Wird das genügen, o zwiefach verschnupfter Mann der Kirche?«

Ein Tüchlein aus orangefarbener Seide materialisierte sich in der Luft und flatterte dicht neben Saryons Hand auf die Decke. Der Katalyt zuckte davor zurück, als wäre es eine giftige Schlange.

»Seht her, ich bin's. In Fleisch und Blut, sozusagen.«

Saryon drehte sich unter Schmerzen halb herum und

wurde Simkins ansichtig, der am Kopfende des Bettes stand. Wenigstens vermutete der Katalyt, daß es sich um denselben jungen Mann handelte, der ihm im Außenland als ›Retter‹ erschienen war. Verschwunden waren die schlichten braunen Gewänder eines Waldläufers, verschwunden die Blätter des Elfenfreundes. Ein Brokatrock in sattem Blau und eine etwas heller blaue Weste saßen unverfroren über einem roten Seidenhemd, das heller leuchtete als die wässrige Sonne. Die grünen, hautengen Kniehosen hatten rote Schnallen. Rote Seidenstrümpfe umhüllten die Waden, und an allen exponierten Stellen schäumten flaschengrüne Spitzen – an Handgelenken, Hals und Weste. Sein braunes Haar wellte sich elegant, der Bart war tadellos gebürstet.

»Gefällt Euch der Anzug?« fragte Simkin und zupfte an seinen Locken. »Ich nenne den Farbton *Leichenblau*. ›Ein gräßlicher Name, Simkin‹, sagte die Gräfin Dupere zu mir. ›Ich weiß, Madame‹, stimmte ich ihr zu, ›aber das war meine spontane Inspiration zu dieser neuen Kreation und glaubt mir, spontane Reaktionen sind bei mir so *selten*, daß ich nicht undankbar sein wollte und das Geschenk zurückweisen.‹«

Simkin schlenderte um das Bett herum, so daß Saryon ihn sehen konnte, ohne sich den Hals zu verrenken. Anmutig nahm er das orangenfarbene Tuch von der Decke und reichte es mit großer Gebärde dem verdutzten Katalyten. »Ich weiß. Die Hosen. Nie etwas dergleichen gesehen, nehme ich an? Der letzte Schrei bei Hofe. Haute couture. Recht charmant, findet Ihr nicht? Allerdings fühlt man sich ein wenig eingezwängt ...«

Ein heftiges Niesen und ein Hustenanfall des Katalyten unterbrachen Simkins Redefluß.

Er winkte einen Stuhl heran, setzte sich und schlug die Beine übereinander, um seine Hosen besser bewundern zu können.

»Nicht ganz auf der Höhe, wie ich sehe? Scheußlich, so

eine Erkältung, nicht wahr? Vermutlich habt Ihr sie Euch eingefangen, als wir in den Fluß gefallen sind.«

»Wo bin ich?« brachte der Katalyt endlich krächzend heraus. »Was ist dies für ein Ort?«

»Wirklich, Ihr habt etwas von einem Frosch. Und was Eure Frage betrifft, wo Ihr Euch befindet – nun, selbstverständlich da, wo Ihr hin wolltet. Schließlich bin ich Euer Führer gewesen.« Mit gedämpfter Stimme fügte er hinzu: »Ihr seid bei den Technologen. Ich habe euch zu ihrem Zirkel gebracht.«

»Wie bin ich hergekommen? Was ist passiert? Welcher Fluß?«

»Erinnert Ihr Euch nicht?« fragte Simkin gekränkt. »Glaubt Ihr, es war ein Kinderspiel, mich in einen Baum zu verwandeln, in diesen Abgrund zu springen und Euch dabei in den Zweigen – Armen – zu halten wie eine Mutter ihr Kind?«

»Das ist wirklich geschehen?« Saryon starrte Simkin aus trüben Augen an. »Das war kein Fiebertraum?«

»Das trifft mich! Das trifft mich wirklich!« Simkin tippte sich schnüffelnd mit dem gekrümmten Zeigefinger unter die Nase und schaute zutiefst verwundert drein. »Ich setze mein Leben für Euch aufs Spiel, und Ihr erinnert Euch nicht daran. Dabei seid Ihr wie ein Vater für mich ...«

Fröstelnd zog Saryon sich die Decken bis unters Kinn, schloß die Augen und schob alles von sich: Simkin, *leichenblaue* Röcke, das unheimliche Zimmer und auch die Stimmen, die er gehört oder geträumt hatte. Der junge Mann plauderte weiter, aber Saryon hörte nicht zu; er war zu krank, um zu grübeln und zu sinnieren. Er döste vor sich hin, aber das schreckliche Gefühl zu fallen ließ ihn wieder aufschrecken. Dann drang ein fernes Geräusch in sein Bewußtsein, ein dumpfer, rhythmischer Taktschlag zu seinen Alpträumen.

»Was ist das?« fragte er und hustete.

»Was ist was?«

»Dieser Lärm. Dieses Hämmern.«

»Das kommt aus der Schmiede.«

Die Schmiede. Saryon entsetzte sich bis auf den Grund seiner Seele. Vanya hatte recht gehabt. Die Nigromanten des Zirkels hatten tatsächlich die alte, verbotene Kunst wiederentdeckt – die Schwarze Kunst, die schon einmal fast den Untergang der Welt herbeigeführt hatte. Was waren das für Menschen, die ihre Seele an das Neunte Mysterium verloren hatten? Es mußten Unholde sein, Teufel – und er allein unter ihnen. Allein, bis auf Simkin. Wer war Simkin? Was war er? Wenn er den Baum und die Elfen nicht geträumt hatte, dann waren vielleicht auch die Stimmen wirklich gewesen, und das bedeutete, Simkin hatte ihn verraten. *Er ist deinetwegen hergeschickt worden, Joram.* Das wurde nicht in scherzendem Tonfall gesagt. *Willst du mir die Schuld dafür geben, daß die Welt da draußen grausam und mitleidlos ist? Ein Ort des Schreckens, ein Jammertal, in das unser Katalyt sich fürs erste nicht wieder hinauswagen wird, möchte ich wetten!«* In diesen Worten lagen keine flaschengrünen Spitzenjabots, kein orangefarbenes Seidentüchlein, kein unschuldsvolles Lächeln. Leichenblau. Ebenso kalt und schneidend wie geschmiedetes Eisen.

Joram weiß, wer ich bin und was ich hier will, kam es Saryon schaudernd zu Bewußtsein. Er wird mich töten. Immerhin hat er schon einmal gemordet. Aber vielleicht werden die anderen ihn zurückhalten. Schließlich brauchen sie einen Katalyten, wenigstens hat Bischof Vanya das gesagt. Aber wie kann ich diesen Teufeln, diesen verderbten Zauberern helfen? Unterstütze ich sie dadurch nicht in ihrem sündhaften Tun? Hat Vanya das nicht bedacht?

Saryon setzte sich auf. Wegen der verstopften Nase mußte er durch den Mund atmen, sein Kopf fühlte sich an wie mit Watte ausgestopft, und das Denken fiel ihm schwer. Ich werde ihnen nicht helfen, beschloß er. Bei der ersten sich bietenden Gelegenheit öffne ich eine Transversale und kehre mit diesem Joram ins Baptisterium zurück. Auch wenn er ohne Magie ist, verfügen er und ich zusammen über genügend Leben, um das zu bewerkstelligen. Ich liefere ihn ab und bin ihn los. Soll Vanya mit ihm tun, was er will. Dann kehre ich ihrem Baptisterium, ihren Lügen und ihren frommen, bedeutungslosen Lehren den Rücken. Vielleicht ziehe ich mich in das Haus meines Vaters zurück. Es steht leer – Eigentum der Kirche. Dort schließe ich mich ein mit meinen Büchern ...

Saryon fiel zurück in die Kissen und warf sich ruhelos hin und her. In seiner fiebrigen Benommenheit merkte er zwar, daß Simkin aus dem Zimmer schwebte wie ein farbenprächtiger tropischer Vogel, aber er fühlte sich zu krank und elend, um sich darüber Gedanken zu machen.

Der Katalyt sank in einen unruhigen Schlaf. Wie eine Vision tauchte aus dem Feuer und Rauch der Schmiede die Gestalt eines Nigromanten vor ihm auf – ein Mann mit einem von allen verderbten Leidenschaften gezeichneten Gesicht. Seine Augen glühten rot von dem Feuer, in das er Tag für Tag schaute, seine Haut überzog der unreine Hauch der falschen Magie.

Während Saryon gelähmt vor Angst in diese Fratze starrte, beugte sich der Unhold über ihn, in der Hand hielt er einen Stab aus glühendem Eisen ...

»Ganz ruhig, Pater. Habt keine Angst.«

Saryon wurde sich plötzlich bewußt, daß er kerzengerade im Bett saß, an seinen Decken zerrte und fliehen wollte. Das grelle Lodern der Flammen blendete ihn in dem ansonsten dunklen Zimmer. Er konnte nichts sehen ... wollte nichts sehen ...

»Pater!« Jemand schüttelte ihn. »Pater, wacht auf. Ihr habt einen bösen Traum.«

Mit einem Ruck kam Saryon zu sich. Er hatte wieder

geträumt. Oder nicht? Blinzelnd starrte er ins Licht. Die Stimme, die zu ihm gesprochen hatte, gehörte nicht Simkin. Sie klang älter, tiefer. Der Nigromant …

Als seine Augen sich an die Helligkeit gewöhnt hatten, erkannte Saryon den rotglühenden Eisenstab als das, was er war: eine brennende Fackel in der Hand eines alten Mannes, der ihn mit gütigen Augen musterte. Die Berührung an seiner Schulter war behutsam und sanft. Mit einem erlösten Aufatmen ließ Saryon sich in die Kissen zurücksinken. Das war kein Nigromant, bestimmt nicht. Ein Diener vielleicht. Er drehte den Kopf zur Seite und sah, daß es im Zimmer dunkel war. Konnte es ein, daß der Schatten der Sünde über diesem Ort des Bösen alles Licht ausgelöscht hatte?

»Ja, so ist es besser, Pater. Der Junge hat mir berichtet, daß Ihr im Fieber liegt. Seid ganz ruhig. Meine Frau wird gleich mit der Heilerin kommen …«

»Heilerin?« Saryon schaute den alten Mann verständnislos an. »Ihr habt eine Heilerin?«

»Eine Druidin von den *Mannanish* nur. Sie ist aber sehr bewandert in der Kräuterkunde und weiß vieles, das man in der Welt draußen wohl vergessen hat. Eure Druiden brauchen solche Hilfsmittel nicht, weil sie Katalyten wie Euch haben, die ihnen Kraft geben.«

Der alte Mann tappte zur anderen Seite des Zimmers, entzündete mit der Fackel das Feuer im Herd und löschte sie anschließend in einem Eimer mit Wasser. »Vielleicht brauchen auch wir uns nicht mehr auf die guten Gaben der Natur zu beschränken, da Ihr jetzt bei uns seid, Pater«, fuhr der alte Mann fort. Er griff nach etwas, das aussah wie ein fingerdicker Holzstab, hielt ein Ende ins Feuer, bis es brannte, und trat damit an den Tisch, während er immer weiter von der Heilerin und ihren Fähigkeiten erzählte.

Saryon beobachtete das Tun des Alten mit einem seltsamen Gefühl von Euphorie und hörte kaum auf das, was gesprochen wurde. Selbst zu sehen, wie der alte Mann den brennenden Stab benutzte, um mehrere dicke Stäbe anzuzünden, die in schlichten Haltern auf dem Tisch standen, weckte den Katalyten nicht aus seiner benommenen Teilnahmslosigkeit. Er wunderte sich nur, daß das Feuer nicht erlosch oder die Stäbe gleich verzehrte, statt dessen brannte auf jedem eine kleine, stille Flamme, und alle zusammen erfüllten den Raum mit einer weichen, freundlichen Helligkeit.

»Die *Mannanish* ist eine gute Frau, tüchtig und ihrer Berufung ergeben. Ihre Heilkunst hat mehr als einem von uns das Leben gerettet. Aber wieviel Gutes hätte sie tun können, wenn sie nicht allein auf sich gestellt gewesen wäre. Ihr könnt Euch nicht vorstellen«, sagte der alte Mann, setzte sich auf seinen Stuhl neben das Bett und lächelte auf Saryon nieder, »wie oft ich zum Almin gebetet habe, uns einen Katalyten zu senden.«

»Zum Almin gebetet?« Es dauerte eine Weile, bis er endlich begriff. »Ach, natürlich. Ihr seid keiner von *denen*.«

»Wen meint Ihr damit, Pater?« fragte der alte Mann, und sein Lächeln wurde unmerklich breiter.

»Die Nigromanten.« Saryon mußte husten und deutete mit der Hand nach draußen. »Diese Technologen. Seid Ihr ein Sklave?«

Der Alte griff in den Kragen seines langen, grauen Gewandes und brachte einen seltsamen Anhänger zum Vorschein, der an einer feinen goldenen Kette um seinen Hals hing. Es war ein aus Holz geschnitztes Rund, durchzogen von neun Speichen.

»Pater«, sagte der alte Mann mit einem Ausdruck von bescheidenem Stolz auf dem faltigen Gesicht, »ich bin Andon, ihr Oberhaupt.«

»Langsam, Pater. So ist's recht. Stützt Euch auf meinen Arm. Dies ist Euer erster Spaziergang. Wir wollen es nicht übertreiben.«

Saryon ging langsam neben Andon her, blinzelte in die Sonne und atmete dankbar die von den satten, würzigen Gerüchen des Spätsommers erfüllte Luft ein.

»Ihr müßt Schlimmes durchgemacht haben, Pater«, fuhr Andon fort, während sie langsam den kleinen Hof des Häuschens durchquerten und auf die ungepflasterte Dorfstraße hinaustraten. Im Vorübergehen grüßte der alte Mann mit einem Kopfnicken die Dörfler, die stehenblieben und ihnen nachschauten.

Trotz der unverhohlenen Neugier in vielen Gesichtern wahrten die Leute Zurückhaltung; der offenkundige Respekt vor ihrem Oberhaupt verbot es ihnen, sich ungefragt aufzudrängen.

Das also sind die Adepten der Schwarzen Magie, dachte Saryon. Von unreinen Leidenschaften gezeichnete Gesichter? Die Gesichter junger Mütter, mit ihren kleinen Kindern auf dem Arm. Rote, glühende Augen? Die müden Augen von Menschen nach einem langen Arbeitstag. Verdammenswerte Beschwörungen der Mächte der Finsternis? Das Lachen spielender Kinder. Der einzige Unterschied, den er zwischen diesen Leuten und den Bewohnern von Walren erkennen konnte oder auch zwischen diesen Leuten und den Bewohnern von Merilon, bestand darin, daß die Menschen hier wenig oder gar keine Magie anwendeten. Da sie gezwungen waren, mit ihrem Leben sparsam umzugehen, weil ihnen kein Katalyt zur Verfügung stand, der ihnen neue Kraft gewährte, gingen die Nigromanten zu Fuß. In Stiefeln aus weichem Leder stapften sie durch den Morast der mit Abfall übersäten Straßen.

Saryons Blick wanderte zu einer Gruppe von Männern, die mit dem Bau eines Hauses beschäftigt waren. Hier waren keine Magi aus der Kaste der *Pron-alban* am Werk, die liebevoll den Stein aus der Erde riefen und ihm mittels ihrer magischen Kräfte Form verliehen. Diese Männer gebrauchten ihre Hände, um die unnatürlichen Steinquader aufeinanderzustapeln. Sogar die Steine wurden von Menschenhand hergestellt, erklärte der alte Mann: Lehm, in Formen gefüllt und in der Sonne getrocknet. Saryon blieb stehen und beobachtete mit grimmiger Faszination, wie die Bauleute die Steine säuberlich nebeneinanderlegten, die Reihe dick mit einer breiigen Substanz bestrichen und darauf wieder Steine legten, die an den Schmalseiten mit derselben Substanz zusammengefügt wurden. Aber das war nicht der einzige Hinweis auf das Neunte Mysterium. Wohin er auch schaute, sah er sich mit der Schwarzen Magie konfrontiert, und am deutlichsten und häufigsten manifestierte sie sich in dem Symbol der Gemeinschaft, das der alte Mann als Anhänger um den Hals trug – dem Rad. Auf kleinen Rädern rollten beladene Karren die Straße entlang, ein großes Rad stahl dem Fluß Leben und benutzte es, um in einem Ziegelhaus nebenan andere Räder in Bewegung zu setzen, die wiederum bewirkten, daß zwei große Steine zwischen sich Getreidekörner zu Mehl zerrieben.

Damit nicht genug – sogar in dem Land selbst hatten die Nigromanten ihre Spuren hinterlassen. Jenseits des Flusses sah der Katalyt die schwarzen Öffnungen von in den Fels getriebenen Stollen wie anklagende Augen herüberstarren. Dort hatten vor langer Zeit, berichtete Andon, die Technologen der Erde das eisenhaltige Gestein entrissen, wozu sie sich einer teuflischen Substanz bedienten, die mit ihrer ungeheuren Kraft Fels zu Staub zermalmen konnte. Das Wissen um diese Substanz war verlorengegangen, klagte Andon. Die Nigromanten heute mußten sich mit dem Eisenerz begnügen, das aus jenen vergangenen Zeiten auf sie überkommen war.

Doch eins mahnte Saryon mehr als alles andere daran, daß er sich im Reich der Ketzer befand – der stete, gleichmäßige Hammerschlag aus der Schmiede, der wie der Klang einer großen, sonoren Glocke durch den Ort hallte.

Perversion von Leben! schrie der Katalyt in Saryon. *Sie zerstören die Magie!* Aber der logische Teil seines Verstandes antwortete: *Mittel zum Überleben.* Und vielleicht war es derselbe Teil seines Verstandes, den Saryon dabei ertappte, wie er auf der Grundlage dieses geächteten Wissens mit faszinierenden, neuen mathematischen Konzepten spielte. Er hatte bereits bemerkt, daß das Ziegelhaus, in dem er wohnte, wärmer und trockener war als die hohlen Bäume der FeldMagi. Ob man vielleicht …

Entsetzt über die Abgründe in seiner eigenen Seele, zwang Saryon sich, seine Aufmerksamkeit wieder dem alten Mann zuzuwenden.

»Ja, Ihr müßt Schlimmes durchgemacht haben. Gefangener der Riesen, Kampf gegen die Zentauren, gerettet von Simkin, der sich in einen Baum verwandelt. Eines Tages würde ich gerne Euch selbst von diesen Abenteuern berichten hören, wenn es Euch nicht zu sehr aufregt, darüber zu sprechen.« Andon lächelte nachsichtig. »Manchmal fällt es schwer, Simkin Glauben zu schenken.«

»Erzählt mir von Simkin«, forderte Saryon ihn auf. Er war froh über die Ablenkung. »Wo kommt er her? Was weiß man hier von ihm?«

»Von Simkin? Eigentlich überhaupt nichts. Natürlich hat er uns dies und das erzählt, aber das ist alles Unsinn, denke ich mir, genau wie seine Geschichten über den Grafen Soundso und die Gräfin Vonundzu.« Andon schaute den Katalyten an und fügte in mildem Ton hinzu: »Wir stellen denen keine Fragen, die zu uns kommen, um sich hier eine neue Heimat zu schaffen. Zum Beispiel gibt es auch Anlaß zum Nachdenken, was einen Katalyten aus dem Baptisterium bewogen haben könnte, sein warmes Nest zu verlassen und bei Nacht und Nebel die Grenze zum Außenland zu überschreiten.«

Saryon spürte, wie ihm das Blut heiß in die Wangen stieg. »Also, ich ...« begann er unbeholfen.

Der alte Mann schnitt ihm das Wort ab. »Nein, ich frage nicht. Und Ihr braucht nicht darüber zu sprechen. So ist es hier der Brauch, seit diese Siedlung besteht.« Andon schüttelte den Kopf; von einem Moment zum anderen wirkten seine Augen alt und müde. »Vielleicht ist es gar kein so guter Brauch«, sagte er halblaut und richtete den Blick auf ein größeres Gebäude, das abseits von den anderen auf einer kleinen Erhebung stand. Es war aus den gleichen von Menschenhand gefertigten Steinen erbaut, überragte aber mit einem zweiten Stockwerk die übrigen Häuser des Dorfes und schien verhältnismäßig neu zu sein. »Hätten wir Fragen gestellt, wären uns möglicherweise viel Kummer und Schmerz erspart geblieben.«

»Das verstehe ich nicht.« Schon während seiner Genesung war Saryon aufgefallen, daß ein Schatten über denen lag, die kamen, um ihn zu besuchen – Andon, seine Frau, die Heilerin. Sie waren unruhig, bedrückt, sprachen häufig mit gedämpfter Stimme und schauten sich mißtrauisch um, als fürchteten sie, belauscht zu werden. Mehr als einmal hatte er nach dem Grund fragen wollen, weil ihm einige Bemerkungen Simkins einfielen, aber er fühlte sich immer noch als Fremder unter diesen Leuten.

»Ich habe Euch gesagt, ich wäre das Oberhaupt dieser Gemeinschaft«, sagte Andon so leise, daß Saryon den Kopf neigen mußte, um ihn zu verstehen. Nur wenige Menschen waren auf der Dorfstraße unterwegs, trotzdem schien der alte Mann sehr besorgt zu sein, daß jemand ihn hören könnte. »Das entspricht nicht ganz den Tatsachen. Ich war es vor Jahren. Doch nun gehorchen wir dem Gebot eines anderen.« Er musterte Saryon aus den Augenwinkeln. »Ihr werdet demnächst seine Bekanntschaft machen. Er hat sich bereits nach Euch erkundigt.«

»Blachloq«, entfuhr es Simkin ungewollt.

Der alte Mann blieb stehen und starrte ihn an. »Ja! Woher ...«

»Simkin hat mir von ihm erzählt.«

Andons Gesicht verdüsterte sich; er nickte. »Ach so. Simkin. Nun, Blachloq könnte Euch Genaueres über Simkin berichten. Simkin scheint viel Zeit mit dem Hexenmeister zu verbringen. Nicht etwa, daß Blachloq Eure Fragen beantworten würde, bewahre! Er ist ein wahrer *Duuk-tsarith*. Ich habe mich oft gefragt, was er wohl getan hat, um aus diesem unheimlichen Orden ausgestoßen zu werden.« Ein Frösteln überlief den alten Mann.

»Aber« – Saryons Blick wanderte über die zahlreichen Wohnhäuser und kleinen Geschäfte längs der Gassen und Wege der Ansiedlung – »ihr seid so viele, und er ist allein. Warum ...«

»... haben wir ihn nicht bekämpft?« Der Alte schüttelte traurig den Kopf. »Seid Ihr je von den Erzwingern in Haft genommen worden? Habt Ihr je die Berührung ihrer Hände gespürt, die Euch das Leben aussaugen wie eine Spinne ihrem Opfer das Blut? Ihr braucht nicht zu antworten, Pater. Wenn Ihr es erlebt habt, dann versteht Ihr, was ich meine. Und was unsere Übermacht betrifft – nun ja, wir sind viele, aber wir sind nicht eins. Das mag Euch jetzt noch rätselhaft erscheinen, aber mit der Zeit werdet Ihr es verstehen.« Unvermittelt kam Andon auf etwas Unverfänglicheres zu sprechen. »Aber wenn Ihr wirklich mehr über Simkin wissen möchtet, dann unterhaltet Euch mit den beiden jungen Männern, die sich mit ihm eine Unterkunft teilen.«

Da er merkte, daß Andon bedacht war, von dem ehemaligen Erzwinger abzulenken, ließ Saryon die Angelegenheit auf sich beruhen und griff bereitwillig Andons Vorschlag auf, sich bei seinen Freunden nach Simkin zu erkundigen.

»Ihre Namen sind Joram und Mosiah«, erklärte der Alte. »Mosiah dürfte Euch vom Hörensagen bekannt sein, da Ihr eine Zeitlang in Walren gelebt habt ...« Er sah den Katalyten an und erschrak. »Meine Güte, wie blaß Ihr seid, Pater. Ich habe gleich befürchtet, daß dieser Spaziergang Euch zu sehr anstrengt. Möchtet Ihr Euch hinsetzen? Es ist nicht mehr weit bis zum Park.«

»Ja, vielen Dank«, antwortete Saryon, obwohl er sich gar nicht erschöpft fühlte. Dann hatte Simkin also nicht gelogen, als er behauptete, er und Joram wären Freunde. Und die Stimmen, die er im Fieber gehört hatte: Joram ... Mosiah ... Simkin ...

»Um diese Zeit werden Mosiah und Joram noch bei der Arbeit sein. Simkin hat meines Wissens noch nie einen Finger krumm gemacht.« Andon führte Saryon zu einer Bank im Schatten einer mächtigen Eiche. »Fühlt Ihr Euch besser, Pater? Ich kann die Heilerin rufen lassen ...«

»Nein, es geht schon«, murmelte Saryon. »Ihr hattet recht. Ich habe von Mosiah gehört. Und von diesem Joram«, fügte er mit gesenkter Stimme hinzu.

»Ein ungewöhnlicher junger Mann«, bemerkte Andon. »Bestimmt wißt Ihr auch von dem Mord an dem Verwalter?«

Saryon nickte stumm. Er hatte Angst zu sprechen; Angst, zuviel zu sagen.

Der alte Mann seufzte. »Natürlich wußten wir auch davon. Die Nachricht verbreitete sich wie ein Lauffeuer. Einige von uns betrachteten ihn als Helden. Andere glaubten, in ihm ein nützliches Werkzeug gefunden zu haben.« Andon warf einen bedeutungsvollen Blick auf das abseits stehende, große Haus. »Das war der Grund, weshalb er hierher gebracht wurde.«

»Und Ihr?« fragte Saryon. Er empfand großen Respekt vor diesem weisen und gütigen alten Mann. »Wie ist Eure Meinung?«

»Ich fürchte ihn«, gestand Andon mit einem Lächeln. »Das mag sich für Euch merkwürdig anhören, Pater, aus dem Munde eines Adepten der Schwarzen Magie. Ja«, er griff nach Saryons Hand, »ich kenne Eure Gedanken. Ich sehe das Entsetzen und den Abscheu auf Eurem Gesicht.«

»Es – es fällt mir noch schwer zu ...« stammelte Saryon und wurde rot.

»Ich verstehe. Ihr seid nicht allein. Vielen, die zu uns kommen, ergeht es ähnlich. Auch Mosiah hat sich noch nicht an unsere Art zu leben gewöhnt.«

»Und dieser Joram«, fragte Saryon nach kurzem Zögern, weil er befürchtete, mit seinem Interesse Verdacht zu erregen, »muß man ihn tatsächlich fürchten?« Er war gespannt auf die Antwort, doch als sie kam, fiel sie anders aus als erwartet.

»Ich weiß es nicht«, sagte Andon leise. »Er ist jetzt seit einem Jahr bei uns, und doch habe ich das Gefühl, daß er mir fremder ist als Ihr, den ich erst seit ein paar Tagen kenne. Ihn fürchten? Ja, ich fürchte ihn, aber nicht aus dem Grund, den Ihr vielleicht vermutet. Und ich bin nicht der einzige.« Wieder schaute Andon zu dem Haus auf dem Hügel.

»Ein Erzwinger? Angst vor einem siebzehn Jahre alten Jungen?« Saryon musterte den alten Mann zweifelnd.

»Er wird es vermutlich nicht einmal vor sich selbst zugeben. Aber er hat Angst vor ihm, und wenn nicht, sollte er sie haben.«

»Warum?« wollte Saryon wissen. »Ist der junge Mann dermaßen jähzornig oder gewalttätig?«

»Aber nein, nichts dergleichen. Die Bluttat, von der Ihr gehört habt, geschah unter außergewöhnlichen Umständen. Joram hatte mitansehen müssen, wie seine Mutter getötet wurde. Er hat keineswegs einen gewalttätigen oder unbeherrschten Charakter. Im Gegenteil, er ist *zu* beherrscht. Kalt und hart wie Stein. Und einsam, so furchtbar einsam.«

»Dann ...«

Andon runzelte die Stirn und suchte nach Worten. »Wie soll ich es erklären – ist Euch je in einer Gruppe von Menschen einer sofort aufgefallen? Nicht, weil er sich besonders hervortut, sondern allein durch seine Gegenwart? So einer ist Joram. Vielleicht weil er ein Leben genommen hat, trägt er das Mal des Almin. Ein Schatten liegt über ihm, der Schatten eines tragischen Schicksals.« Der alte Mann zuckte mit ernstem Gesicht die Schultern. »Ich kann es nicht besser sagen, aber Ihr bekommt Gelegenheit, Euch selbst ein Urteil zu bilden. Wenn Euch daran liegt, könnt Ihr den jungen Mann gleich kennenlernen. Wir sind auf dem Weg zu ihm. Joram, wißt Ihr, arbeitet in der Schmiede.«

Die Schmiede

Der Katechismus sagt: ›Wer dem Neunten Mysterium anhanget, macht sich zum Handlanger des Todes.‹

Der Katechismus sagt: ›Wer sich zum Handlanger des Todes macht, dessen Seele soll ins Feuer geworfen werden und dort bleiben für alle Ewigkeit und in immerwährender Qual.‹

Und wahrlich, ihnen ist geschehen, wie geschrieben steht, dachte Saryon, während er in die von zuckendem Feuerschein erhellte, rötliche Dunkelheit der Schmiede blickte.

Andon war vor ihm in die Höhle getreten, wechselte einige Worte mit den Männern, die dort arbeiteten, und deutete hinter sich, auf den Katalyten. Als er merkte, daß Saryon ihm nicht gefolgt war, drehte er sich zu ihm herum. Der Katalyt sah, wie seine Lippen sich bewegten, doch der Lärm der Schmiede übertönte die Worte, also bedeutete ihm Andon mit lebhaften Handbewegungen einzutreten.

Gelb und orange waberte der Hitzeglast über das Gesicht des alten Mannes, die rote Glut des Schmiedefeuers brannte in seinen Augen, das Rad auf seiner Brust verströmte ein flackerndes Licht. Entsetzt glaubte Saryon, den Dämon aus seinen Fieberträumen vor sich auftauchen zu sehen und wich mit abwehrend erhobenen Händen ein paar Schritte zurück. Andon hätte wahrhaftig der Dunkle sein können, der sich aus der Tiefe erhob, um den Katalyten ins ewige Feuer zu zerren.

Als er Saryons plötzliche Furcht bemerkte, malten sich Überraschung und Ärger auf Andons Gesicht, doch gleich darauf nickte er verständnisvoll.

»Es tut mir leid, Pater.« Saryon las Andon die Worte von den Lippen ab. »Ich hätte wissen sollen, wie die Schmiede auf Euch wirken muß.« Der alte Mann kam auf ihn zu. »Gehen wir nach Hause.«

Aber Saryon vermochte sich nicht von der Stelle zu rühren. Wie gebannt starrte er auf das Bild in dem gezackten Rahmen des Höhleneingangs. In der Mitte eines großen runden Steinblocks häufte sich rotglühende Holzkohle in großer Menge, darüber kauerte wie ein fauchendes Ungeheuer mit riesigem Wanst ein rätselhaftes Gebilde, das den Kohlen glosendes Leben einhauchte, während die schädlichen Dämpfe durch einen natürlichen Kamin aus der Höhle geleitet wurden.

»Was – was tun sie da?« fragte Saryon mit bebender Stimme. Es drängte ihn, die Flucht zu ergreifen, gleichzeitig fühlte er sich von dem unheiligen Geschehen unwiderstehlich angezogen.

»Sie erhitzen das Eisenerz, bis es sich in eine zähflüssige Masse verwandelt«, schrie Andon über das Hämmern und Zischen und Fauchen hinweg, »die allerdings sowohl mit den Rückständen des Erzes als auch der Holzkohle verunreinigt ist.«

Einer der jungen Männer, die in der Schmiede arbeiteten,

trat an die Feuerstelle und hob mit etwas, das aussah wie eine gräßliche Verlängerung seines Arms aus Metall, einen Klumpen rotglühenden Eisens aus dem Kohlenbett. Er legte es auf einen anderen Block – nicht aus Stein, sondern gleichfalls aus Eisen –, nahm ein Werkzeug und schlug damit auf das glühende Metall ein.

»Da ist er – das ist Joram«, sagte Andon.

»Was tut er?« Saryon konnte seine eigene Stimme nicht hören, er fühlte nur, wie seine Lippen die Worte formten.

»Er hämmert das Eisen in die gewünschte Form«, erklärte Andon. »Das ist eine Methode; er könnte das flüssige Metall auch in eine Form gießen, abkühlen lassen und dann erst bearbeiten.«

Das dem Stein innewohnende Leben abtöten. Eisen mit einem Werkzeug bearbeiten, seine gottgegebenen Eigenschaften verfälschen. Die Magie verneinen. Handlanger des Todes. Mit jedem Hammerschlag hallten diese Gedanken dröhnend durch Saryons Kopf.

Er wollte sich abwenden, doch in diesem Moment hob der junge Mann in den unsteten Schatten der Schmiede den Kopf und blickte zu ihm hin.

Es steht geschrieben, daß der Almin das Herz des Menschen kennt, es aber nicht regiert. So ist der Mensch Herr seines eigenen Schicksals, und doch vermag der Almin vorherzusehen, wie jeder einzelne dieses Schicksal erfüllen wird. Indem sie eins wurden mit dem Bewußtsein des Almin, waren die *Seher* in der Lage, die Zukunft zu prophezeien. Es steht auch geschrieben, daß zwei Seelen, denen bestimmt ist, daß ihre Schicksalswege sich kreuzen – im Guten oder im Bösen –, es wissen werden, sobald sie einander begegnen.

Dies war der Moment, in dem zwei Seelen sich begegneten. Und es wußten.

Wie die klingenden Hammerschläge die schwarze Hülle um das glühende Eisen sprengten, so ließ Jorams düsterer

Blick Saryon wie unter einem Schlag zusammenzucken. Erschüttert bis ins Mark, kehrte der Katalyt der Schmiede und den flackernden Schatten den Rücken.

Andon ergriff stützend seinen Arm. »Pater, Ihr fühlt Euch nicht wohl. Es tut mir leid. Ich hätte wissen müssen, wie erschreckend ...«

Aber die Stimme des alten Mannes verlor sich im Glokkenton der Hammerschläge und dem steten, eindringlichen Blick der braunen Augen. Saryon kannte diese Augen. Er kannte dieses Gesicht.

Während er durch die Gassen stolperte, begleitet von dem alten Mann, dessen Gegenwart er nur ahnte, ohne ihn wirklich zur Kenntnis zu nehmen, sah der Katalyt nur die klaren, kalten Augen vor sich, die selbst die darin widergespiegelte Hitze des glühenden Eisens nicht zu wärmen vermochte. Er sah die breite Linie der schwarzen Brauen, die dem schweißbedeckten Gesicht einen Ausdruck von Bitterkeit verliehen. Er sah den grimmigen, harten Mund, die hohen Wangenknochen, das vom Feuerschein rötlich überhauchte, glänzend schwarze Haar.

»Ich kenne das Gesicht!« sagte er zu sich selbst, nur war es in seiner Erinnerung nicht von Verbitterung gezeichnet, sondern von Kummer. Ein Kummer, den keine Fröhlichkeit ganz zu vertreiben vermochte. Vielleicht hatte er das Gesicht vor siebzehn Jahren im Baptisterium gesehen. Vielleicht hatte er den schuldig gewordenen Vater des Jungen gekannt. Er kramte in seinem Gedächtnis, konnte sich aber nur vage daran erinnern, von der Verurteilung des abtrünnigen Katalyten gehört zu haben, obwohl der Skandal wochenlang die Gemüter bewegte. Damals war er zu sehr von seinen eigenen Seelenqualen in Anspruch genommen gewesen, um für die eines anderen Interesse aufzubringen. Vielleicht hatte er ihn doch gesehen, ohne sich dessen bewußt zu sein. Das war die Erklärung, so mußte es sein und doch ...

Schemenhafte Bilder drängten sich ihm auf, er sah das Gesicht lächeln, doch immer überschattet, immer gezeichnet von einem Schmerz, für den es keine Linderung gab …

Er kannte es! Er wußte den Namen! Gleich, gleich würde der Schleier des Vergessens sich heben –

– doch die Erinnerung entschlüpfte ihm, bevor er sie pakken konnte; die Bilder lösten sich auf und trieben davon wie Nebelfetzen im Wind.

Der Hexenmeister

Simkin, der sich mit größter Sorgfalt einen Weg durch die morastigen Straßen zu Andons Haus suchte, wirkte in dem grauen Dorf der Technologen völlig fehl am Platze. Viele der Einwohner, die ihn vorübergehen sahen, hielten in ihrer Arbeit inne und betrachteten ihn mit zurückhaltendem Staunen wie einen seltenen bunten Vogel, der plötzlich in ihrer Mitte aufgetaucht war. Manche zogen mißbilligend die Brauen zusammen und murmelten kopfschüttelnd wenig schmeichelhafte Kommentare, doch auch einige freundliche Grußworte galten dem aufgeputzten jungen Mann, der mit tastenden Schritten durch den Schlamm stelzte und den Saum seines Umhangs vorsorglich über den Arm gelegt trug. Simkin erwiderte Grobheiten und Grüße unterschiedslos mit einem nonchalanten Winken seiner von Spitzenmanschetten umflatterten Hände oder dem Schwenken seines mit einer rosa Feder geschmückten Huts.

Die Dorfkinder jedoch waren rückhaltslos begeistert, ihn wiederzusehen. Für sie stellte er eine willkommene Abwechslung dar. Sie umtanzten ihn, zupften an seinen merkwürdigen Kleidern, spotteten über seine Seidenhosen und stachelten sich gegenseitig an, ihn mit Schlamm zu bewerfen. Ein stämmiger Junge von elf Jahren ließ sich von seinen Kameraden herausfordern, ihn aus nächster Nähe genau zwischen die Schulterblätter zu treffen. Auf Zehenspitzen schlich er sich an und holte zum Wurf aus, als Simkin plötzlich herumfuhr. Er sagte kein Wort, sondern starrte den Jungen nur schweigend an. Der Bengel wich zurück, ergriff die Flucht und verprügelte zum Ausgleich den nächsten schwächeren Jungen, der das Unglück hatte, ihm über den Weg zu laufen.

Simkin zog verächtlich die Luft durch die Nase, warf sich den Umhang über die Schulter und wollte seinen Weg fortsetzen, als eine Gruppe von Frauen ihn einkreiste. Schlicht gekleidet, ungebildet, mit roten, schwieligen Händen, waren sie dennoch die *Creme* der dörflichen Gemeinschaft: die Frau des Hufschmieds, die Frau des Minenverwalters und die Frau des Kerzenhaltermachers. Sie umdrängten Simkin und bestürmten ihn mit Fragen nach Ereignissen am kaiserlichen Hof, den sie nie gesehen hatten.

Zu ihrem Entzücken ließ Simkin sich nicht lange bitten. »Sagt doch die Kaiserin zu mir: ›Mein lieber Simkin, wie habt Ihr dieses bezaubernde Grün getauft?‹ Und ich darauf: ›In einer stillen Stunde, mit einem guten Tropfen!‹ Haha! Wie bitte? Was habt Ihr gesagt, meine Liebe? Bei diesem infernalischen Getöse versteht man sein eigenes Wort nicht mehr!« Er warf einen vernichtenden Blick in die Richtung der Schmiede. »Gesundheit? Die Kaiserin? Ruinös, einfach ruinös. Aber sie *besteht* darauf, jeden Abend Hof zu halten. Nein, ich übertreibe nicht. Degoutant, wenn Ihr mich fragt. ›Sie wird doch nicht etwas *Ansteckendes* haben?‹ sage ich zum alten Grafen Mardoc. Armer Mann – ich wollte ihn nicht erschrecken. Er schnappte sich seinen Katalyten und verschwand wie der Blitz. Soviel Flinkheit hätte ich dem alten Knaben gar nicht zugetraut. Wie belieben? Aber ja, das ist der absolut *letzte Schrei*. Und jetzt muß ich weiter. Ich bin im Auftrag unseres noblen Gebieters unterwegs. Habt Ihr den Katalyten gesehen?«

Ja, die Damen hatten. Er und Andon waren in der Schmiede gewesen, aber bald nach Hause zurückgekehrt, weil der Katalyt einen plötzlichen Schwächeanfall erlitten hatte.

»Das glaube ich gerne«, murmelte Simkin in seinen Bart. Er zog den Hut, verneigte sich tief vor den Damen und setzte seinen Weg fort, der ihn schließlich zu einem der größeren und älteren Gebäude der Ortschaft führte. Er klopfte an und wartete geduldig, während er den Hut in den Händen drehte und eine kleine Melodie vor sich hin pfiff.

»Tretet ein, Simkin, und seid willkommen«, sagte eine alte Frau in herzlichem Ton, als sie die Tür öffnete.

»Ich danke Euch, Marta«, gab Simkin zurück, bückte sich und drückte einen Kuß auf die faltige Wange. »Die Kaiserin läßt durch mich ihre besten Wünsche ausrichten und für Eure Sorge um ihre Gesundheit danken.«

»Ach geh!« schalt Marta und fächelte sich mit der Hand frische Luft zu, weil Simkins betäubender Duft sie zu überwältigen drohte. »Kaiserin, also wirklich. Ihr seid entweder ein Lügner oder ein Narr, junger Mann.«

»Marta, Marta!« Simkin beugte sich vertraulich zu ihr hinab. »Genau das hat mich auch der Kaiser gefragt. ›Simkin‹, sagte er, ›seid Ihr ein Lügner oder ein Narr?‹«

»Und was habt Ihr geantwortet?« fragte Marta mit zuckenden Lippen, obwohl sie sich bemühte, ernst zu bleiben.

»Ich sagte: ›Wenn ich sage, keins von beiden, Majestät, dann bin ich einer. Wenn ich sage, ich bin das eine, bin ich das andere.‹ Könnt Ihr mir bis hierher folgen, Marta?«

»Und wenn Ihr sagt, Ihr seid beides?« Marta legte den Kopf schräg und faltete die Hände unter der Schürze.

»Exakt, was auch Seine Majestät zu wissen begehrten. Meine Antwort: ›Dann bin ich sowohl als auch, stimmt's?‹« Simkin verbeugte sich. »Denkt darüber nach, Marta. Seine Majestät hatten an dieser Nuß mindestens eine Stunde zu knacken.«

»Dann seid Ihr also wieder am Hof gewesen, Simkin?« fragte Andon, der herbeikam, um den Gast zu begrüßen. »An welchem, wenn man fragen darf?«

»Merilon. Zith-el. Es macht keinen Unterschied«, entgegnete Simkin mit einem herzhaften Gähnen. »Ich versichere Euch, Andon, sie sind alle gleich, besonders um diese Jahreszeit. Vorbereitungen für die Erntefeiern. Furchtbar langweilig. Auf Ehre, ich würde nichts lieber tun, als noch ein Weilchen bleiben und schwatzen, besonders« – er schnüffelte genießerisch – »weil das Abendessen geradezu himmlisch duftet, wie der Zentaure post mortem den Katalyten pries, den er im Topf hatte, aber ... Moment – was habe ich eben gesagt? Ach ja, Katalyt! Deshalb bin ich überhaupt hergekommen. Ist er hier?«

»Er ruht«, antwortete Andon ernst.

»Kein Rückfall, hoffe ich?« fragte Simkin beiläufig, während sein Blick durch das Zimmer wanderte und schließlich zu der Gestalt glitt, die im Hintergrund auf der Pritsche lag.

»Nein, wir haben heute vormittag einen ausgedehnten Rundgang gemacht, und dabei hat er sich wohl übernommen.«

»Zu dumm. Freund Blachloq hat den Wunsch geäußert, ihn kennenzulernen«, bemerkte Simkin kühl und ließ den Hut um den ausgestreckten Zeigefinger kreisen.

Andons Gesicht verfinsterte sich. »Wenn man es verschieben könnte ...«

»Ich fürchte, das wird nicht gehen.« Simkin gähnte wieder. »Ihr kennt ja Blachloq.«

Marta trat neben ihren Mann und legte ihm besorgt die Hände auf den Arm. Er bedeckte sie mit der seinen. »Ja«, sagte er leise. »Ich kenne ihn. Trotzdem ...«

Die Gestalt auf dem Bett richtete sich auf. »Sorgt Euch nicht, Andon«, meinte Saryon und erhob sich. »Ich fühle mich wieder ganz wohl. Es müssen der Rauch und die Hitze in der Schmiede gewesen sein, mir wurde plötzlich schwindlig ...«

»Pater! Ihr könnt Euch ja nicht vorstellen«, rief Simkin mit tränenerstickter Stimme, stürzte auf den überrumpelten Katalyten zu und umarmte ihn, »wie unglaublich wundervoll es ist, Euch wohlauf zu sehen. Ich habe mir solche Sorgen gemacht. Solche furchtbaren Sorgen!«

»Aber ja«, beschwichtigte ihn Saryon und versuchte peinlich berührt, sich von dem jungen Mann zu befreien, der an seiner Schulter weinte.

»Schon gut«, bemerkte Simkin tapfer und richtete sich auf. »Tut mir leid. Es kam einfach über mich. Nun ...« Er rieb sich lächelnd die Hände. »Seid Ihr soweit? Wenn Ihr Euch immer noch schwach fühlt, können wir einen Wagen nehmen.«

»Einen was?«

»Einen Wa – gen«, erklärte Simkin geduldig. »Ihr wißt schon, so ein Ding mit Rädern. Wird von einem Pferd gezogen.«

»Nein, ich möchte lieber zu Fuß gehen«, wehrte Saryon hastig ab.

»Nun, das liegt bei Euch.« Simkin zuckte mit den Schultern. »Jetzt wird's aber Zeit.« Er schob den Katalyten vor sich her und aus der Tür. »Auf Wiedersehen, Marta, Andon. Ich hoffe, wir sind rechtzeitig zum Abendessen zurück. Wenn's später wird, wartet nicht auf uns.«

Bevor er recht wußte, wie ihm geschah, stand Saryon auf der Straße und rieb sich den Schlaf aus den Augen. Er hatte fast den ganzen Nachmittag verschlafen, stellte er fest, als er sah, daß die Sonne hinter den Bäumen am Flußufer unterging. Er fühlte sich wie zerschlagen und außerstande, einen klaren Gedanken zu fassen. Ich wüßte gerne, wie Joram zu Blachloq steht, dachte Saryon, dann schüttelte er verärgert den Kopf. Was für ein alberner Gedanke. Als käme es darauf an. Die frische Luft wird mir gut tun, sagte er zu sich selbst und folgte Simkin, der schon ein paar Schritte voraus war und ihm ungeduldig winkte.

»Was könnt Ihr mir über diesen Blachloq erzählen?« fragte Saryon halblaut, während sie nebeneinander im weichen Zwielicht des späten Nachmittags durch die länger werdenden Schatten der Häuser gingen.

»Nichts, was Ihr nicht bereits wißt. Nichts, was Ihr nicht in Kürze selbst herausfinden werdet«, erwiderte Simkin obenhin.

»Ich habe gehört, daß Ihr viel mit ihm zusammen seid«, bemerkte Saryon und schaute Simkin dabei ins Gesicht, aber der junge Mann erwiderte den Blick mit einem kühlen, sardonischen Lächeln.

»Von Euch wird man schon bald dasselbe sagen«, gab er zurück.

Fröstelnd hüllte Saryon sich enger in seine Kutte. Der Gedanke an das, was dieser Hexenmeister, dieser zum Verfemten gewordene Erzwinger von ihm verlangen könnte, machte ihm angst. Warum hatte er daran bisher nicht gedacht?

Weil ich nicht damit rechnete, lange genug am Leben zu bleiben, um überhaupt in diese Lage zu kommen, gab Saryon sich selbst zur Antwort. Aber jetzt bin ich hier und habe keine Ahnung, was ich tun soll! Vielleicht, dachte er hoffnungsvoll, wird man von mir nichts weiter verlangen, als diesen Menschen Leben zu gewähren, um ihnen die Arbeit zu erleichtern. Die neuartigen mathematischen Berechnungen, mit denen er sich beschäftigt hatte, fielen ihm ein. Vielleicht kam er ja doch glimpflich davon …

Entschlossen, diesen fruchtlosen Grübeleien ein Ende zu

setzen, wandte er sich an Simkin. »Was hat es eigentlich mit dieser besonderen Fähigkeit auf sich, die ...«

»Oh, Ihr bewundert meinen Hut?« unterbrach ihn Simkin heiter und drehte die rosafarbene Feder. »Genau genommen besteht die Schwierigkeit nicht darin, den Gegenstand herbeizuzaubern, sondern sich für das genau richtige Rosa zu entscheiden. Nur ein Hauch zu intensiv, und meine Augen sehen geschwollen aus – die Gräfin Fenwick hat mich darauf hingewiesen, und ich bin geneigt, ihr Glauben zu schenken ...«

»Ich meinte nicht Euren Hut«, entgegnete Saryon gereizt. »Ich meinte den – den Baum. Ihr habt Euch in einen Baum verwandelt!« Er holte tief Luft und fügte hinzu: »Dabei ist das völlig unmöglich. In mathematischer Hinsicht. Ich habe wieder und wieder nachgerechnet ...«

»Ach, ich verstehe nicht die Bohne von Mathematik«, meinte Simkin schulterzuckend. »Ich weiß nur, daß es *nicht* unmöglich ist. Ich konnte es schon als kleiner Junge. Mosiah sagt, es muß ähnlich sein wie bei den Eidechsen, die ihre Farbe ändern, um sich ihrer Umgebung anzupassen. Wenn Ihr möchtet, erzähle ich Euch, wie es dazu kam. Wir haben noch ein Stück zu gehen, fürchte ich.« Er richtete den Blick auf das große Haus, das schwarz vor dem roten Abendhimmel aufragte und einen lastenden, düsteren Schatten über das ganze Dorf warf.

»Man hat mich gleich nach der Geburt in Merilon ausgesetzt«, erzählte Simkin mit gedämpfter Stimme. »Ihr kennt das ja – der strampelnde Säugling vor der Haustüre, mit den geheimnisvollen Initialen im seidenen Hemdchen. Nicht bei mir, leider; ich habe meine Eltern nie gekannt. Vermutlich war ich in der Familiengeschichte nicht eingeplant, wenn Ihr versteht, was ich meine.« Er stieß ein kurzes, abgehacktes Lachen aus. »Eine alte Frau hat mich aufgenommen, allerdings nicht aus Herzensgüte, kann ich Euch versichern. Noch ehe ich fünf Jahre alt war, schickte sie mich auf die

Straße, um Abfall und Müll nach Dingen zu durchstöbern, die sich vielleicht noch verhökern ließen. Sie prügelte mich regelmäßig und mit Hingabe, bis ich schließlich davonlief. Ich wuchs in den Straßen der Unterstadt auf, dem Teil, den man von den Kristalltürmen *nicht* sehen kann. Wißt Ihr vielleicht, was die *Duuk-tsarith* mit ausgesetzten Kindern tun?«

Saryon starrte ihn verwundert an. »Ausgesetzte Kinder? Aber ...«

»Seht Ihr, ich auch nicht«, fuhr Simkin mit seinem gezwungenen, kurzen Lachen fort. »Sie verschwinden einfach – ich habe es erlebt. Freunde von mir. Verschwunden. Man hat sie nie wieder gesehen oder von ihnen gehört. Eines Tages materialisierten sich die Erzwinger auf der Straße genau vor mir. Es gab keine Möglichkeit zu fliehen. Ich höre immer noch das Rascheln ihrer schwarzen Gewändern, ganz nah, ganz nah ... Ich war halbtot vor Angst, und ich hatte nur den einen Gedanken, daß sie mich nicht sehen durften. Das wünschte ich mir mit ganzer Kraft.« Er lächelte plötzlich. »Und wißt Ihr was? Sie *haben* mich nicht gesehen. Die *Duuk-tsarith* gingen an mir vorbei – wie sie an jedem anderen Wassereimer auf der Straße vorbeigegangen wären.«

Saryon massierte sich die Stirn. »Ihr wollt damit sagen, aus Angst wäre es Euch gelungen ...«

»... eine bemerkenswerte Verwandlung zu bewirken? Ja«, bestätigte Simkin mit einem Anflug von bescheidenem Stolz. »Später lernte ich, die Gabe zu beherrschen. So habe ich überlebt.«

Saryon schwieg einen Moment, dann sagte er grimmig: »Und was ist mit Eurer Schwester?«

»Schwester?« fragte Simkin mit hochgezogenen Augenbrauen. »Welche Schwester? Ich bin eine Waise.«

»Die Schwester, die von den Nigromanten gefangengehalten wird, erinnert Ihr Euch? Und Euer teurer Herr Vater?

Den die Erzwinger verschleppt haben? Ihr fühlt Euch durch mich so schmerzlich an ihn erinnert ...«

»Wahrhaftig, alter Knabe« – Simkin musterte ihn besorgt – »Ihr müßt eine gehörige Schramme abbekommen haben, als wir von dem Kliff gesprungen sind. Wovon redet Ihr überhaupt?«

»Wir sind nicht gesprungen«, berichtigte ihn Saryon mit zusammengebissenen Zähnen. »Wir sind gefallen, weil sich Euer wahrer Kern gezeigt hat, und der war faul!«

Simkin blieb stehen, als wäre er gegen eine Wand gelaufen, sein Gesicht drückte tiefste Gekränktheit aus. »DAS habe ich nicht verdient! Hier, nehmt meinen Dolch« – die Waffe materialisierte sich in seiner Hand – »und stecht ihn mir ins Herz!«

Er riß den Brokatrock auf und entblößte die ganze Pracht des flaschengrünen Hemdes. »Ich kann nicht länger leben, mit diesem Fleck auf meiner Ehre!«

»Sollten wir nicht weitergehen?« Saryon war sich bewußt, daß sie zunehmend Aufmerksamkeit erregten.

»Erst wenn Ihr Euch entschuldigt habt!« rief Simkin dramatisch.

»Also gut, ich entschuldige mich!« murmelte Saryon, der sich in ratloser Verwirrung eingestehen mußte, daß er Simkin nicht gewachsen war.

»Ich nehme die Entschuldigung an«, verkündete Simkin gnädig und hielt im Nu statt des Dolchs ein orangefarbenes Seidentuch in der Hand, mit dem er sich elegant die Stirn betupfte.

Aus Jorams Augen hatte Saryon eine Seele angeblickt – gequält, finster, verzehrt von der Glut eines vagen Zorns –, aber dennoch eine Seele, die ihnen Ausdruck verlieh. Dagegen waren die Augen des Hexenmeisters tot. Kalt und leer, wie Fenster ins Nichts musterten sie ihn eine Weile, dann forderte Blachloq ihn mit einem kaum merklichen Zucken der dünnen Lider auf, Platz zu nehmen.

Saryon gehorchte. Diese Augen lähmten seinen Willen ebenso wirkungsvoll wie jeder Bannspruch.

Duuk-tsarith. Eine privilegierte Kaste. Ihre schwarzgewandete Anwesenheit in Thimhallan garantierte Ordnung und Frieden – zu einem hohen Preis, aber das Volk, der alten Zeiten eingedenk, war bereit, ihn zu zahlen.

Trotz der gravierenden Unterschiede sind die Hexenmeister in mancher Beziehung das Spiegelbild ihres Gegenteils, der Katalyten. Die Kinder, die dem Mysterium des Feuers geboren werden, sind eine rare Kostbarkeit – wie die Katalyten –, doch ihre Magie ist so stark, wie die der Katalyten schwach ist. Auch sie werden schon in jungen Jahren aus der Familie herausgenommen und in eine Schule gegeben, deren Lage ein streng gehütetes Geheimnis ist. Dort werden die großen magischen Fähigkeiten der jungen Hexen und Hexer entwickelt und in feste Bahnen gelenkt. Dort lehrt man sie die strikte, rigorose Disziplin, die von nun an ihr Leben bestimmt.

Die Ausbildung ist hart und stellt hohe Anforderungen, denn sie zielt darauf ab, die angeborene Macht bezähmen und beherrschen zu lernen. Darin lag der Keim für das Leiden des Volkes in der alten dunklen Welt. Hexen und Hexenmeister, die sich nicht damit bescheiden wollten, im Verborgenen zu wirken, traten aus den Schatten heraus und versuchten, die Herrschaft an sich zu reißen. Damit erregten sie den Zorn der bis dahin ahnungslosen Bevölkerung der dunklen Welt und lösten die Verfolgung aus, die vielen Angehörigen ihres eigenen Volkes den Tod brachte und die übrigen zwang, sich zwischen den Sternen eine neue Heimat zu suchen.

Die meisten von den im Zeichen des Feuers Geborenen werden zu *Duuk-tsarith*, Erzwingern, den Hütern des Gesetzes in Thimhallan. Einige wenige, die mit der größten

Macht, steigen in die Reihen der *DKarn-Duuk* auf, der Magi Bellorum. Natürlich gibt es auch solche, die sich nicht länger fügen wollen. Über sie wird Stillschweigen bewahrt. Sie kehren nicht zu ihren Familien zurück – sie verschwinden einfach. Man glaubt allgemein, daß sie ins Jenseits verbannt werden.

Was ist ihre Belohnung für dieses strengen Regeln unterworfene, freudlose Leben? Grenzenlose Macht. Das Wissen, daß selbst Kaiser und König und Herrscher mit Unbehagen und Furcht die schwarzgewandeten Gestalten um sich dulden, die schweigend durch die Paläste wandern. Denn die *Duuk-tsarith* besitzen eine Gabe, die ausschließlich ihnen vorbehalten ist. Hat der Katalyt die Fähigkeit, Leben zu geben, so hat der Erzwinger die Macht, dieses Leben zu nehmen.

Fast immer unbemerkt, fast immer schweigend, durchwandern die *Duuk-tsarith* die Straßen, Häuser oder Felder, gerüstet mit der Waffe der Nullmagie, die Magus und Zauberer das Leben zu entziehen vermag, bis er – seiner Kraft beraubt – hilflos ist wie ein neugeborenes Kind.

Blachloq war einer von denen, die aus der Art schlugen. Die Macht allein stellte ihn nicht zufrieden, die Geschichten, die sich um seine Person rankten, besagten, daß er reicheren, greifbaren Lohn verlangte. Niemand wußte, wie es ihm gelungen war, zu entfliehen. Auf jeden Fall war es eine bemerkenswerte Leistung und bewies die außergewöhnlichen Fähigkeiten und den beherrschten Mund des Mannes, denn die *Duuk-tsarith* leben eng zusammen in ihrer isolierten, kleinen Gemeinschaft, die eine gegenseitige Überwachung ermöglicht, die nicht weniger streng ist als die Überwachung durch die Bevölkerung.

Daran mußte Saryon denken, als er mit einem unguten Gefühl im Magen und eiskalten Händen vor dem schwarzgewandeten Hexenmeister saß. Blachloq hatte wieder über den Büchern gesessen und diese Arbeit erst unterbrochen, als der Katalyt und Simkin von einem der Gefolgsleute hereingeführt wurden.

Verschanzt hinter dem seiner Kaste eigenen Stillschweigen, studierte Blachloq Saryon. Aus der Art, wie sein Gegenüber da saß, aus den Linien in seinem Gesicht und der Haltung seiner Hände und Arme, erfuhr der Hexenmeister mehr über ihn, als er in einem stundenlangen Verhör herausgefunden hätte.

Obwohl er sich bemühte, Ruhe und Gelassenheit zu bewahren, zerrte die stumme Musterung an Saryons Nerven. Bei der schmerzlichen Erinnerung an seine Verhaftung durch die Erzwinger im Baptisterium vor siebzehn Jahren bekam er feuchte Hände. Die sonderbare Wirkung der *Duuk-tsarith* beruhte vor allem auf der Fähigkeit, allein durch ihre Gegenwart einschüchternd zu wirken. Die schwarzen Gewänder, die gefalteten Hände, das eherne Schweigen, das ausdruckslose Gesicht – all das war eine ausgeklügelte Pose. Eine Pose zu dem Zweck, eine Emotion zu erzeugen – Furcht.

»Euer Name, Pater«, waren Blachloqs erste Worte; nicht so sehr eine Frage, vielmehr ein Eröffnungszug.

»Saryon«, erwiderte der Katalyt nach einem ersten erfolglosen Versuch zu sprechen.

Die Hände des Hexenmeisters ruhten ineinander verschränkt vor ihm auf dem Schreibtisch. Schweigen, so dicht und schwer wie die schwarzen Gewänder, die er trug, senkte sich über den Raum. Blachloq sah dem Katalyten mit starren Augen ins Gesicht.

Für Saryon, dem immer unbehaglicher zumute wurde, war es kein Trost, daß sogar Simkin bedrückt wirkte. Die heiteren Farben seines bunten Aufzugs verblaßten in der übermächtigen Präsenz des Hexenmeisters.

»Pater«, sprach Blachloq endlich weiter, »es ist Brauch in dieser Siedlung, daß man keine Fragen nach der Vergangenheit eines Mannes stellt. Ich dulde diesen Brauch, weil mir die Vergangenheit eines Mannes im allgemeinen gleichgültig ist. Doch in Eurem Gesicht, Pater, gibt es etwas, das mir nicht gefällt. In den Linien um Eure Augen sehe ich den Gelehrten, nicht den Rebellen. An der verbrannten Haut erkenne ich jemanden, der lange Stunden zwischen Büchern verbringt, nicht auf den Feldern. Der Mund, die Haltung der Schultern, der Blick der Augen verraten Schwäche. Und doch seid Ihr ein Mann, wird mir berichtet, der gegen seinen Orden aufbegehrt hat und in den gefährlichsten, unwirklichsten Teil der Welt flüchten wollte. Darin scheint mir ein Widerspruch zu liegen, und deshalb bitte ich Euch, erzählt mir Eure Geschichte, Pater Saryon.«

Saryon warf einen Blick auf Simkin, der mit dem orangefarbenen Seidentuch hantierte und spielerisch versuchte, es um die Feder an seinem Hut zu knoten. Weder erwiderte der junge Mann seinen Blick, noch schien er im mindesten an den Vorgängen um sich herum interessiert zu sein. Der Katalyt mußte einsehen, daß er ganz auf sich allein gestellt war und ihm keine andere Wahl blieb, als seine Rolle zu spielen – bis zum bitteren Ende.

»Ihr habt recht, *Duuk-tsarith* …«

Blachloq schien sich nicht an der Verwendung eines Titels zu stören, der ihm von Rechts wegen nicht zustand. Saryon hatte einen seiner Gefolgsmänner ihn so anreden gehört und es für das beste gehalten, sich danach zu richten.

»… ich bin ein Gelehrter. Mein Fach ist die Mathematik. Vor siebzehn Jahren«, fuhr Saryon mit ruhiger Stimme fort, deren Festigkeit ihn selbst überraschte, »hat die Gier nach Wissen mich verleitet, gegen die Gesetze zu verstoßen. Man ertappte mich beim Lesen verbotener Bücher.«

»Welche verbotenen Bücher?« unterbrach ihn Blachloq. Als *Duuk-tsarith* war er selbstverständlich vertraut mit den meisten indizierten Schriften.

»Jene, die sich mit dem Neunten Mysterium befassen«, erwiderte Saryon.

Blachloqs Augenlider zuckten; das war seine einzige Reaktion. Während er zögernd weitere Fragen des Hexenmeisters abwartete, spürte Saryon, daß Simkin aufmerksam zuhörte. Der Katalyt holte tief Atem. »Ich wurde entdeckt. Wegen meiner Jugend, aber vor allem aufgrund der Tatsache, daß meine Mutter eine Kusine der Kaiserin war, wurde meine Verfehlung verschwiegen. Man schickte mich nach Merilon, in der Hoffnung, daß ich dort mein Interesse an der Schwarzen Magie vergessen würde.«

»Ja, soweit stimmt Eure Geschichte, Katalyt«, sagte Blachloq, dessen Hände immer noch gefaltet waren. »Sprecht weiter.«

Saryon wurde blaß, sein Magen krampfte sich zusammen. Er hatte damit gerechnet, daß Blachloq über ihn Bescheid wußte. Der Mann verfügte zweifellos immer noch über Verbindungen zu den Erzwingern, und Informationen wie die über ihn, waren nicht schwer zu bekommen. Dann war da auch noch Simkin. Wer konnte wissen, welches Spiel *er* spielte?

»Aber – aber ich mußte erkennen, daß nichts meine Leidenschaft abzutöten vermochte. Immer noch bin ich fasziniert von verbotenem Wissen. Am kaiserlichen Hof habe ich meinem Orden keine Ehre gemacht. Es wäre nicht schwer gewesen, mich ins Baptisterium zurückbeordern zu lassen, wo ich hoffte, insgeheim meine sündigen Studien fortsetzen zu können. Doch es kam anders. Meine Mutter war vor kurzem gestorben. Ich hatte keine einflußreichen Freunde, keine Beziehungen. Man hielt mich für unzuverlässig, und deshalb wurde ich nach Walren geschickt.«

»Ein jämmerliches Dasein – FeldKatalyt, aber auch ein geregeltes Dasein ohne Gefahren«, versetzte Blachloq. »Ganz bestimmt besser als das Leben im Außenland.« Seine Hände bewegten sich. Da er seit ihrem Eintreten vollkommen regungslos dagesessen hatte, genügte das, um Simkin und den Katalyten aufschrecken zu lassen. Fasziniert beobachteten sie die Zeigefinger des Hexenmeisters, die sich langsam aus der Verschränkung lösten und sich wie ein Dolch aus lebendigem Fleisch auf den Katalyten richteten. »Warum seid Ihr geflohen?«

»Ich hörte von dem Zirkel«, antwortete Saryon mit immer noch fester Stimme, »und ich hätte alles getan, um dem Stumpfsinn meines neuen Lebens zu entkommen. Ich kam, um zu lernen, was ich nur hier lernen kann – die Schwarze Magie.«

Blachloq rühte sich nicht. Die Finger deuteten weiter auf Saryon, und keine rotglühende Klinge aus dem Feuer der Schmiede hätte dem Katalyten noch größere Angst einflößen können.

»Nun gut«, sagte Blachloq so unvermittelt, daß der wie hypnotisiert auf die knochenweißen Hände des Erzwingers starrende Katalyt zusammenfuhr. »Ihr sollt Gelegenheit haben, die verbotenen Künste zu studieren, nur wird es Euch hinderlich sein, wenn Ihr auch künftig beim Anblick ihrer Manifestationen die Fassung verliert.«

Saryon stieg das Blut ins Gesicht. Er senkte unter dem Blick der leblosen Augen den Kopf und hoffte, man würde sein Erröten für ein Zeichen der Verlegenheit nehmen und nicht für Schuldbewußtsein. Nicht der Anblick der Schmiede hatte ihn aus der Fassung gebracht – sondern Jorams Anwesenheit.

»Man wird Euch im Dorf ein Haus zuweisen, und Ihr erhaltet einen Anteil von unseren Lebensmitteln. Doch wie jeder hier müßt auch Ihr dafür arbeiten.«

»Ich bin sehr gern bereit, den Leuten meine Fähigkeiten zur Verfügung zu stellen«, erklärte Saryon. »Die Heilerin hat mir gesagt, daß die Sterblichkeit bei den Kindern sehr groß ist. Ich hoffe ...«

»Wir brechen in einer Woche auf«, fuhr Blachloq fort, ohne auf die Worte des Katalyten einzugehen, »um für den Winter zu furagieren. Die Arbeit in der Schmiede und den

Minen nimmt all unsere Kräfte in Anspruch, so daß wir uns nicht damit befassen können, die Felder zu bestellen. Daher versorgen uns die Ansiedlungen der FeldMagi auf der anderen Seite des Flusses mit allem, was wir brauchen.«

»Ich werde Euch begleiten, wenn Ihr darauf besteht«, meinte Saryon verständnislos, »aber ich glaube, hier könnte ich von weit größerem Nutzen sein ...«

»Nein, Pater, Ihr werdet *mir* von weit größerem Nutzen sein«, sagte Blachloq gelassen. »Seht Ihr, in den Siedlungen weiß man nicht, daß ihre Spenden uns helfen, den Winter zu überstehen. Bisher waren wir gezwungen, uns auf kurze, nächtliche Überfälle zu beschränken – unwürdig und wenig einträglich. Aber« – er zuckte mit den Schultern, stützte die Ellenbogen auf und legte die Zeigefinger an die Unterlippe – »wir waren ohne Magie. Jetzt haben wir Euch. Wir haben Leben. Und wichtiger noch, wir haben Tod. Dies soll ein guter Winter für uns werden, nicht wahr, Simkin?«

Falls die plötzliche Frage darauf abzielte, den jungen Mann aus der Ruhe zu bringen, verfehlte sie ihre Wirkung. Scheinbar völlig davon in Anspruch genommen, das Seidentuch wieder von der Feder zu lösen, entdeckte Simkin, daß der Knoten zu fest war. Nachdem er ohne Erfolg daran herumgezupft hatte, ließ er Feder, Hut und Tuch mit einer gereizten Handbewegung verschwinden.

»Es ist mir völlig gleichgültig, was für einen Winter Ihr habt, Blachloq«, meinte er gelangweilt, »da ich den größten Teil dieser uncharmanten Jahreszeit am kaiserlichen Hof verbringen werde. Allerdings klingt es recht vergnüglich, was Ihr da vorhabt – die ehrsamen Landleute ausrauben ...«

»Ich kann Euch nicht helfen, das zu tun!« stammelte Saryon. »Diese Menschen haben selbst kaum das Nötigste zum Leben!«

»Die Strafe für Flucht, Katalyt, ist die Wandlung. Seid Ihr je Zeuge dabei gewesen? Ich schon.« Die Finger des Hexenmeisters richteten sich wieder auf Saryon. »Ich kann sehen, wie Euer Verstand arbeitet, Katalyt. Ja, Ihr vermutet richtig, ich habe immer noch Verbindungen zu *meinem* Orden. Dorthin zu melden, wo Ihr Euch aufhaltet, wäre eine Kleinigkeit. Ich würde sogar eine Belohnung erhalten. Das Geschäft wäre nicht so lukrativ wie eine Zusammenarbeit mit Euch, aber interessant genug, um es in Erwägung zu ziehen. Ich schlage vor, daß Ihr die verbleibenden Tage damit verbringt, reiten zu lernen.«

Blachloq löste bedächtig die verschränkten Finger und legte dem Katalyten eine Hand auf den Arm. »Es ist bedauerlich, daß wir nur Euch haben«, bemerkte er und hielt Saryon unerbittlich im Bann seiner Augen, »mit zusätzlicher Magie wäre es möglich, einige der Männer zu verwandeln und ihnen Flügel zu geben, damit sie aus der Luft angreifen können. Ich habe eine Zeitlang die Lehren der *DKarn-Duuk* studiert.« Der Griff an Saryons Arm verstärkte sich schmerzhaft. »Ich war vorgesehen, einer der Magi Bellorum zu werden, aber dann hielt man mich für zu – ungefestigt. Nun ja, wenn im Nordreich alles nach meinen Plänen verläuft, wer weiß. Vielleicht werde ich doch noch Magus Bellorum. Und nun, Katalyt, bevor Ihr geht, gewährt mir Leben.«

Saryon starrte den Hexenmeister in sprachlosem Entsetzen an und war so erschüttert, daß er sich im ersten Moment nicht an die Worte der rituellen Beschwörung zu erinnern vermochte.

Blachloqs Griff wurde noch fester, seine Finger schlossen sich wie Eisenklammern um des Katalyten Arm. »Gewährt mir Leben«, wiederholte er leise.

Saryon neigte den Kopf und gehorchte. Er öffnete sich der Magie, nahm sie in sich auf und ließ einen Teil davon durch sich hindurch dem Hexenmeister zuströmen.

»Mehr!« forderte Blachloq.

»Ich kann nicht – ich bin geschwächt ...«

Die Finger gruben sich in sein Fleisch, ein lähmender Schmerz zog durch den Arm des Katalyten. Aufstöhnend gab er seinen Widerstand auf und überflutete den Hexenmeister mit Leben. Dann sank er kraftlos in sich zusammen.

Mit ausdruckslosem Gesicht ließ Blachloq ihn los. »Ihr seid entlassen.«

Ohne daß er ein Wort gesprochen oder eine Bewegung gemacht hätte, öfnete sich die Tür, und einer seiner Gefolgsmänner trat ein. Saryon stand mühsam von seinem Stuhl auf und bewegte sich mit unsicheren Schritten zum Ausgang. Simkin erhob sich mit einem Gähnen ebenfalls, doch als er das kaum merkliche Zucken der Augenlider des Hexenmeisters bemerkte, setzte er sich wieder hin.

»Wenn Ihr nicht allein zurückfindet, o Meister der Kutte und Tonsur«, rief Simkin träge, »wartet auf mich. Es dauert nur ein Momentchen.«

Saryon hörte ihn nicht. Es flimmerte ihm vor den Augen, in seinen Ohren rauschte das Blut, und er vermochte sich kaum auf den Beinen zu halten.

Während er durch das Fenster in den hereinbrechenden Abend hinausschaute, konnte Simkin beobachten, wie der Katalyt schwankte, beinahe hinfiel und sich erschöpft gegen einen Baum lehnte.

»Ich sollte wirklich hingehen und dem armen Kerl helfen«, meinte er. »Ihr seid ziemlich grob mit ihm umgesprungen.«

»Er lügt.«

»Mon dieu, mein lieber Blachloq, wenn man Euch *Duuktsarith* glauben will, gibt es auf diesem Planeten keinen einzigen Menschen von sechs Wochen aufwärts, der nicht lügt, wenn er den Mund aufmacht.«

»Du kennst den wirklichen Grund, weshalb er hier ist.«

»Ich habe es Euch bereits gesagt, o grausamer Gebieter – Bischof Vanya hat ihn geschickt.«

Der Hexenmeister starrte dem jungen Mann in die Augen.

Simkin erbleichte. »Es ist die Wahrheit. Er hat es auf Joram abgesehen«, murmelte er.

Blachloq hob eine Augenbraue. »Joram?« wiederholte er fragend.

Simkin zuckte mit den Schultern. »Der junge Mann, den sie halbtot über den Fluß gebracht haben. Der Junge mit dem mürrischen Gesicht und den schwarzen Haaren. Er hat diesen Verwalter getötet, arbeitet jetzt in der Schmiede ...«

»Ich kenne ihn«, fiel ihm Blachloq mit beherrschter Gereiztheit ins Wort. Er hielt den Blick starr auf den jungen Mann gerichtet, der immer noch durch das Fenster den Katalyten beobachtete. »Sieh mich an, Simkin«, befahl er leise.

»Aber ja – wenn Ihr darauf besteht, obwohl ich Euch im höchsten Maße uninteresssant finde«, erwiderte Simkin und unterdrückte hinter diskret vorgehaltener Hand ein Gähnen. Lässig zurückgelehnt, ein Bein über die Armlehne gelegt, schaute er gehorsam auf Blachloq. »Nanu, verwendet Ihr vielleicht eine Zitronenspülung für Euer Haar? Dann solltet Ihr sie wiederholen, man sieht den dunklen Ansatz ...« Plötzlich erstarrte Simkin, seine Stimme wurde hart. »Laßt das, Blachloq. Ich weiß was – Ihr zu tun – versucht ...« Die Worte klangen gedehnt und undeutlich. »Es ist nicht – das erste Mal ...«

Simkin schüttelte heftig den Kopf, um sich von der Lähmung zu befreien, die ihn befallen hatte, aber die kalten blauen Augen des Erzwingers hielten ihn unerbittlich in ihrem Bann. Die Lider des jungen Mannes sanken herab, zuckten und öffneten sich weit, blinzelten und schlossen sich endgültig.

Blachloq erhob sich langsam und lautlos, ging um den Tisch herum und blieb neben Simkin stehen. Während er in einem einlullenden Singsang Worte der Macht und uralte Beschwörungen murmelte, legte er Simkin die Hand auf das glatte braune Haar, dann schloß er die Augen, warf den

Kopf zurück und konzentrierte seine gesamte Kraft auf den jungen Mann. »Laß mich in deine Gedanken sehen. Die Wahrheit, Simkin, sag mir alles, was du weißt …«

Simkin begann zu flüstern.

Lächelnd beugte sich Blachloq zu ihm hinab.

»Ich nenne sie – *Traubenrose* … Nehmt Euch – vor den Dornen in acht … Ich glaube aber nicht, daß sie giftig sind …«

Das Experiment

Die Nacht strömte in das Dorf wie die schwarzen Wasser des Flusses und bedeckte sowohl Ängste als auch Sorgen mit ihrer sanften Flut. Sie umfloß die steinernen Häuser, und die Schatten wurden tiefer und tiefer, denn es war eine wolkige, mondlose Nacht. Nach und nach ergab sich jedes Licht im Dorf der unaufhaltsam vorrückenden Finsternis, und die Dorfbewohner ergaben sich dem Schlaf, dem wohltätigen Vergessen und den Träumen.

Doch wenn die Flut der Nacht ihren höchsten Stand erreicht hatte und das Bewußtsein der Schlafenden auf den tiefsten Grund des stillen Wassers sank, wachte in roter Glut das Feuer der Schmiede und verzehrte in wenigstens einem Menschen jeden Gedanken an Schlaf und friedvolle Träume.

Der Feuerschein glänzte auf schwarzem, lockigem Haar, spiegelte sich in braunen Augen und flackerte über ein Gesicht, das jetzt weder mürrisch noch verdrossen war, sondern gespannt und lebhaft. Joram erhitzte in einem Tiegel Eisenerz, das er so fein zerstampft hatte, wie es ihm möglich war. Die Form für einen Dolch lag neben ihm, aber noch goß er das geschmolzene Eisen nicht hinein. Statt dessen hob er einen zweiten Tiegel aus dem Feuer, dessen flüssiger Inhalt ähnlich aussah wie das Eisen, abgesehen von der merkwürdigen weiß-purpurnen Färbung.

Joram betrachtete diesen zweiten Tiegel nachdenklich und mit verbittert zusammengezogenen Brauen.

»Wenn ich nur wüßte, was sie meinen«, sagte er vor sich hin. »Wenn ich es nur verstehen könnte!« Er schloß die Augen und rief sich die mit alterstümlicher Schrift bedeckten Seiten ins Gedächtnis. Er konnte die Buchstaben vor sich sehen, jeden Bogen, jeden Schnörkel, jeden charakteristischen Federstrich des längst vergessenen Schreibers, sooft hatte er über diesen Aufzeichnungen gebrütet und sie Wort für Wort studiert. Doch ohne Erfolg. Wieder und wieder zogen an seinem inneren Auge die rätselhaften Symbole vorüber, die für ihn eine geheimnisvolle, fremde Sprache darstellten, deren Bedeutung ihm verschlossen blieb.

Endlich gab Joram kopfschüttelnd auf, zuckte ärgerlich mit den Schultern und goß den Inhalt des zweiten Tiegels behutsam in den ersten. Er schaute zu, wie die Flüssigkeit träge in den Teich aus geschmolzenem Eisen strömte, und hörte erst auf, als sich der Inhalt in dem Gefäß etwa verdoppelt hatte. Er zögerte, dann fügte er noch ein wenig hinzu – aus keinem besonderen Grund, nur weil ein Gefühl ihm sagte, es wäre richtig. Nachdem er den zweiten Tiegel vorsichtig zur Seite gestellt hatte, rührte er in dem zähflüssigen Gemisch und musterte es. Er konnte nichts Ungewöhnliches feststellen. War das gut oder schlecht? Er wußte es nicht und füllte kurzentschlossen die Legierung in die Gußform des Dolches.

Aus den Aufzeichnungen ging hervor, daß der Abkühlungsprozeß nicht lange dauern würde, nur Minuten im Vergleich zu den Stunden, die er bei Eisen in Anspruch nahm, doch Joram vermochte es kaum zu erwarten. Es drängte ihn, die Form abzunehmen und sich anzusehen, was er geschaffen hatte. Um sich abzulenken, nahm er den zweiten Tiegel und versteckte ihn wieder unter dem Stapel von Gerümpel und zerbrochenem Werkzeug in einem Winkel der Schmiede. Anschließend ging er nach vorn zur Tür und spähte durch die Ritzen zwischen den Brettern. Das Dorf lag in tiefem Schlaf. Joram nickte zufrieden und kehrte zur Feuerstelle zurück. Jetzt mußte es soweit sein. Mit vor Erwartung zitternden Händen nahm er die Holzfassungen ab und zerschlug die Gußform.

Was zum Vorschein kam, hatte nur wenig Ähnlichkeit mit der Waffe, die er eigentlich herstellen wollte. Er nahm das Eisenstück mit der Zange heraus und hielt es ins Feuer, bis es rotglühend geworden war. Dann trug er den Rohling zum Amboß und brachte ihn mit geübten Hammerschlägen in die gewünschte Form. Er beeilte sich und wandte keine große Sorgfalt auf, denn was er hier anfertigte, war lediglich ein Probestück. Auf den nächsten Schritt kam es an, davon hing alles ab. Als er glaubte, es sei genug, nahm er den Dolch mit der Zange auf, holte tief Atem und steckte ihn in einen Eimer mit Wasser.

Die aufsteigende Dampfwolke nahm ihm die Sicht, doch gleichzeitig mit dem Zischen des glühenden Eisens im Wasser, hörte er noch ein anderes Geräusch, ein lautes Knacken. Zwischen Jorams dichten Brauen bildete sich eine steile Falte. Ungeduldig fächelte er mit der freien Hand den Dampf beiseite, riß die Zange mit dem Dolch aus dem Wasser und sah auf den ersten Blick, was geschehen war. Mit einem zornigen Fluch schleuderte er das Bruchstück gegen die Wand und war im Begriff, den Rest der wertlosen Legierung auszuschütten, als etwas ihn veranlaßte, sich umzudrehen.

»Du arbeitest, während andere schlafen, Joram?« fragte

Blachloq. Nur sein Gesicht wurde vom Schein des Schmiedefeuers aus der Dunkelheit gehoben.

»Zur Strafe«, sagte Joram abweisend. Er hatte Vorsorge getroffen für den Fall, daß man ihn entdeckte. »Ich bin heute bei der Arbeit nachlässig gewesen, und der Meister hat angeordnet, daß ich bleibe, bis der Dolch fertig ist.«

»Mir scheint, daß es noch eine Weile dauern wird.« Der kalte Blick des Hexenmeisters wanderte zu den Bruchstükken neben dem Amboß.

Joram hob die Achseln; seine Gesichtszüge erstarrten zu der gewohnten, verdrossenen Maske. »Allerdings, wenn man mich daran hindert, weiterzuarbeiten«, sagte er mürrisch, wandte sich schroff ab und ging so dicht an dem Hexenmeister vorbei, daß er ihn beinahe angerempelt hätte. Ohne sich noch einmal umzusehen, fing er an, den Blasebalg zu betätigen.

Eine hauchfeine Linie zeigte sich auf Blachloqs glatter Stirn, er preßte die Lippen zusammen, aber seine Stimme klang ruhig, fast liebenswürdig. »Mir ist zu Ohren gekommen, daß Ihr behauptet, von vornehmer Herkunft zu sein.«

Joram, der vor Anstrengung keuchte, machte sich nicht die Mühe, zu antworten. Scheinbar weder überrascht noch verärgert ging Blachloq um das Feuer herum und schaute dem jungen Mann ins Gesicht.

»Du kannst lesen.«

Joram hielt einen Moment inne, dann arbeitete er weiter. An Rücken und Armen wölbten sich Muskelstränge, während er sich an dem Blasebalg abmühte, der fauchend Luft auf die glühenden Kohlen blies.

»Man hat mir gesagt, du hättest die alten Bücher studiert.«

Joram hätte ebensogut taub sein können. Seine Arme hoben und senkten sich in gleichmäßigem Rhythmus, das schwarze Haar ringelte sich um sein Gesicht.

»Wissen, das nur aus Bruchstücken besteht, ist für den

ansonsten Unwissenden so gefährlich wie ein Dolch in der Hand eines Kindes, Joram. Es kann ihm großen Schaden zufügen«, fuhr Blachloq fort. »Man sollte annehmen, der Mord, den du begangen hast, wäre dir eine Lehre gewesen.«

Joram betrachtete den Hexenmeister durch das Gewirr der lockigen Haarsträhnen und lächelte ein Lächeln, das sich nur in den dunklen, von der roten Glut erleuchteten Augen zeigte. »Man sollte annehmen, auch Ihr könntet eine Lehre daraus ziehen«, meinte er.

»Siehst du? Du bist unvernünftig genug, mir zu drohen.« Nach dem gelassenen Tonfall seiner Stimme zu urteilen, hätte Blachloq auch vom Wetter sprechen können. »Das Kind spielt mit dem Dolch. Du wirst dich an der scharfen Klinge verletzen, Joram. Entweder dich selbst« – Blachloq hob die Schultern – »oder jemand anderen. Dein Freund, wie heißt er noch? Mosiah? Kann er auch lesen?«

Jorams Gesicht verfinsterte sich, das stetige Fauchen des Blasebalgs wurde langsamer. »Nein«, antwortete er. »Laßt ihn in Frieden.«

»Wie ich's mir dachte«, sagte Blachloq sanft. »Du und ich, wir sind die einzigen hier, die diese Kunst beherrschen, Joram. Zwar bin ich der Ansicht, das ist einer zuviel, aber ich kann nichts daran ändern – außer ich entschließe mich dazu, dir die Augen aus dem Kopf zu brennen.«
Der Hexenmeister löste die verschränkten Hände und strich über den dünnen Schnurrbart auf seiner Oberlippe. Joram hatte aufgehört zu arbeiten. Die Hände am Griff des Blasebalgs starrte er regungslos ins Feuer.

Blachloq kam näher. »Ich würde es bedauern, die Bücher vernichten zu müssen.«

Ein Zucken lief durch Jorams Arme. »Der alte Mann wird Euch nie verraten, wo sie sind.«

»Aber ja doch«, versicherte ihm Blachloq mit einem Lächeln, »er wird es verraten, früher oder später. Er wird mir alles anvertrauen und sich wünschen, es gäbe mehr, das er mir sagen kann. Ich habe bisher nichts unternommen, weil mir Ruhe und Frieden unter den Leuten wichtiger gewesen sind. Es wäre doch jammerschade, wenn ich mich gezwungen sähe, meine Politik zu ändern, besonders jetzt, da mir ein Katalyt zur Seite steht.«

Die Röte in Jorams Gesicht rührte nicht nur vom Feuerschein her. »Ihr braucht Eure Politik nicht zu ändern«, murmelte er.

»Gut.« Blachloq faltete wieder die Hände. »Wir *Duuk-tsarith* wissen über diese Bücher Bescheid. Es stehen Dinge darin geschrieben, von denen es gut ist, daß sie in Vergessenheit geraten sind.« Der Hexenmeister richtete den nachdenklichen Blick auf Joram, der immer noch ins Feuer schaute.

»Du erinnerst mich an meine eigene Jugend«, sagte Blachloq leise, »und das beunruhigt mich. Auch ich verabscheute Autorität. Auch ich fühlte mich darüber erhaben« – ein leichter Unterton von Sarkasmus belebte seine ansonsten leblose Stimme – »obwohl ich *nicht* von vornehmer Herkunft bin. Um mich von jenen zu befreien, von denen ich mich unterdrückt fühlte, wurde auch ich zum Mörder, und wie du spürte auch ich keine Reue. In jenem Moment hast du empfunden, was Macht bedeutet, nicht wahr? Und jetzt verlangt es dich nach mehr. Ich kann es in dir brennen fühlen. In dem Jahr seit deiner Ankunft habe ich beobachtet, wie du gelernt hast, Menschen zu manipulieren, sie zu benutzen und für deine Ziele einzusetzen. Auf diese Weise ist es dir gelungen, den alten Mann zu überreden, dir die Bücher zu zeigen, habe ich recht?«

Joram schwieg und sah den Hexenmeister nicht an, aber seine linke Hand ballte sich zur Faust.

Blachloq lächelte düster. »Dir könnte eine große Zukunft bevorstehen, Joram. Mit der Zeit wirst du lernen, die Lust zu beherrschen, die jetzt noch dich beherrscht. Aber du bist immer noch ein Kind, so jung wie ich war, als ich meine ersten unbedachte Tat beging und fliehen mußte. Es gibt allerdings einen Unterschied zwischen dir und mir, Joram. Der Mann, den ich zu beseitigen strebte, wußte nichts von mir oder meinem Ehrgeiz. Er wandte mir den Rücken zu.« Der Hexenmeister legte Joram eine Hand auf den Arm. Trotz der von dem glosenden Kohlenbett aufsteigenden Hitze fröstelte Joram unter der kalten Berührung. »*Ich* weiß von dir, Joram, und ich werde dir nicht den Rücken zuwenden.«

»Warum tötet Ihr mich nicht?« fragte Joram herausfordernd. »Dann braucht Ihr Euch meinetwegen keine Sorgen mehr zu machen.«

»Ja, warum eigentlich nicht? Vorläufig bist du für mich ohne Nutzen, aber das könnte sich ändern, wenn du älter wirst. *Ob* du älter wirst, hängt von dir ab und von denen, die ein Interesse an dir haben.«

»Was meint Ihr damit? Wer hat ein Interesse an mir?« Joram hob den Blick und sah ihn an.

»Der Katalyt.«

Joram zuckte mit den Schultern.

»Er ist deinetwegen hier. Warum?«

»Weil ich ein Mörder bin ...«

»Nein«, sagte Blachloq leise. »Mörder zu fangen ist die Aufgabe der Erzwinger, nicht der Katalyten. Warum? Was will er hier?«

»Ich habe keine Ahnung«, erwiderte Joram ungeduldig. »Fragt ihn – oder fragt Simkin!« Er schaute dem Hexenmeister furchtlos ins Gesicht.

Blachloq hielt seinen Blick fest und begann mit gedämpfter Stimme die Beschwörungsformel zu sprechen. Er sah, wie Jorams Augen glasig wurden, die Lider sich senkten. Als er die Hand hob und mit den Fingerspitzen Jorams Gesicht berührte, zog der Hexenmeister überrascht eine Augenbraue in die Höhe. »Du sagst die Wahrheit. Du weißt es wirklich nicht, mein Junge. Und mehr noch, du glaubst nicht, was Simkin erzählt. Ich bin mir auch nicht sicher, ob ich ihm vertrauen kann und doch … Ist das Risiko zu groß? Was spielt Simkin für ein Spiel?«

Ärgerlich ließ der Hexenmeister die Hand sinken.

Wie aus einem schweren, unruhigen Schlaf erwacht, blinzelte Joram und schaute sich verwirrt in der Schmiede um. Er war allein.

Der Spitzel

»Bischof Vanya hat sich für die Nacht in seine Privatgemächer zurückgezogen«, lautete der Bescheid des als Sekretär amtierenden Diakons an alle Besucher, die zu später Stunde Seine Heiligkeit zu sprechen wünschten.

Ihre Zahl hielt sich in Grenzen, da man allenthalben mit den Gepflogenheiten des Bischofs vertraut war. Er pflegte sich in seine Gemächer zurückzuziehen, um dort die Abendmahlzeit einzunehmen, allein oder in Gesellschaft der wenigen handverlesenen Gäste, die einer Einladung für würdig befunden worden waren. Er durfte unter keinen Umständen gestört werden; als entschuldbarer Grund galt allenfalls ein fatales Attentat auf einen der Potentaten (eines natürlichen Todes konnten sie gefälligst am nächsten Morgen sterben). Vor der Tür zur Wohnung des Bischofs standen *Duukt sarith*, deren einzige Pflicht es war, darüber zu wachen, daß Seine Heiligkeit nicht belästigt wurde.

Es gab etliche Gründe für dieses wohlgehütete Privatleben, sowohl offizielle als auch private Gründe. Offiziell wußte ganz Thimhallan, daß Bischof Vanya ein Gourmet war und es zutiefst verabscheute, sich während des Essens mit Unannehmlichkeiten gleich welcher Art befassen zu müssen. Gäste wurden unter anderem nach ihrer Fähigkeit ausgewählt, bei Tisch interessant und vergnüglich zu plaudern, denn eine entspannte Konversation während des Essens förderte nach des Bischofs Ansicht die Bekömmlichkeit der Speisen sowie die Verdauung.

Offiziell wußte man, daß Bischof Vanya tagsüber sehr hart arbeitete und sein ganzes Sinnen und Trachten den Angelegenheiten der Kirche (und des Staates) weihte. Er stand vor Tagesanbruch auf, und selten verließ er das Arbeitszimmer, bevor die Sonne untergegangen war. Nach einem derart anstrengenden Tag war es für seine Gesundheit ungemein wichtig, daß der Abend ausschließlich der Erholung und Entspannung vorbehalten blieb.

Offiziell wußte man, daß der Bischof diese stillen Stunden meditierend verbrachte und stumme Zwiesprache mit dem Almin hielt.

Soweit die offiziellen Gründe. Der wirkliche Grund war selbstverständlich ein anderer und nur dem Bischof bekannt. Vanya nutzte diese stillen Stunden in der Tat für Gespräche – allerdings nicht mit dem Almin. Die, mit denen er sprach, waren Geschöpfe von profanerer Art ...

An diesem Herbstabend hatten die Gäste sich früh verabschiedet, weil der Bischof zu verstehen gab, er sei mehr als sonst ermüdet. Kaum allein gelassen, begab er sich jedoch nicht zu Bett, sondern löste den Zauber, der eine kleine, private Kapelle versiegelte, und öffnete die Tür.

Eine Atmosphäre des Friedens und der besinnlichen Schönheit herrschte in dem nach alter Tradition gestalteten

Andachtsraum. Licht strömte durch farbige Glasfenster. Rosenholzbänke standen vor einem Altar aus Kristall, gleichfalls ein Artefakt aus alter Zeit und geschmückt mit den Symbolen der Neun Mysterien. Hier pflegte Vanya den Morgenlobpreis und die Abendandacht zu zelebrieren und Rat und Beistand des Almin zu erbitten.

Ein vom Altar ausgehender Schimmer, so bleich und kühl wie Mondlicht, erfüllte den Raum mit einer Stimmung weihevoller Ruhe, aber dem Bischof, der mit großen Schritten die Kapelle durcheilte, war nichts von weihevoller Ruhe anzumerken. Er ging an dem Kristallaltar vorüber, ohne ihn eines Blickes zu würdigen, und blieb vor einer der bemalten Holztafeln stehen, mit denen die Wände geschmückt waren. Er legte die Hand auf die Tafel, murmelte geheime, magische Worte, und das Holz löste sich unter seinen Fingerspitzen auf. Vor ihm öffnete sich schwarz und bedrohlich ein Tor ins Nichts – eine Transversale. Aber es war keine gewöhnliche Transversale, kein Teil des von den Sehern angelegten gigantischen Netzwerks von zeitdimensionalen Tunnels, die Thimhallan kreuz und quer durchzogen. Auch diese Transversale war das Werk der Seher, doch sie stand mit keiner der anderen in Verbindung, und wer sie betrat, gelangte nicht zu einem der vorgesehenen Ziele in Thimhallan. Nur ein Mann wußte von ihrer Existenz – der jeweilige Reichsbischof. Dieses Tor war sein Zugang zu einer von den Sehern geschaffenen Nische im Gefüge von Zeit und Raum, der *Krypta* – ein Begriff aus der alten Welt, dessen genaue Bedeutung in Vergessenheit geraten war, der aber etwas Geheimes und Verborgenes bezeichnete. Dorthin begab sich der Bischof, und wie jedesmal hatte er das Gefühl, in einen finsteren und tiefinneren Teil seines eigenen Bewußtseins einzudringen.

Er konnte nichts sehen an diesem Ort, keine Wände ertasten, keinen Boden unter den Füßen spüren, obwohl er das Gefühl hatte, sich fortzubewegen. Eine Ahnung sagte ihm, daß er sich im Innern einer Art Kugel befand. In der Mitte stand ein Sessel, auf dem er Platz nehmen konnte, wenn eine Konferenz sich in die Länge zu ziehen drohte. Er vermutete inzwischen, daß dieser Sessel seiner eigenen Vorstellung entstammte, denn je nach Wunsch hatte er Armlehnen oder nicht, war einmal voluminös und einladend weich, dann wieder streng und hart und manchmal überhaupt nicht vorhanden – wenn die Zeit drängte oder er während einer Unterredung ruhelos auf und ab ging.

An diesem Abend stand der Sessel für ihn bereit, weich und bequem. Vanya lehnte sich entspannt zurück. Ihm standen keine schwierigen Verhandlungen bevor, bei denen es darauf ankam, subtil Druck auszuüben, zu drohen oder zu überreden. Er brauchte nicht sein diplomatisches Geschick und seine verschlagene Rafinesse unter Beweis zu stellen. Diesmal wollte er sich lediglich Bericht erstatten lassen, etwas über den Fortgang der Dinge erfahren und ob seine Pläne sich wunschgemäß entwickelten.

Mit einem zufriedenen Seufzer legt Vanya die Hände auf die ausladenden Armlehnen des Sessels und nahm sich einen Augenblick Zeit, um die Magie in diesem Raum außerhalb der Wirklichkeit in sich aufzunehmen, die es ermöglichte, von hier aus mit anderen Menschen an anderen Orten zu sprechen, dann sagte er laut in die Dunkelheit hinein:

»Mein Freund, auf ein Wort.«

Er spürte das Pulsieren der Magie, konnte sie wie einen Lufthauch über Gesicht und Hände streichen fühlen.

»Zu Euren Diensten.«

Die Dunkelheit sprach zu Vanya mit der Stimme eines Menschen, der annähernd hundert Meilen weit entfernt seinen Ruf vernommen hatte. Wegen der Magie in dem von den Sehern geschaffenen Raum, hörte er die Worte, wie sein eigenes Bewußtsein sie ihm übermittelte, nicht unbedingt, wie die Person, mit der er Verbindung aufgenommen hatte, sie formulierte. So war es möglich, daß zwei Menschen miteinander sprachen, ohne daß einer vom anderen wußte, wer er war, und ohne befürchten zu müssen, bei einem persönlichen Zusammentreffen ungewollt an Gesicht, Stimme oder Sprechweise erkannt zu werden. Der Überlieferung zufolge hatte man ursprünglich etliche von diesen Krypten geschaffen – jedes Herrscherhaus verfügte über eine solche Einrichtung. Im Gefolge der Zweiten Läuterung jedoch hatten die Katalyten unverzüglich die Schließung der Krypten veranlaßt, unter dem Vorwand, daß in einer friedlichen Welt niemand Geheimnisse vor seinen Mitmenschen zu haben brauchte.

Es wurde allgemein angenommen, daß die Katalyten auch die Krypta im Baptisterium versiegelten, was wieder einmal die Richtigkeit des alten Sprichworts beweist, wonach Annahmen Lügen für die Einfältigen sind.

»Seid Ihr allein?« fragte Vanya in Gedanken seinen unsichtbaren Vasallen.

»Im Augenblick ja. Aber ich habe zu tun. Wir reiten in einer Woche.«

»Dessen bin ich mir bewußt. Ist der Katalyt eingetroffen?«

»Ja.«

»Wohlbehalten?«

»Sozusagen. Er hat sich mittlerweile erholt, wenn Ihr das meint. Doch er wird kaum das Bedürfnis haben, sich noch einmal allein ins Außenland zu wagen.«

»Gut. Er wird tun, was man ihm aufgetragen hat.«

»Ich sehe keine Schwierigkeiten. Er scheint *naiv* und schwach zu sein und sich leicht ins Bockshorn jagen zu lassen, aber ...«

»Pah! Der Mann ist ein Hasenfuß. Er wird vielleicht einmal versuchen aufzubegehren, aber wie ich vermute, wird man ihn rasch und gründlich eines Besseren belehren. Wenn er erst seine Lektion gelernt hat, wird er sich fügen.«

»Das hoffe ich.« Die Stimme in Vanyas Kopf klang skeptisch, und der Bischof zog unmutig die Stirn in Falten.

»Wie sieht es mit den Waffen aus?«

»Mit der Hilfe des Katalyten wird man jetzt erheblich schneller vorankommen.«

»Und wie entwickeln sich die Dinge in Sharakan? Habt Ihr Euch mit seiner Majestät in Verbindung gesetzt?«

»Darüber wißt Ihr vermutlich besser Bescheid als ich, Heiligkeit. Ich muß mit größter Behutsamkeit vorgehen, sonst wird man entdecken, daß ich die Hand im Spiel habe. Seine Majestät wurden diskret über die Ankunft des Katalyten in Kenntnis gesetzt und darüber, welche Auswirkungen das auf unsere Gemeinschaft haben wird. Mehr konnte ich nicht tun.«

»Das genügt. Seine Majestät muß großes Vertrauen in Euch setzen, sein Verhalten wird zunehmend kriegerischer. Wir sind natürlich bemüht, die Wogen zu glätten« – Vanya unterstrich seine Worte mit einer entsprechenden Handbewegung – »und wenn die Zeit gekommen ist, werden Wir zutiefst betrübt bekennen, in Unserem Bestreben versagt zu haben. Hier geraten die Dinge in Bewegung. Der Bruder der Kaiserin entwickelt sich zu einem lästigen Störenfried, aber ich werde mit ihm fertig. Wenn der Krieg erklärt wird, sind wir bereit zu handeln. Gibt es sonst noch etwas?«

»Ja. Was ist mit Joram? Was hat der Katalyt mit ihm vor?«

»Was geht Euch das an? Der Junge ist nur ein Werkzeug, weiter nichts. Ihr habt nur die Aufgabe, dafür zu sorgen, daß er am Leben bleibt.«

»Was hat der Katalyt für Anweisungen? Was wird er tun?«

»Tun? Ich bezweifle, daß er den Mut hat, irgend etwas zu tun, außerdem habe ich ihn zur Vorsicht ermahnt. In ungefähr einem Monat wird er mir Bericht erstatten. Ich werde ihn bitten, nichts zu übereilen. Ihr trefft Eure Vorbereitungen. Wenn ich das Signal gebe, zögert nicht. Ihr habt Eure Befehle – muß ich Euch daran erinnern?« Die Unmutsfalten auf Vanyas Stirn vertieften sich. »Ich glaube Euch eine gewisse Unzufriedenheit anzumerken, mein Freund. So viele Fragen bin ich von Euch nicht gewöhnt. Ist etwas vorgefallen? Hat man Eure Tarnung durchschaut?«

»Selbstverständlich nicht.« Die Gedankenstimme wurde kalt. »Wir beide kennen meine Talente, schließlich habt Ihr mich deshalb auserwählt. Nur – in mancher Hinsicht haben die Dinge eine unerwartete Wendung genommen. Jemand bekundet ein größeres Interesse, als mir lieb ist.«

»Wer?« fragte Vanya erregt.

»Ich glaube, Ihr wißt es.« Die Stimme bekam einen spöttischen Beiklang. »Ich glaube, beim Austeilen der Karten habt Ihr jemanden außer acht gelassen.«

»Wie könnt Ihr es wagen ...«

»Ich wage es, weil ich bin, der ich bin. Und jetzt muß ich gehen. Es kommt jemand. Vergeßt nicht, Heiligkeit, ich habe die Könige in der Hand.«

Die magische Verbindung zwischen ihnen brach ab. Vanya saß allein im Dunkeln und spitzte nachdenklich die Lippen, während seine Finger spinnengleich über die Armlehnen des Sessels wanderten. »Die Könige? Mag sein, Freund. Aber ich habe die Schwerter!«

Das Mnemore

Wir sind viele, aber wir sind nicht eins.

Hätte die Gemeinschaft der Technologen sich gegen Blachloq erhoben, der Hexenmeister und seine Gefolgsmänner wären verloren gewesen. Ohne einen Katalyten, der ihm Leben gewährte, waren die magischen Kräfte des Erzwingers begrenzt. Seine wenigen Männer hätten der Übermacht nicht lange standhalten können. Doch es regte sich kein Widerstand gegen den Neuen Herrn. Der überwiegende Teil der Nigromanten befürwortete den Plan Blachloqs, sich mit Sharakan zu verbünden und den Krieg zu erklären. Sie hielten die Zeit für gekommen, aus der Verbannung zurückzukehren, das Neunte Mysterium wieder auf den Sockel zu stellen, von dem man es gestürzt hatte, und selbst den ihnen gebührenden Platz in der Hierarchie Thimballans einzunehmen. Und wenn mit ihnen auch Tod und Verderben wieder in der Welt Einzug hielten – wurde das nicht wettgemacht von den Wunderdingen, die sie vorzuweisen hatten? Wunderdingen, die das Leben leichter und schöner machten.

Natürlich gab es unter den Technologen auch solche, die erkannten, daß mit diesem Traum die verblendeten Eiferer nur die tragischen Fehler der Vergangenheit wiederholten. Leider waren sie in der Minderzahl. Es war gut und schön, wenn Andon – ein alter Mann – Geduld und Friedfertigkeit predigte, aber die jungen Leute waren es müde, ein mühseliges, karges und freudloses Dasein in der Wildnis zu fristen, wenn die Welt so viel mehr zu bieten hatte und sie nur die – bewaffnete – Hand ausstrecken mußten, um es sich zu nehmen.

So wurden sie zu Blachloqs willigen Handlangern, verließen ihre Felder und arbeiteten mit Begeisterung in den Minen und der Schmiede, um in den Besitz der Waffen zu kommen, mit denen sie ihre Zukunft gestalten wollten.

Als Symbol für diese Zukunft galt ihnen das Monument auf dem Dorfplatz – das Große Rad. Die Technologen hatten es während der Verfolgungen nach dem Ende der Eisenkriege aus den Ruinen des zerstörten Tempels der Nigromanten gerettet und auf der Flucht ins Außenland mit sich geführt. Sie gründeten ihr Dorf und errichteten eine Art Triumpfbogen aus schwarzem Stein, in dem das gewaltige Rad mit den neun Speichen hängt. Im Laufe der Zeit wurde das Denkmal zum Mittelpunkt eines Rituals, des Mnemore.

Wer kann sagen, wie es begann? Die Wurzeln dieses Rituals reichen zurück in die blutigen Wirren der Vergangenheit. Vielleicht, vor langer Zeit, als die Nigromanten sahen, wie das Wissen, für das sie so hart gearbeitet und so viel gelitten hatten, von den harten Lebensbedingungen im Außenland in den Hintergrund gedrängt wurde, verfielen sie auf diese Methode, um das, was sie gelernt hatten, an die nächsten Generationen weiterzugeben. Unglücklicherweise blieben nur die Worte im Gedächtnis der nächsten Generationen haften, die Kenntnisse und die Weisheit verkümmerten und wurden erdrückt von dem schweren Kampf um das tägliche Brot, bis schließlich auch der letzte Funke erloschen war.

Am siebenten Tag einer jeden Woche, versammelten sich gegen Abend alle Dorfbewohner beim Denkmal des Rades, um die Litanei zu rezitieren, die jeder schon als Kind gelernt hatte. Begleitet von der Musik der Instrumente aus Metall, mißhandeltem Holz und ausgespannten Tierhäuten, beginnt das Mnemore mit der Anrufung der drei bestimmenden Kräfte im Leben eines Nigromanten: Feuer, Wind und Wasser. Während die Stimmen sich zu schrillem Diskant steigern und die Musik wilder und lauter wird, singen die Leute von der Konstruktion und dem Bau und der Herstellung von Wundern, an die niemand sich erinnert und die niemand sich vorzustellen vermag.

In der Nacht vor dem geplanten Aufbruch zu den Raubzügen gegen die Siedlungen der FeldMagi wurde das Mnemore besonders ausgelassen gefeiert. Der *Duuk-tsarith* war so klug, sich den alten Brauch zunutze zu machen, um damit dasselbe zu erreichen wie die *DKarn-Duuk* mit dem Kriegstanz – die Gefühle aufzupeitschen, bis Urteilsvermögen und Menschlichkeit außer Kraft gesetzt waren. Die Sänger umtanzten in einem großen Kreis das Wahrzeichen ihrer Kaste, angefeuert von der rhythmischen Untermalung der Instrumente. Das Rad, geschmiedet aus einem glänzenden, unbekannten Metall, strahlte im Fackelschein wie eine unheilige Sonne. Hin und wieder sprang einer der Tänzer auf den schwarzen Sockel des Denkmals, ergriff einen der Schmiedehämmer, schwang ihn gegen die Nabe des Rades mit den neun Speichen und weckte eine Stimme von Eisen, die aus den tiefsten Tiefen der Erde heraufzutönen schien.

Kaum jemand schloß sich vom Mnemore aus. Frauen, Männer und Kinder sangen die Worte ohne Sinn, tanzten im flackernden Licht oder standen abseits und betrachteten das Treiben mit gemischten Gefühlen.

Einer der Zuschauer war Andon. Bekümmert und sorgenvoll glaubte er aus dem Chor der skandierenden Stimmen die Warnung der Ahnen herauszuhören, die ihren Nachfahren zuriefen, der Vergangenheit zu gedenken.

Saryons Entsetzen war so groß, daß er fürchtete, den Verstand zu verlieren. Die zuckenden Lichter, die mißtönende, ohrenbetäubende Musik, die verzerrten, verrenkten Gestalten der Männer und Frauen, kaum noch ihrer Sinne mächtig – all das entstammte den Visionen der Hölle, die man ihm bereits in der Kindheit eingeprägt hatte. Für die Worte, die gesungen wurden, hatte er kein Ohr, sein Elend war zu groß. Dies hier war die Brutstätte des Teufels, und es gab für ihn kein Entrinnen.

Blachloqs schwarzgewandete Gestalt stand außerhalb des Kreises der Tanzenden, ruhig, aufmerksam, unbemerkt. Er hörte die Worte des Gesangs, aber er kannte sie zur Genüge und schenkte ihnen keine Beachtung.

Auch Joram hörte zu, und er verstand, wovon die Rede war. Er allein hatte die alten Schriften gelesen. Er allein begriff, daß die Vorfahren dieser Menschen versucht hatten, ihren Enkeln das von ihnen zusammengetragene Wissen zu vermitteln. Doch was nützte ihm diese Einsicht – die Worte gaben ihr Geheimnis nicht preis, das Wissen blieb zwischen den Buchdeckeln eingeschlossen. Der Schlüssel dazu war in seltsamen, rätselhaften Symbolen enthalten, und er vermochte sie nicht zu deuten.

Auch Simkin schaute gelangweilt zu.

Als der Mond aufging, endete das Mnemore. Blachloq trat in den Kreis der Fackeln und schlug neunmal mit dem Hammer gegen das Rad. Neunmal stieg ein wilder Schrei aus Hunderten von Kehlen zum Nachthimmel auf, dann löste sich der Fackelkreis auf. Die Nigromanten gingen nach Hause und sprachen von den großen Taten, die sie vollbringen wollten, wenn erst das Neunte Mysterium wieder die Welt beherrschte.

Bald stand der schwarze Steinbogen verlassen auf dem Dorfplatz, und die Schatten wanderten über den gefurchten Boden, als der Mond höherstieg; sein blasses, silbriges Licht auf dem Großen Rad war nur ein geisterhafter Abglanz des grellen Fackelscheins, der sich eben noch in dem glänzenden Metall gespiegelt hatte.

In der mondhellen Dunkelheit lag das Dorf der Nigromanten in tiefem Schlummer. Die friedliche Stille wurde nur unterbrochen vom Rascheln der herbstlichen, toten Blätter, die ein böiger, kalter Wind durch die leeren Straßen trieb.

Wähle drei Karten …

An einem sonnigen Tag im Spätherbst zogen die meisten der Männer und Jünglinge unter der Führung Blackloqs aus, um sich zu holen, was die Welt ihnen ihrer Meinung nach schuldete. Andon schaute zu, wie sie davonritten, und in seinen Augen stand die Traurigkeit von Jahrhunderten. Er hatte sein Möglichstes getan, um sie zurückzuhalten, doch ohne Erfolg. Sie mußten ihre Lektion lernen. Der alte Mann hoffte nur, sie würde nicht zu hart ausfallen oder einen zu hohen Blutzoll fordern.

Zu Beginn der Reise war das Wetter sonnig und klar – tagsüber angenehm warm und mit einer Ahnung des kommenden Winters bei Nacht. Blachloqs Schar war bester Stimmung, besonders die jüngeren Männer, die sich freuten, dem Alltagstrott in der Schmiede oder der Getreidemühle entkommen zu sein. Angeführt von dem übermütigen Simkin, der zu diesem Anlaß wieder seine Räuberkluft angelegt hatte (»Ich nenne diese Farbe *Dreck und Dung*!«), lachten und witzelten die Jungen und verspotteten sich gegenseitig wegen ihrer Schwierigkeiten, sich auf dem Rücken der zottigen, halbwilden Pferde zu halten, die im Dorf der Nigromanten gezüchtet wurden. Abends saßen sie um ein loderndes Feuer, erzählten Geschichten und spielten mit den Älteren um die Winterrationen, wobei sie mit solcher Hartnäkkigkeit verloren, daß sie damit rechnen mußten, bis zum Frühjahr vor leeren Tellern zu sitzen.

Selbst der gewöhnlich ungesellige und schweigsame Joram erschien wie ausgewechselt und überraschte Mosiah mit seiner Gesprächigkeit, wenn er sich auch an den Streichen und derben Späßen nicht beteiligte. Es konnte natürlich damit zusammenhängen, überlegte Mosiah, daß Joram wieder aus einer seiner melancholischen Stimmungen erwacht war.

In der zweiten Woche hatte der Spaß ein Ende. Ein kalter Regen sickerte von den gelben Blättern und durchnäßte Roß und Reiter. Das rhythmische Pochen der Tropfen vermischte sich mit dem schwerfälligen Hufschlag der Pferde zu einer monotonen und tristen Marschmusik. Aus dem ersten heftigen Guß wurde ein stetiges Nieseln, das tagelang anhielt, und zu allem Überfluß erging die Anweisung, daß kein Feuer entzündet werden durfte. Man befand sich mittlerweile im Gebiet der Zentauren, und die Wachen waren verdoppelt worden, was bedeutete, daß viele einen großen Teil ihres Nachtschlafs opfern mußten. Alle waren schlecht gelaunt und murrten, aber einer Person ging es so erheblich schlechter als den anderen, daß man es gar nicht übersehen konnte. Mosiah bemerkte es und offenbar auch Joram, denn hin und wieder entdeckte sein Freund einen Ausdruck von Häme in Jorams dunklen Augen. Wenn er Jorams Blick folgte, sah Mosiah, daß er auf den Katalyten gerichtet war, der mit hängenden Schultern und gesenktem Kopf vor ihnen ritt. Der fromme Mann machte im Sattel eine mitleiderregende Figur. Die ersten paar Tage war er steif gewesen vor Angst, inzwischen konnte er sich kaum noch rühren, weil jeder Muskel und jeder Knochen ihm weh tat. Einfach nur im Sattel zu sitzen, war offenbar schon eine Qual für ihn.

»Der Mann tut mir leid«, sagte Mosiah in der zweiten Woche ihrer Reise nach Norden. Frierend und durchnäßt ritten er, Joram und Simkin einen Pfad entlang, auf dem eine in Sechserreihen daherkommende Kavalkade Platz gehabt hätte. Riesen hätten diesen Weg gebahnt, sagte Blachloq und ermahnte sie, auf der Hut zu sein.

»Welcher Mann?« fragte Joram. Er hatte Simkin zugehört, der wortreich davon berichtete, wie der Graf von Westshire die gesamte Steinbildner-Gilde sowie sechs Katalyten engagiert hatte, um seinen Palast in Merilon umzugestalten, statt Kristall wollte er rosafarbenen, mattgrün geäderten Marmor.

»Am Hof spricht man von nichts anderem. Niemand ist je auf so eine Idee gekommen. Stellt euch vor, Marmor, ausgerechnet!«

»Der Katalyt. Wie heißt er noch? Er tut mir leid«, wiederholte Mosiah.

»Saryon?« Simkin zog verwirrt die Stirn kraus. »Entschuldige, lieber Freund, aber was hat das mit rosa Marmor zu tun?«

»Nichts«, erwiderte Mosiah. »Mir ist nur Jorams Gesichtsausdruck aufgefallen. Ich könnte wetten, es macht ihm Spaß, wie der Ärmste leiden muß.«

»Er ist ein Katalyt«, fuhr ihm Joram schroff über den Mund. »Und du irrst dich. Welchen Grund sollte ich haben, ihm überhaupt Beachtung zu schenken?«

»Sicher«, brummte Mosiah, während er beobachtete, wie Jorams dunkle Augen noch dunkler wurden, als er den grüngekleideten Rücken des Katalyten musterte.

»Er kommt aus eurem Dorf.« Simkin beugte sich über den

Hals des Pferdes und sprach in einem vertraulichen Ton, der mindestens noch zwei Reihen weit zu hören war.

»Leiser, leiser! Er muß ja nicht unbedingt merken, daß wir von ihm sprechen. Was meinst du damit, er kommt aus unserem Dorf?« erkundigte sich Mosiah verwundert. »Warum hast du das nicht schon früher gesagt? Vielleicht kennt er meine Eltern!«

»Ich bin sicher, daß ich es erwähnt habe«, verteidigte Simkin sich beleidigt, »als ich euch verraten habe, daß er Jorams wegen hier ist ...«

»Pst!« zischte Mosiah. Er kaute auf der Unterlippe und schaute sehnsüchtig zu dem Katalyten hinüber. »Ich frage mich, wie es meinen Eltern geht. Es ist so lange her ...«

»Worauf wartest du! Frag ihn doch!« fauchte Joram verärgert. Die schwarzen Augenbrauen zogen sich zu einem grimmigen Strich zusammen, der einen harten Schatten über sein Gesicht warf.

»Ja, unterhalte dich ein bißchen mit ihm«, meinte Simkin träge. »Er ist gar nicht so übel, für einen Katalyten. Dabei habe ich auch nicht mehr Grund, ihn zu lieben als du, mein allzeit finster blickender Freund. Ihr wißt doch, daß sie meinen kleinen Bruder auf dem Gewissen haben, oder nicht? Armes Kerlchen. Hat die Prüfungen nicht bestanden. Wir hielten ihn versteckt, bis er fünf war, aber dann hat man uns angezeigt. Einer von den Nachbarn. Hatte Streit mit meiner Mutter. Mich hat der Kleine besonders lieb gehabt. Er klammerte sich an mich, als sie kamen, um ihn zu holen.«

Zwei Tränen rollten über Simkins Wangen in seinen Bart. Mosiah stieß einen ungeduldigen Seufzer aus.

»Daß ihr euch nicht schämt!« Simkin schniefte. »Nur weiter so. Macht euch lustig über meinen Verlust. Lacht, wenn ich leide. Wenn ihr mich jetzt entschuldigen wollt, ich werde mich in der Stille und Einsamkeit meinem Kummer hingeben. Ihr zwei reitet weiter. Nein, es hat keinen Zweck, mich trösten zu wollen. Überhaupt keinen ...« Während sein gekränkter Wortschwall zu einem unverständlichem Murmeln verebbte, zog Simkin sein Pferd herum, scherte aus und galoppierte zum Ende der Kavalkade zurück.

»Sein Verlust! Wie viele Brüder sind das bis jetzt gewesen, die durch ein trauriges Schicksal aus seinen Armen gerissen wurden?« Mit einem angewiderten Kopfschütteln schaute Mosiah Simkin nach, der sich mit dem Handrücken die Tränen aus dem Gesicht wischte und gleichzeitig einen von Blachloqs Männern rüde beschimpfte. »Ganz zu schweigen von der Vielzahl seiner Schwestern, die von irgendwelchen Fürsten entführt wurden oder in Gefangenschaft der Zentauren schmachten, und erinnerst du dich noch an die eine, die von zu Hause weglief, weil sie sich in einen Riesen vergafft hatte? Dann wäre da noch die Tante, die sich für einen Schwan hielt und in einem Zierteich ertrank, und seine Mutter, die fünfmal an fünf verschiedenen, seltenen Krankheiten gestorben ist und einmal an gebrochenem Herzen, weil sein Vater von den *Duuk-tsarith* verhaftet wurde. Allein Simkins Ausdrucksweise ist eine Zumutung! Und man bedenke – all das passiert einem Waisenkind, das man in einem Körbchen aus Rosenblättern in der Kanalisation von Merilon treibend fand. Er ist ein kolossaler Schwindler! Wie kannst du ihn nur ertragen?«

»Er ist ein amüsanter Schwindler«, erwiderte Joram schulterzuckend, »und damit hat er euch allen etwas voraus.«

»Er hat *uns* etwas voraus?«

Joram musterte den Freund unter den gesenkten Brauen hervor. »Warum gehst du nicht zu deinem Katalyten und plauderst mit ihm«, meinte er kühl, als er sah, wie Mosiah die Zornesröte ins Gesicht stieg. »Wenn es stimmt, was ich höre, steht ihm Schlimmeres bevor als nur ein wundgerittener Hintern.«

Er gab seinem Pferd die Sporen und galoppierte an dem Katalyten vorbei, ohne ihn eines Blickes zu würdigen. Mosiah sah den Katalyten den Kopf heben und dem jungen

Mann nachblicken, dessen schwarze Haarmähne ungebändigt im Wind flatterte.

»Gibt es einen guten Grund, weshalb ich *dich* ertrage?« brummte Mosiah, während Joram hinter der nächsten Wegbiegung verschwand. »Mitleid? Dafür würdest du mich hassen. Und doch ist es so. Ich kann verstehen, warum du dich weigerst, irgend jemandem zu vertrauen. Die Narben auf deiner Brust sind nur die Spuren der äußerlichen Wunden, die man dir zugefügt hat, aber der größte Schmerz steht dir noch bevor, Joram – wenn du eines Tages erkennen mußt, was du alles falsch gemacht und wie sehr du dich geirrt hast!«

Mosiah schüttelte den Kopf und lenkte sein Pferd neben den Katalyten.

»Vergebt mir, falls ich Euch störe, Pater«, sagte er unbeholfen, »aber – aber darf ich Euch eine Weile Gesellschaft leisten?«

Saryon blickte erschreckt auf, sein Gesicht verriet Anspannung und Furcht. Als er merkte, wer ihn angesprochen hatte, wirkte er sichtlich erleichtert. »Aber ja, ich würde mich freuen.«

»Ihr habt nicht gebetet, oder?« Mosiah fühlte sich nicht wohl in seiner Haut. »Ich kann auch wieder gehen, wenn ...«

»Nein, ich habe nicht gebetet«, antwortete Saryon mit einem matten Lächeln, warf einen Blick auf die hohen Bäume links und rechts des Weges und erschauerte. »Ich bin es gewohnt, den Almin in den Fluren und Zimmern des Baptisteriums zu finden. Nicht hier draußen. Hier draußen hat Er keine Macht.«

Mosiah verstand nicht recht, was er meinte. »Mein Vater redet manchmal so ähnlich. Er sagt, der Almin speist an der Tafel der Reichen und wirft den Armen die Brosamen hin. Wir sind Ihm gleichgültig, deshalb müssen wir uns im Leben auf unsere eigene Ehre und Integrität verlassen. Nichts anderes bleibt von uns, wenn wir sterben.«

»Jacobias ist ein weiser Mann«, meinte Saryon und schaute Mosiah forschend an. »Ich kenne ihn. Du bist Mosiah, nicht wahr?«

»Ja.« Der junge Mann errötete. »Ich weiß, daß Ihr ihn kennt. Deshalb bin ich gekommen. Das heißt, ich wußte es nicht, sonst wäre ich früher gekommen – ich meine, Simkin hat mir gerade erst ...«

»Ich verstehe.« Saryon nickte ernst. »Ich hätte dich im Dorf aufsuchen sollen. Deine Eltern haben mir einiges für dich aufgetragen, aber – ich war krank.« Jetzt war es an ihm, verlegen zu erröten. Mit schmerzlich verzogenem Gesicht rückte er sich im Sattel zurecht, und sein Blick suchte Joram, der ein gutes Stück weiter vorn wieder zum Vorschein gekommen war und allein weiterritt.

»Meine Eltern«, erinnerte ihn Mosiah nach kurzem Schweigen.

»Oh, ja. Es tut mir leid.« Saryon erwachte aus seinen Gedanken. »Es geht ihnen gut, und sie lassen dich grüßen. Sie vermissen dich sehr«, fügte er hinzu und sah, wie ein sehnsüchtiger Ausdruck über das Gesicht des Jungen huschte. »Deine Mutter hat mir einen Kuß für dich gegeben, aber ich vermute, du bestehst nicht darauf, daß ich ihren Auftrag wörtlich nehme.«

»Nein, es ist schon gut so. Vielen Dank, Pater. Haben sie noch etwas gesagt? Mein Vater ...«

Saryon antwortete nicht gleich, und Mosiah glaubte, verstanden zu haben. »Ich weiß schon«, sagte er bitter. »Jetzt kommt die Predigt.«

»Keine Predigt«, beruhigte ihn Saryon lächelnd. »Er sagte nur, er hätte einiges über diese Leute gehört, das ihn beunruhigte, und er hoffte, die Gerüchte seien nicht wahr. Falls aber doch, sollst du nicht vergessen, daß man dich im wahren Glauben erzogen hat und daß er und deine Mutter dich lieben und immer an dich denken.«

Saryon schaute Mosiah an und bemerkte die hochroten

Flecken auf den glatten Wangen, wo sich der erste weiche Bartflaum zeigte. »Was er gehört hat, stimmt nicht.«

»Nein? Und was ist mit diesem Raubzug?«

»Diese Leute sind gute Menschen.« Mosiah erwiderte herausfordernd Saryons Blick. »Sie wollen nichts weiter, als die gleichen Chancen im Leben haben wie andere. Zugegeben«, sprach er rasch weiter, als er bemerkte, daß Saryon etwas einwerfen wollte, »vielleicht gefällt mir einiges nicht, was sie tun, vielleicht halte ich es nicht für richtig. Aber wir haben ein Recht zu überleben.«

»Durch Rauben und Plündern? Von Andon weiß ich ...«

Mosiah winkte ungeduldig ab. »Andon ist ein alter Mann!«

»Von ihm weiß ich, daß vor Blachloqs Auftauchen die Technologen in der Lage gewesen sind, sich selbst zu versorgen«, fuhr Saryon fort. »Sie bestellten den Boden mit Werkzeugen statt mit Zauberkraft.«

»Das kostet zuviel Zeit. Wir arbeiten zu schwer. Und wir müssen in diesem Winter zu essen haben«, hielt ihm Mosiah aufgebracht entgegen.

»Wie die Leute, die zu berauben wir ausgezogen sind.«

»Wir nehmen nicht viel. Joram hat es mir gesagt. Wir lassen ihnen genug ...«

»Nicht in diesem Jahr. In diesem Jahr habt ihr mich, einen Katalyten. In diesem Jahr muß Blachloq nicht mit seinen Kräften haushalten. Hast du je erlebt, welche Macht einem Hexenmeister zu Gebote steht?«

»Warum seid Ihr dann hier?« fauchte Mosiah und wandte sich ihm angriffslustig zu. »Warum seid Ihr ins Außenland geflohen, wenn Ihr uns alle für Diebe und Mörder haltet?«

»Du weißt es«, antwortete Saryon mit gedämpfter Stimme. »Ich habe gehört, wie Simkin es dir gesagt hat.«

Mosiah schüttelte den Kopf. »Simkin darf man nicht einmal fragen, wie spät es ist«, sagte er abschätzig. »Wenn Ihr diesen Unsinn meint, daß Ihr gekommen seid, um Joram zu holen ...«

»Es ist kein Unsinn.«

Mosiah riß die Augen auf. »Wie?« fragte er ungläubig. Er war überzeugt, sich verhört zu haben.

»Es ist kein Unsinn«, wiederholte der Katalyt. »Man hat mich hergeschickt, um Joram zurückzubringen, damit er zur Rechenschaft gezogen werden kann.«

»Aber ... Warum? Warum sagt Ihr mir das?« wollte Mosiah ratlos wissen. »Wollt Ihr meine Hilfe? Ihr wollt mich vor Euren Karren spannen? Joram ist mein Freund!«

»Aber nein«, unterbrach ihn Saryon und lächelte traurig. »Ich verlange keine Hilfe von dir. Was ich tue, muß ich alleine tun.« Seufzend rieb er sich die Augen. »Ich habe dir Bescheid gesagt, weil dein Vater mich gebeten hat, mit dir zu sprechen, wenn ich merke, daß du in etwas hineingeraten bist, das vielleicht nicht ganz ...« Er verstummte.

Sie ritten schweigend nebeneinander durch den feinen Regen. Hinter ihnen übertönte Simkins geziertes Lachen das Klingeln des Zaumzeugs und den dumpfen Hufschlag.

»Ihr hättet mir Eure Predigt halten können, ohne mir von Eurem Auftrag zu erzählen, Pater. Ich habe Simkin nicht geglaubt. Niemand tut das.« Mosiah drehte die Zügel zwischen den Fingern und hielt den Blick auf die Pferdemähne gesenkt. »Aber wie stellt Ihr Euch das überhaupt vor, Joram nach Merilon zurückzubringen? Glaubt Ihr wirklich, das geht so ohne weiteres?« Er musterte den Katalyten geringschätzig. »Ich werde Joram natürlich warnen, und ich kann immer noch nicht begreifen, weshalb Ihr mich eingeweiht habt. Ihr müßt doch gewußt haben, daß uns das zu Gegnern macht.«

»Ja, und das bedaure ich sehr«, antwortete Saryon und verkroch sich tiefer in seiner durchnäßten Kutte. »Aber ich hatte Angst, du würdest mir nicht zuhören. Meine ›Predigt‹ wäre vergebens gewesen, wenn du geglaubt hättest, daß ich mit gespaltener Zunge rede, wie das Sprichwort sagt. Jetzt wirst du vielleicht über meine Worte nachdenken.«

Mosiah sagte nichts, sondern hielt weiterhin den Blick auf den Pferdehals gerichtet. Sein Gesicht verhärtete sich, er hörte auf, mit den Zügeln zu spielen, und hielt sie fest. »Ihr braucht Euch jedenfalls keine Gewissensbisse zu machen«, sagte er und hob den Kopf. »Ihr habt Eure Pflicht meinem Vater gegenüber erfüllt. Aber da wir gerade von Gewissen sprechen – ich merke nichts davon, daß Ihr zögert, Blachloq zu gehorchen, wenn er Euch befiehlt, ihm Leben zu gewähren. Oder vielleicht habt Ihr vor, aufzumucken, wenn es ernst wird«, fügte er höhnisch hinzu, weil ihm Jorams Bemerkung einfiel, der Katalyt habe Schlimmeres zu erwarten als einen wundgerittenen Hintern. Er rechnete damit, daß der schwächliche Mann sich ducken und die Augen niederschlagen würde, und war überrascht, als der Katalyt seinem Blick mit gelassener Würde begegnete.

»Das ist meine Schmach«, entgegnete Saryon ruhig, »und ich muß damit fertig werden wie du mit der deinen.«

»Ich habe keinen Grund ...« begann Mosiah zornig, wurde aber von Simkin unterbrochen, der nach ihm rief.

»Mosiah! Wo steckst du?«

Gereizt drehte sich der junge Mann im Sattel herum und winkte. »Ich komme gleich«, rief er zurück. Dann wandte er sich wieder an den Katalyten. »Eins wundert mich noch, Pater. Warum habt Ihr Simkin von Joram erzählt? Wolltet Ihr ihm auch eine Predigt halten?«

»Ich habe Simkin nichts erzählt«, erwiderte Saryon und trieb mit ungeschickten Hackenschlägen sein Pferd an. »Du solltest dich beeilen, Mosiah, man ruft nach dir. Ich hoffe, wir können noch öfter miteinander reden.«

»Ihr habt es ihm nicht gesagt? Woher ...«

Aber Saryon schüttelte abwehrend den Kopf. Er zog sich die Kapuze tiefer ins Gesicht und ritt beharrlich und schweigend weiter. Mosiah zügelte sein Pferd, und obwohl Simkin wieder nach ihm rief, schaute er der kläglichen Gestalt des Katalyten gedankenverloren nach.

»Du bist zu leichtgläubig.«

»Du warst nicht dabei«, verteidigte sich Mosiah. »Du hast sein Gesicht nicht gesehen. Er sagt die Wahrheit. Ich weiß, wie du darüber denkst«, Mosiah hob die Hände, als er das höhnische Funkeln in Jorams Augen bemerkte, »aber du mußt zugeben, Simkin *hat* uns erzählt, daß der Katalyt deinetwegen hier ist. Und wenn der Katalyt es ihm nicht gesagt hat, wie ...«

»Wen interessiert das denn schon!« rief Joram ungeduldig, ohne den mürrischen Blick von dem kleinen Feuer abzuwenden, über dem ihre Kleider trockneten. Die Marodeure hatten ihr Nachtlager in einer großen Höhle nahe beim Fluß aufgeschlagen. Da Höhlen im Außenland höchst selten unbewohnt waren, hatte Blachloq sie in Begleitung des Katalyten genau erkundet. Wie sich herausstellte, war sie tatsächlich leer, und der Hexenmeister entschied, daß nichts dagegen sprach, ein Lager zu errichten. Unangenehm war lediglich der beißende Gestank von einem Unrathaufen in einer dunklen Ecke, den näher zu untersuchen sich niemand berufen fühlte. Auch nachdem man ihn verbrannt hatte, hing der üble Geruch noch in der Luft. Blachloq meinte, die Höhle sei womöglich von Trollen bewohnt gewesen.

»Natürlich interessiert es dich nicht«, sagte Mosiah böse und stand auf. »Dich interessiert ja nie etwas.«

Joram streckte die Hand aus und hielt den Freund zurück. »Es tut mir leid«, entschuldigte er sich widerwillig. »Ich danke dir für deine Warnung.« Seine Lippen verzogen sich zu einem schiefen Lächeln. »Auch wenn ich keinen Grund sehe, mich wegen eines senilen Katalyten zu fürchten, werde ich auf der Hut sein. Und was Simkin betrifft« – er zuckte mit den Schultern – »frag ihn doch, wie er es erfahren hat.«

»Aber diesem Narren kann man kein Wort glauben!« rief Mosiah verzweifelt und setzte sich wieder hin.

»Narr? Höre ich da jemanden meinen Namen unnütz im Munde führen?« flötete eine schmeichelnde Stimme aus der Dunkelheit.

Mosiah stieß einen ergebenen Seufzer aus und hielt sich die Hand vor die Augen, als die farbenprächtige Gestalt in den Lichtkreis des Feuers trat.

»Was denn, mein Junge, gefalle ich dir nicht?« fragte Simkin und drehte sich mit erhobenen Armen um die eigene Achse, damit man seine neueste Kreation in ihrer ganzen grellen Pracht bewundern konnte. »Diese gräßliche Kluft hat mich so gelangweilt, daß ich beschloß, es sei höchste Zeit für eine Abwechslung, wie die Gräfin d'Longeville sagte, als sie ihren vierten Gatten ehelichte. Oder war es der fünfte? Ach, halb so wichtig. Er wird es auch nicht länger machen als seine Vorgänger. Laßt euch nie von der Gräfin d'Longeville zum Tee einladen oder achtet zumindest darauf, daß sie euch nicht aus derselben Kanne einschenkt wie ihrem Mann. Ist diese Rotschattierung nicht nach eurem Gusto? Ich nenne sie *Blutender Purpur*. Was ist mit dir, Mosiah? Du siehst heute noch verdrießlicher aus als unser Freund Joram.«

»Nichts«, antwortete Mosiah unwirsch und erhob sich, um in einen primitiven Kochtopf zu spähen, der gefährlich schief in einem Bett glühender Kohlen stand.

»Riecht angebrannt«, meinte Simkin, bückte sich und schnüffelte fachmännisch. »Warum bittest du nicht unseren guten Katalyten um eine Prise Leben? Wozu haben wir ihn schließlich! Bin ich zum Essen eingeladen?«

»Nein.« Mosiah ignorierte die Bemerkung über den Katalyten, nahm einen Stecken und begann den brodelnden Topfinhalt umzurühren.

»Vielen Dank. Zu liebenswürdig.« Simkin ließ sich nieder und zupfte betulich die Kleider zurecht. »Nun, worum geht denn die kleine Meinungsverschiedenheit? Ah, ich weiß! Du bist heute ein Stück mit dem Pater geritten. Hat er etwas Interessantes zu berichten?«

»Nicht so laut«, ermahnte ihn Mosiah und deutete unauffällig zu der Stelle, wo Saryon sich erfolglos bemühte, ein Feuer in Gang zu bringen. »Warum fragst du? Vermutlich weißt du besser, worüber wir gesprochen haben als wir selbst.«

»Durchaus möglich«, gab Simkin unbeschwert zu. »Seht euch den armen Burschen an, er friert sich zu Tode. In seinem Alter sollte man sich wirklich nicht mehr in der Wildnis herumtreiben, das habe ich ihm schon einmal gesagt. Ich werde ihn einladen, mit uns zu dinieren.« Er schaute von einem zum anderen. »Soll ich? Ja, ich glaube schon. Schau nicht so griesgrämig drein, Joram. Du solltest seine Bekanntschaft machen, schließlich ist er hier, um dich aus unserer Mitte zu reißen und dem Gesetz zu überantworten. Heda, Katalyt.«

Simkins Stimme hallte von den Felswänden zurück. Saryon zuckte zusammen und drehte sich herum.

Mosiah stieß Simkin den Ellenbogen in die Seite. »Hör auf damit, verdammt noch mal!«

Aber Simkin rief schon wieder und winkte, das Rot seiner Gewänder leuchtete im Feuerschein. »Komm her, Pater. Wir haben hier ein ausgezeichnetes Eichhörnchenragout ...«

Die meisten der Männer schauten zu ihnen her, kicherten und tuschelten. Selbst Blachloq hob die Augen von dem Kartenspiel, bei dem er mit einigen seiner Gefolgsleute saß, und musterte Simkin und seine beiden Freunde mit kalten, leidenschaftslosen Blicken. Saryon erhob sich unschlüssig und kam langsam auf sie zu, offenbar in der Hoffnung, Simkin damit zum Schweigen zu bringen.

»Verdammt«, stöhnte Mosiah und beugte sich zu Joram hinüber. »Gehen wir. Ich habe keinen Hunger mehr.«

»Nein, warte. Ich will ihn kennenlernen«, sagte Joram leise und sah dem Katalyten entgegen.

»Darf ich's wagen, Arm und Geleit Euch anzutragen, Pater?« rief Simkin munter, sprang auf und lief dem Katalyten entgegen. Mit einer galanten Verbeugung nahm er den verlegenen Saryon bei der Hand und führte ihn tänzelnd zum Feuer. »Eine kleine Quadrille gefällig, Pater? Eins, zwei, drei, hopp. Eins, zwei, drei, hopp …«

Gelächter brandete auf. Es gab niemanden in der Höhle, der nicht dankbar für die Abwechslung gewesen wäre. Nur Blachloq wandte sich wieder seinem Kartenspiel zu.

»Ihr seid kein Tänzer, Pater? Vermutlich sieht man es nicht gerne in Euren Kreisen?«

Saryon bemühte sich vergeblich, Simkin abzuschütteln, aber der war in Hochform. »Zweifellos verbietet Seine Korpulenz es nur deshalb, weil er neidisch ist. Ich meine, bei seinem ›Eins, zwei, drei, hopp‹ würde ja das Baptisterium in den Grundfesten erbeben.« Simkin blies die Backen auf, streckte den Bauch heraus und lieferte eine glaubhafte Imitation des tanzenden Bischofs, die ihm brüllendes Gelächter und vereinzelten Applaus eintrug.

»Danke, vielen Dank.« Simkin legte die Hand auf sein Herz und verbeugte sich. Dann brachte er wieder sein orangefarbenes Seidentuch zum Vorschein, wedelte sich Luft zu und führte den Katalyten, der am liebsten im Boden versunken wäre, zum Feuer. »Da wären wir, Pater«, sagte er, machte sich eifrig zu schaffen und zerrte einen fauligen Holzklotz herbei. »Wartet! Noch nicht hinsetzen! Ich wette, Ihr habt mit Hämorrhoiden zu tun. Der Fluch der mittleren Jahre. Mein Großvater ist daran gestorben, müßt Ihr wissen. Ja«, fuhr er betrübt fort, klopfte auf den Baumstamm und verwandelte ihn in ein dickes Samtkissen, »neun Jahre lang hat der arme alte Herr nicht sitzen können, dann ist er ein einziges Mal schwach geworden und schon war's vorbei mit ihm. Das Blut ist in seinen …«

»Bitte, Pater, wollt Ihr nicht Platz nehmen?« fiel Mosiah ihm hastig ins Wort. »Ich glaube, Ihr kennt Joram noch nicht. Joram, das ist P-Pater …«

Mosiah geriet ins Stottern und verstummte, während Joram den Katalyten anstarrte, ohne ein Wort zu sprechen.

Saryon war froh, sich hinsetzen zu können. Er bemühte sich, Worte zu finden, um den schwarzhaarigen jungen Mann höflich zu begrüßen, aber die unverhohlene Verachtung in Jorams braunen Augen schnürte ihm die Kehle zu. Nur Simkin schien sich wohl zu fühlen. Er hockte auf einem Stein, stützte die Ellenbogen auf die angezogenen Knie, legte das bärtige Kinn in die Hände und lächelte verschmitzt.

»Ich wette, das Eichhörnchen ist jetzt gar«, sagte er und versetzte dem überraschten Katalyten einen spielerischen Stoß gegen die Schulter. »Glaubt Ihr nicht auch, Pater? Wollen wir hoffen, daß es Euch nicht zu schwer im Magen liegt ...«

Saryon krampfte die Hände zusammen und schaute peinlich berührt auf seine Schuhspitzen, während Mosiah über das Feuer hinweg Simkin einen strafenden Blick zuwarf. Er wollte nach dem Topfhenkel greifen, aber Joram hielt ihn zurück.

»Du wirst dir die Finger verbrennen«, warnte er und brachte wie aus dem Nichts einen kurzen Stock zum Vorschein. Er schob ihn durch den Henkel und hob den kleinen Eisenkessel von dem Kohlenbett herunter. »Das Feuer erhitzt nicht nur den Topf, sondern auch den Griff.«

»Du und deine verflixte Technologie«, brummte Mosiah und setzte sich wieder hin.

»Ich bin gerne bereit, ein Exeunt herzustellen und dir Leben zu gewähren«, begann Saryon, aber Jorams Blick ließ ihn verstummen.

»Das würde mir nicht viel nützen, Pater, oder was meint Ihr?« Joram betrachtete den Katalyten prüfend. »Ich bin tot. Oder wußtet Ihr das nicht?«

»Ich wußte es«, antwortete Saryon. Die verlegene Röte war aus seinem Gesicht gewichen, er war blaß und gefaßt. Niemand schenkte ihnen noch Beachtung. Die Männer hatten gemerkt, daß der Spaß vorüber war, und sich wieder ihren vorherigen Beschäftigungen zugewandt. »Ich will dir nichts vorlügen. Man hat mich geschickt, um dich nach Merilon zurückzubringen. Du bist ein Mörder ...«

»Und einer der wandelnden Toten«, fiel Joram ihm grob ins Wort und stellte den Topf mit einem harten Ruck auf den Boden.

»Gemach, gemach«, tadelte Simkin und beugte sich rasch vor, um größeres Unheil zu verhüten. Er nahm die Kelle und fing an, den grauen, klumpigen Brei in Holzschüsseln zu schöpfen. »Verzeiht die Zuhilfenahme von Werkzeugen, Pater, aber ...«

»Bist du wirklich tot?« fragte Saryon und schaute Joram forschend ins Gesicht. »Ich habe dich beobachtet. Ich habe gesehen, daß du über Magie verfügst. Der Stock, zum Beispiel, den du soeben aus dem Nichts hervorgeholt hast ...«

Zu Saryons Überraschung blitzte etwas in Jorams Augen auf, aber nicht Zorn. Angst. Verdutzt starrte der Katalyt ihn an. Der verräterische Ausdruck verschwand im Nu wieder hinter Jorams steinerner Fassade, aber Saryon war überzeugt, sich nicht getäuscht zu haben.

Joram nahm die Schüssel, die Simkin ihm reichte, setzte sich auf den Boden und begann zu essen. Er benutzte einen kunstlos geschnitzten Löffel und hob nicht einmal die Augen von der Schüssel. Mosiah folgte seinem Beispiel, aber man konnte sehen, daß er keine Übung darin hatte, mit einem Löffel zu essen. Auch der Katalyt erhielt eine Portion und einen Löffel, doch er aß nicht, sondern hielt den Blick unverwandt auf Joram gerichtet.

»Ich habe nachgedacht«, sagte er zu dem in Schweigen verharrenden jungen Mann. »Da keine Unterlagen über deine Prüfung existieren, besteht die Möglichkeit, daß Pater Tolban in seiner begreiflichen Aufregung sich doch geirrt hat. Du solltest freiwillig mit mir nach Merilon kommen und beantragen, daß dein Fall geprüft wird. Wie ich gehört habe, wurde der Mord unter außergewöhnlichen Umständen begangen, die in Betracht gezogen werden müssen. Deine Mutter ...«

»Laßt meine Mutter aus dem Spiel. Reden wir statt dessen von meinem Vater. Habt Ihr ihn gekannt, Katalyt?« fragte Joram kalt. »Seid Ihr dabei gewesen, wie sich sein Körper Stück für Stück in Stein verwandelte?«

Saryon hatte seinen Napf aufgehoben, aber jetzt stellte er ihn mit zitternden Händen wieder zurück.

»Mosiah, ich muß schon sagen«, äußerte Simkin angestrengt kauend, »dieses Eichhorn ist nicht zufällig in die Höhle getaumelt gekommen, um in deinen Armen an Altersschwäche zu sterben? Falls doch, hättest du ihm wenigstens ein anständiges Begräbnis spendieren können. Ich kaue schon geschlagene zehn Minuten auf diesem ...«

»Nein, ich war bei der Exekution deines Vaters nicht dabei«, erwiderte Saryon leise, den Blick zu Boden gesenkt. »Damals war ich erst Diakon. Nur die Ranghöheren meines Ordens ...«

»... kamen in den Genuß des Schauspiels?« beendete Joram zynisch den Satz.

»Wasser! Ich muß etwas trinken!« Simkin gestikulierte mit der freien Hand, und einer der Wasserschläuche, die in einem kühlen Winkel der Höhle verwahrt wurden, schwebte herbei. »Ich brauche etwas, um diesen edlen Greis von einem Eichhörnchen hinunterzuspülen, der sich für seine schmackhaften Kinder und butterzarten Enkel aufgeopfert hat.« Er nahm einen Schluck, wischte sich mit dem obligaten Seidentuch den Mund ab und gähnte anschließend ausgiebig. »Eure Unterhaltung langweilt mich übrigens kolossal. Das ist doch nichts für einen gemütlichen Abend. Spielen wir Tarock.« Er griff in die Luft und hielt ein Päckchen bunter Spielkarten mit goldenen Rändern in der Hand.

»Wo hast du *das* her?« verlangte Mosiah zu wissen. Er war froh, daß die aufkommende Feindseligkeit durch Simkins

Eingreifen gebannt worden war. »Warte mal – das sind doch nicht etwa Blachloqs?«

»Wo denkst du hin!« Simkin war gekränkt. »Er sitzt doch da hinten und spielt, siehst du nicht? Und was die Karten betrifft«, er fächerte die Karten mit einer flinken Bewegung auf dem Boden auseinander, »die stammen aus dem Palast. Es ist ein ganz neues Blatt, und die Künstler haben sich selbst übertroffen. Auf den Bildern sind die Angehörigen der Herrscherfamilie von Merilon dargestellt. Es war die Sensation, kann ich euch versichern. Das Bild der Kaiserin ist natürlich unverschämt geschmeichelt, aber als Künstler hat man vermutlich keine Wahl. Seht ihr das Azurblau des Himmels auf der Sonnenkarte? Gemahlener Lapislazuli. Bestimmt, ihr könnt mir's glauben. Und hier, die Könige. Jede Farbe stellt den Herrscher eines anderen Staates dar. Schwerter – der Kaiser von Merilon. Stäbe – Zith-el. Becher – der alte Hallodri, der König von Balzab. Wie aus dem Gesicht geschnitten. Und der Dukatenkönig ist dieser raffgierige Beutelschneider aus Sharakan ...«

»Wir spielen mit, nicht wahr, Joram?« warf Mosiah hastig ein, als er merkte, daß Simkin im Begriff war, seinen launigen Kommentar zu den Königinnen abzugeben. »Wie steht's mit Euch, Pater? Oder verstößt Kartenspielen gegen eines von Euren Gelübden?«

»Nur drei Spieler«, erklärte Simkin, während er mischte. »Der Katalyt muß warten, bis er an der Reihe ist.«

»Vielen Dank«, meinte Saryon. Er schürzte die Kutte und erhob sich steifbeinig. Sein Abendessen hatte er nicht angerührt. »Es ist uns erlaubt, Karten zu spielen, aber ich will nicht stören. Vielleicht ein andermal ...«

»Schon gut, Katalyt.« Joram stellte seinen Napf zur Seite und stand auf. Seine Miene war düster und feindselig wie immer, in seinen Augen brannte ein seltsames, unheimliches Licht. »Ich will nicht spielen. Ihr könnt meinen Platz haben.«

»Nimm dich zusammen, Joram!« sagte Mosiah eindringlich und umfaßte beschwichtigend den muskulösen Arm des Freundes.

»Immer mit der Ruhe.« Simkin hob ab und mischte weiter. »Wir spielen nicht, wenn unser guter Freund wieder einen seiner depressiven Schübe kriegt. Ich werde euch die Karten legen. Setzt Euch wieder, Pater Katalyt. Ich glaube, Ihr werdet es auch ganz interessant finden. Du zuerst, Joram.«

In alter Zeit hatten die Seher mittels des Tarots die Zukunft vorhergesagt. Die Karten, die noch aus der dunklen Welt stammten, wurden ursprünglich als heilige Artefakte verehrt. Nur die Seher verfügten über das Wissen, die komplexen Bilder zu deuten, sagte man, aber die Seher waren in den Eisenkriegen umgekommen. Die Karten existierten noch, und man bewahrte sie auf – als kuriose Relikte der Vergangenheit. Nach langer Zeit erinnerte sich jemand, daß man früher mit ähnlichen Karten ein Spiel namens Tarock gespielt hatte, und löste damit besonders bei den Angehörigen des Adels eine wahre Begeisterung aus. Auch die Kunst, aus den Karten die Zukunft zu prophezeien, starb nicht aus, verkam aber zu einer harmlosen Belustigung bei fröhlichen Festen.

»Verdirb uns nicht den Spaß, Joram. Du wirst sehen, ich bin wahrhaftig ein Meister.« Simkin packte Joram am Ärmel und zog ihn wieder auf seinen Platz. Auch Saryon zögerte noch und betrachtete die Karten mit der Faszination, die jeder verspürt, der im Begriff steht, den Schleier vor der Zukunft zu lüften. »Der Kaiser *schwört* auf mich. Also, Joram, nimm die linke Hand, und zieh drei Karten. Vergangenheit, Gegenwart, Zukunft. Dies ist deine Vergangenheit.«

Simkin drehte die erste Karte um. Eine schwarzgekleidete Gestalt auf einem fahlen Roß wandte dem Betrachter den grinsenden Knochenschädel zu.

»Der Tod«, verkündete Simkin dumpf.

Saryon konnte ein Frösteln nicht unterdrücken. Er warf

einen raschen Blick auf den jungen Mann, doch Joram schaute mit einem geringschätzigen Lächeln auf die Karten nieder.

Die zweite Karte zeigte einen Mann in königlichem Gewand auf einem Thron.

»Der König der Schwerter. Oho!« Simkin lachte. »Vielleicht ist es dir bestimmt, Blachloq die Macht zu entreißen. Joram, König der Nigromanten!«

»Pst! Sei still! Damit scherzt man nicht!« ermahnte ihn Mosiah mit einem besorgten Blick in den Winkel der Höhle, wo Blachloq und seine Männer bei ihrem eigenen Kartenspiel saßen.

»Das war kein Scherz«, verwahrte sich Simkin in beleidigtem Ton. »Ich bin wirklich ein Meister des Kartenlegens. Der Graf von Osborne sagte zu mir ...«

»Dreh schon die letzte Karte um«, forderte ihn Joram ungeduldig auf, »damit wir uns endlich schlafen legen können.«

Simkin gehorchte. Beim Anblick des Bildes auf dieser Karte trat ein belustigtes Funkeln in Jorams Augen.

»Zwei gleiche Karten! Ich hätte wissen sollen, daß du ein gezinktes Blatt hast«, sagte Mosiah ärgerlich, aber Saryon hörte die Erleichterung aus der Stimme des jungen Mannes heraus, als er sah, wie der Schatten wich, der über Jorams Gesicht gelegen hatte. »Kartenlegen! Zieh für dich selbst den Narren, Simkin, dann will ich's glauben. Komm mit, Joram. Gute Nacht, Pater.« Die beiden jungen Männer standen auf und gingen zu ihren Deckenbündeln.

»Gute Nacht«, erwiderte Saryon geistesabwesend. Seine Aufmerksamkeit galt Simkin, der ungläubig auf die drei Karten starrte.

»Das kann nicht sein«, sagte er stirnrunzelnd. »Ich bin sicher, daß das Blatt vollkommen in Ordnung war, als ich es das letzte Mal in der Hand hatte. Ich erinnere mich genau: Ich habe dem Marquis des Lucien prophezeit, er würde einem großen, dunklen Fremden begegnen. Und ich behielt recht. Am nächsten Tag wurde er von den *Duuk-tsarith* verhaftet. Wirklich außerordentlich seltsam. Nun ja.« Er zuckte mit den Schultern, breitete das orangefarbene Seidentuch über die Karten, tippte mit dem Zeigefinger auf den Stapel, und sie waren verschwunden. »Wenn ich fragen darf – habt Ihr gegessen, heiliger Mann?«

»Wie bitte? O ja. Nehmt nur.« Saryon schob ihm den Napf zu.

»Ich kann einfach nichts verkommen lassen, auch wenn ich mir wünschte, daß Mosiah größeren Respekt vor dem Alter hätte«, erklärte Simkin, während er sich einen gehäuften Löffel in den Mund schob.

Saryon äußerte sich nicht dazu. Er nickte ihm kurz zu und machte sich dann auf die Suche nach einem ruhigen Schlafplatz. In einer dunklen Nische legte er sich in seine Decke gewickelt auf den nackten Felsboden. Doch er fand keinen Schlaf. Auch mit geschlossenen Augen sah er die Karten aufgedeckt vor sich auf dem Boden liegen.

Die dritte Karte zeigte tatsächlich wieder den Tod, diesmal jedoch schaute die grinsende Gestalt in die entgegengesetzte Richtung.

Gewährt mir Leben

Der Regen und der Ritt nahmen kein Ende, und auch Saryons Elend verringerte sich nicht, im Gegenteil, zu den Schmerzen und der Niedergeschlagenheit gesellte sich Angst, je näher sie ihrem Ziel kamen – der kleinen Feld-Magi-Siedlung nördlich der Grenze zum Außenland, ungefähr hundert Meilen von der Küste entfernt. Wenigstens einmal an jedem Tag befahl Blachloq dem Katalyten, ihm Leben zu gewähren, niemals sehr viel, gerade genug, um die magischen Kräfte seiner Männer so weit zu stärken, daß sie einem möglichen Angriff begegnen oder sich auf den Flügeln des Windes über die Baumwipfel erheben konnten, um den Weg zu erkunden.

Doch trotz der Geringfügigkeit der von ihm geforderten Dienste erkannte Saryon sie als das, was sie waren – Blachloqs Methode, seinen Sklaven Gehorsam zu lehren. Von Mal zu Mal waren die Befehle schwieriger zu befolgen, jeder erforderte ein wenig mehr Kraftaufwand, jeder schwächte ihn etwas mehr. Und immer beobachteten ihn diese kalten, leblosen Augen aus dem Schatten der schwarzen Kapuze, lauerten auf das geringste Zeichen von Schwäche, Aufbegehren oder Widerstand.

Was Blachloq getan haben würde, hätte sein Sklave tatsächlich gewagt aufzubegehren, wußte Saryon nicht. Kein einziges Mal während der ganzen langen Reise durch das Außenland sah der Katalyt den Hexenmeister jemanden mißhandeln, bedrohen oder auch nur barsch zurechtweisen. Ein *Duuk-tsarith* hatte es nicht nötig, zu solchen Mitteln zu greifen. Allein die Gegenwart des Hexenmeisters wirkte einschüchternd, die Augen erfüllten jeden, der sich ihrem Blick ausgesetzt sah, mit einem vagen Angstgefühl. An Blachloqs allabendlichen Tarockpartien teilnehmen zu müssen – des Hexenmeisters einziges Steckenpferd, dem er mit Leidenschaft frönte –, erforderte entweder bemerkenswerte Kaltblütigkeit oder große Mengen hochprozentigen Branntweins. Manche konnten es einfach nicht ertragen, stundenlang dem Blick dieser ausdruckslosen blauen Augen ausgesetzt zu sein. Saryon beobachtete, wie sich Männer in den Schatten drückten, wenn der Abend kam und Blachloq sein Kartenspiel hervorzog.

Saryon fühlte sich von Tag zu Tag elender und niedergeschlagener. Er ritt geduckt durch den Nieselregen, mit hängenden Schultern und tief gesenktem Kopf. Nichts unterbrach die freudlose Eintöngikeit des Ritts durch die Wildnis. Obwohl die Marodeure die Spuren von Zentauren sahen, wurden sie nicht angegriffen. Zentauren ziehen es vor, über ein oder zwei ahnungslose Reisende herzufallen, und wagen sich nur selten, wenn ihnen die Umstände günstig erscheinen, an einen so großen, gut ausgerüsteten Trupp. Einmal glaubte Saryon, einen Riesen entdeckt zu haben, der zwischen den Baumwipfeln zu ihnen herabspähte. Der massige, zottige Schädel stand in verblüffendem Widerspruch zu den runden, kindlichen Augen und dem breiten Mund, der sich vor Entzücken über die drollige Zwergenkarawane zu einem breiten Grinsen verzog. Ehe der Katalyt ein Wort sagen oder einen Warnruf ausstoßen konnte, war die ungeschlachte Gestalt verschwunden. Saryon hätte vielleicht geglaubt, einer Sinnestäuschung erlegen zu sein, aber er spürte, wie der Boden unter den wuchtigen Schritten gewaltiger Füße erbebte. Später war er froh, geschwiegen zu haben, denn er hörte einige von Blachloqs Männern erzählen, was sie zu tun pflegten, wenn sie einer dieser riesigen, sanftmütigen Kreaturen habhaft wurden.

Die einzigen Lichtblicke während dieser trostlosen Zeit waren die kurzen Momente, die er mit Mosiah verbrachte. Der junge Mann gewöhnte sich an, jeden Tag ein Stück mit Saryon zu reiten, meistens allein, gelegentlich (wenn es sich partout nicht umgehen ließ) mit Simkin. Joram hielt sich stur abseits. Als Saryon Mosiah darauf ansprach, bestand die einzige Reaktion in einem Kopfschütteln, einem raschen Blick über die Schulter und den geflüsterten Worten: »Beachtet ihn gar nicht.«

Die beiden waren ein merkwürdiges Paar – der große, hagere Priester und der kräftige Bursche. Sie unterhielten sich oft über den Almin und die Welt, doch zumeist über kleine Begebenheiten aus Mosiahs Dorf. Saryon erzählte auch manchmal von seinen Studien, über das Leben bei Hofe und die Wunder Merilons. Bei diesen Gelegenheiten, besonders, wenn die Rede auf Merilon kam oder auf sein Lieblingsthema, die Mathematik, bemerkte er aus den Augenwinkeln, wie Joram sein Pferd wie zufällig in ihre Nähe lenkte.

»Sagt mir, Pater Saryon, wenn Simkin vom Hof in Merilon erzählt, von all den Grafen und Gräfinnen und Herzögen, denkt er sich diese Leute nur aus oder gibt es sie wirklich?«

»Ob er lügt?« murmelte Joram vor sich hin, während er hinter Mosiah und dem Katalyten herritt. »Selbstverständlich lügt er. Versuchst du immer noch, den geschmeidigen Simkin zu fangen, Mosiah? Laß es sein. Bessere als du haben es versucht, mein Freund.«

»Ich kann es dir beim besten Willen nicht sagen«, hörte Joram den Katalyten erwidern. »Siehst du, ich habe nicht viel im Palast verkehrt, und mein Namensgedächtnis ist katastrophal. Einige von denen, die er erwähnt, kommen mir tatsächlich bekannt vor, aber ich kann sie nie mit einem Gesicht in Verbindung bringen. Ich halte es durchaus für möglich ...«

»Da hast du's!« sagte Joram triumphierend an Mosiah gewandt. Er beteiligte sich oft in dieser Art an der Unterhaltung, aber es waren meistens Selbstgespräche, die ungehört blieben. Joram hielt genügenden Abstand, um den Unbeteiligten mimen zu können, und wenn Mosiah oder der Katalyt zu ihm zurückschauten, gab er vor, ausschließlich an der Umgebung interessiert zu sein.

Doch er lauschte, lauschte angespannt und mit großer Anteilnahme. In den Monaten seines Aufenthalts bei den Adepten der Technologie hatte sich mit Joram eine Veränderung vollzogen. Bei seiner Ankunft war er krank und erschöpft gewesen und unwillkürlich in seine alte Gewohnheit verfallen, sich um nichts und niemanden zu kümmern. Doch nach langen Wochen kam ihm die Erkenntnis, daß er nun allein war. Er begriff, daß es mit dieser selbst auferlegten Einsamkeit ein Ende haben mußte, wenn er nicht ebenso verrückt werden wollte wie seine bedauernswerte Mutter.

Glücklicherweise kehrte zu diesem Zeitpunkt Simkin von einer seiner häufigen und geheimnisvollen Exkursionen zurück. Eines Tages stand er vor Jorams Tür, stellte sich vor und hatte sich häuslich niedergelassen, bevor der völlig überrumpelte junge Mann ihn aufhalten konnte. Joram, belustigt und fasziniert von dem Redeschwall seines neuen

Hausgenossen, erlaubte Simkin zu bleiben. Simkin wiederum führte Joram forsch und respektlos aus seinem Einsiedlerdasein heraus.

»Du hast ein besonderes Talent, mein lieber Junge«, verkündete er eines Abends in scherzendem Tonfall. »Schau nicht so finster. Es kommt noch so weit, daß dein Gesicht erstarrt und du den Rest deines Lebens dazu verurteilt bist, Hunde und kleine Kinder zu erschrecken. Also, was dieses Talent angeht – ich meine es ernst. Ich habe es am Hof erlebt. Deine Mutter war eine *Albanara*, richtig? Die *Albanara* werden mit dieser besonderen Gabe geboren. Zur Zeit besitzt du zwar noch den Charme eines Felsblocks, aber tu immer schön, was ich dir sage, und du wirst sehen. Wozu die Mühe, fragst du? Deshalb, mein Junge: weil du die Leute dazu bringen kannst, nach deiner Pfeife zu tanzen!«

Schon bald nach den ersten zögernden Schritten in seine kleine Welt hinaus, stellte Joram zu seiner Überraschung und Befriedigung fest, daß Simkin nicht zuviel versprochen hatte. Vielleicht lag es an dem ›blauen Blut‹, dem Erbe der *Albanara*, vielleicht auch nur an der Tatsache, daß er über eine gewisse Bildung verfügte. Joram entdeckte jedenfalls in sich die Fähigkeit, Menschen zu beeinflussen, sie zu benutzen und dennoch auf Distanz zu halten.

Der einzige, bei dem diese Strategie versagte, war Mosiah. Obwohl er froh gewesen war, seinen langjährigen Freund wiederzusehen, als Mosiah nach seiner Flucht aus dem Heimatdorf in der Siedlung der Nigromanten eintraf, ärgerten Joram seine beharrlichen Versuche, die steinerne Fassade einzureißen, die er mit so großer Sorgfalt um sich errichtet hatte. Simkin war ein eitler Pfau, für den Joram nur ein Publikum darstellte; Mosiah dagegen erwartete etwas als Gegengabe für seine Freundschaft.

Du erdrückst mich! dachte Joram oft verzweifelt. *Merkst du nicht, daß du mir die Luft zum Atmen nimmst?*

Trotz allem fühlte Joram sich bei diesen Leuten wohler, als

er es je für möglich gehalten hätte. Auch wenn er immer noch gezwungen war, ein gewisses Maß an magischen Fähigkeiten vorzutäuschen, bereitete ihm das aufgrund seiner Fingerfertigkeit keine große Mühe. Es gab in der Siedlung noch andere, die bei den Prüfungen versagt hatten, und niemand gab ihm das Gefühl, eine Mißgeburt oder ein Ausgestoßener zu sein.

Durch harte körperliche Arbeit war er stark und muskulös geworden. Die Spuren von Bitterkeit und schwelendem Zorn in seinem Gesicht wurden gemildert, doch immer noch bewirkten die grimmigen schwarzen Brauen und der abweisende Blick der dunklen Augen, daß die meisten Menschen sich in seiner Gegenwart unbehaglich fühlten. Es war keine Anja mehr da, die sein prachtvolles schwarzes, glänzendes Haar kämmte, deshalb sah es jetzt fast immer struppig und ungepflegt aus, doch er weigerte sich, es abzuschneiden, und trug es in einem langen, dicken Zopf, der über seinen breiten Rücken bis zur Taille hing.

Auch die Arbeit in der Schmiede machte ihm Freude. Aus dem rohen, ungeformten Erz nützliche Waffen und Werkzeuge herzustellen schenkte ihm die Befriedigung, die andere Menschen vielleicht empfanden, wenn sie sich ihrer magischen Kräfte bedienten. Es dauerte nicht lange, und Joram war fasziniert von Technik und Technologie. Stundenlang hörte er zu, wenn Andon Märchen und Sagen aus der Zeit erzählte, als die Adepten des Neunten Mysteriums mit ihren furchtbaren und wundersamen Maschinen die Welt beherrschten. Auf geheimnisvolle Weise gelang es dem jungen Mann, das Versteck der Aufzeichnungen zu entdecken, die nach den Eisenkriegen von den geflohenen Nigromanten angefertigt worden waren. Joram geriet völlig in den Bann der dort geschilderten Wunder und ereiferte sich, weil soviel verlorengegangen oder in Vergessenheit geraten war.

»Was könnten wir mit solchen Hilfsmitteln alles erreichen!« schwärmte er Mosiah vor. »Ein Pulver wie feiner

Sand, das Mauern niederzureißen vermochte; Maschinen, die Kugeln aus flüssigem Feuer auf die Feinde schleuderten …«

»Tod!« rief Mosiah bestürzt. »Das ist es, wovon du redest, Joram. Todesmaschinen. Deshalb sind die Technologen verfolgt und geächtet worden.«

»Geächtet von wem? Den Katalyten! Weil sie uns fürchteten!« gab Joram zurück. »Und was den Tod betrifft – Leute sterben von der Hand der Magi Bellorum oder der *DKarn-Duuk*, oder sie werden verwandelt und bis zur Unkenntlichkeit entstellt. Überleg doch nur, Mosiah, denk nach, was alles möglich wäre, wenn Magie und Technologie sich ergänzten!«

»Ich will gar nicht daran denken, aber Blachloq tut es«, knurrte Mosiah. »Da hast du deinen Herrscher der Welt, Joram. Einen abtrünnigen Hexenmeister!«

»Vielleicht …« murmelte Joram nachdenklich, ein seltsames Leuchten in den Augen. »Vielleicht auch nicht …«

In einem der alten Bücher war Joram auf etwas gestoßen, das ihn veranlaßte, bis spät nachts in der Schmiede zu arbeiten, allerdings mit enttäuschenden Ergebnissen. Ihm fehlte der Schlüssel zum Geheimnis der Ahnen, deshalb war ihm kein Erfolg beschieden. Nun glaubte er, diesen Schlüssel gefunden zu haben – in der Person des Katalyten. Endlich ahnte er, was es mit den merkwürdigen Symbolen in den Büchern auf sich hatte. Es waren Zahlen. Der Schlüssel hieß Mathematik.

Doch Joram fühlte sich hin- und hergerissen. Er haßte den Katalyten. Saryon brachte die trostlosen Erinnerungen zurück – Anjas Geschichten, die Statue in den Grenzlanden; die Erkenntnis, tot zu sein; das Wissen, gemordet zu haben. Alte Träume kehrten zurück, um ihn zu quälen; die Stimmungen auswegloser Niedergeschlagenheit drohten wieder, Macht über ihn zu gewinnen. In der ersten Zeit nach der Ankunft des Katalyten hatte er mehr als einmal daran gedacht, das Leben des Mannes zu beenden. Oft ertappte er sich dabei, wie er einen großen runden Stein in der Hand wog und daran dachte, wie leicht es gewesen war. Er konnte sich genau an alles erinnern, an die Farben, Laute und Gerüche der Momente, die der Tat vorausgingen, wie es sich angefühlt hatte, den Stein zu werfen und an das Geräusch des Aufpralls.

Doch er tötete den Katalyten nicht. Ein Plan nahm in seinem Kopf Gestalt an, kalt und präzise wie die Klingen, die er schmiedete.

Der Katalyt konnte ihm nützlich sein. Ich werde abwarten müssen und sehen, was für ein Mensch er ist, dachte Joram. Schwach und unwissend wie Pater Tolban, oder steckte mehr in ihm? Saryon schien jedenfalls aufrichtig zu sein. Nicht etwa, daß Joram ihm traute, allein der Gedanke war einfach lächerlich. Nein, er traute dem Katalyten nicht, brachte ihm aber widerwilligen Respekt entgegen.

Bald würde er Klarheit haben. Wie fast jeder im Trupp der Marodeure wartete Joram darauf, was Saryon tun würde, wenn Blachloq ihm befahl, bei dem Überfall auf das erste Dorf der FeldMagi seinen Beitrag zu leisten.

»Glaubst du, daß es richtig ist, was wir tun?« fragte Mosiah eines Nachts, als sie unter einem herbstlich kahlen Baum auf einem feuchten Laubhaufen lagen und trotz ihrer Decken erbärmlich froren.

»Was ist richtig?« brummte Joram.

»Diesen Leuten ihre Vorräte zu rauben.«

»Du hast also wieder mit deinem frommen Mann gesprochen?«

»Es ist nicht nur das.« Mosiah stützte sich auf einen Ellenbogen und schaute zu seinem Freund hinüber, der in der sternen- und mondlosen Nacht nur als schwarzer Schatten zu erkennen war. »Ich habe auch selbst darüber nachgedacht. Diese Menschen sind von unserer Art, Joram. Sie sind wie meine Eltern und deine Mutter.« Er ließ sich von dem plötzlichen zornigen Rascheln in der Dunkelheit nicht beeindrucken. »Du weißt doch noch, wie schwer es immer gewesen ist, durch den Winter zu kommen. Wenn man nun uns überfallen und beraubt hätte?«

»Dann hätten wir Pech gehabt«, antwortete Joram kalt. »Wir oder die Dörfler. Wir brauchen die Vorräte.«

»Wir könnten es mit Tauschhandel versuchen ...«

»Und was willst du ihnen anbieten? Pfeilspitzen? Dolche? Speerklingen? Das unheilige Gerät des Neunten Mysteriums? Bildest du dir ein, diese Bauern würden Handel treiben mit den verfluchten Ketzern, die ihre Seelen an die Mächte der Finsternis verkauft haben? Sie würden lieber sterben, als uns zu essen geben.«

Joram drehte sich herum und weigerte sich, noch etwas zu sagen, während Mosiah noch lange auf dem Rücken lag und in das kahle Geäst des Baumes hinaufstarrte. Lange klangen diese letzten, unheilvollen Worte in seinen Ohren:

Sie würden lieber sterben ...

Der Überfall

Ein heftiger, kalter Wind vom Meer zerriß die Sturmwolken und trieb sie zurück nach Süden ins Außenland. Der Regen hörte auf, und die Sonne kam hervor, doch sie hatte keine große Kraft mehr und vermochte kaum etwas auszurichten gegen die schneidend kalte Luft, die sich wegen der feuchten Kleidung besonders unangenehm bemerkbar machte. Die Stimmung der Männer blieb schlecht. Blachloq trieb sie erbarmungslos an; manchmal, wenn der Himmel klar und hell war, blieben sie bis in die Nacht hinein im Sattel. Statt wie bisher durch die Laubwälder des Außenlandes, führte der Weg jetzt durch Kiefernforste. Die Marodeure bewegten sich mit erhöhter Vorsicht, denn sie näherten sich bewohnten Gebieten. Am Ufer des Flusses angekommen, schlugen sie ihr Lager auf und verbrachten die nächsten drei Tage damit, Bäume zu fällen und aus den Stämmen primitive Boote zu bauen.

Es war die Aufgabe des Katalyten, den Männern Leben zu gewähren, damit die Arbeit schnell vonstatten ging. Er tat, wie ihm befohlen, wenn auch mit wachsendem Unbehagen, weil er sich ausmalte, wie sie beladen mit Beute flußaufwärts zum Dorf der Nigromanten zurückgeführt wurden.

Endlich waren die Boote fertiggestellt, und es kam eine Nacht ohne Mond. Der auffrischende Wind fuhr zwischen Blachloqs Männer, als sie ihre Pferde bestiegen, und während des schnellen Ritts flatterten ihre Umhänge in den scharfen Böen wie die Segel einer gespenstischen Armada, die sich dem kleinen Ort Dunam näherte. Es war Blachloqs Plan, das Dorf anzugreifen, wenn die Magi sich nach einem langen Tag auf den Feldern abends zur Ruhe begaben.

Ein Stück vor den ersten Häusern zügelte Blachloq sein Pferd. Offenes Land erstreckte sich vor ihnen, abgeerntete, brache Felder. An der jenseitigen Grenze der bebauten Fläche stapelten sich die großen Teller, in denen die Ariels die Feldfrüchte zu den Kornspeichern der Grundbesitzer transportierten. Bei ihrem Anblick lächelten die Männer einander zu. Sie kamen zur rechten Zeit.

Der Wind, der ihnen von der Küste entgegenwehte, trug selbst aus dieser Entfernung einen schwachen Geruch nach Salz und Meer heran. Die Pferde schüttelten unwillig die Köpfe; einige stampften erregt oder versuchten seitlich auszubrechen. Die Reiter, die sich nicht weniger unbehaglich fühlten als ihre Reittiere, saßen in dicke Umhänge vermummt im Sattel und erwarteten den Befehl zum Angriff.

Abseits der geordneten Reihen schmiegte Saryon sich zitternd vor Angst und Kälte in seine Kutte, während das Credo seines ganzen Lebens ihm in den Ohren klang.

Obedire est vivere. Vivere est obedire.

»Katalyt, zu mir!«

Saryon vernahm den Befehl in seinem Kopf. Mit zitternden Händen nahm er die Zügel auf und trieb sein Pferd an.

Gehorsam ist Leben ...

Wo war der Almin? Wo war sein Gott in dieser verzweifelten Stunde? Im Baptisterium vermutlich, bei der Abendandacht. Ganz sicher war Er nicht hier an diesem Ort, inmitten einer Schar von Räubern.

Leben ist Gehorsam …

Flüchtig nahm Saryon ein Gesicht wahr, das sich ihm zuwandte. Der junge Mann mit der zurückgeschobenen Kapuze war im Licht der Sterne kaum mehr als eine schwarze Silhouette, aber der Katalyt erkannte Mosiah, der teilnahmsvoll und bekümmert dreinschaute. Die vermummte Gestalt neben ihm konnte nur Joram sein. Saryon erhaschte einen Blick auf die funkelnden Augen des jungen Mannes im Schatten. Hinter den beiden ertönte halblautes Lachen, begleitet von einem kurzen Aufleuchten greller Farben – Simkin.

Scheinbar ohne sein Zutun trug Saryons Pferd ihn an den jungen Männern vorbei bis zur Spitze des Zuges, wo Blachloq ihn erwartete.

Der Hexenmeister saß im Sattel eines gewaltigen Streitrosses.

Der Moment war gekommen. Blachloq wandte sich halb im Sattel und schaute Saryon an. Er sagte nichts, sein Gesicht war ausdruckslos, und doch spürte der Katalyt, wie sein Mut aus ihm herausströmte, nicht anders als Blut aus einer durchschnittenen Kehle. Saryon neigte den Kopf, und Blachloq lächelte zum ersten Mal.

»Es freut mich, daß wir einander verstehen, Pater. Ihr seid in der Kunst der Kriegsführung ausgebildet?«

»Das liegt viele Jahre zurück«, erwiderte Saryon leise.

»Ja, das kann ich mir vorstellen. Kein Grund zur Sorge. Ich bin sicher, daß uns hier keine großen Schwierigkeiten erwarten.« Blachloq drehte sich zur anderen Seite und sprach mit einem seiner Gefolgsmänner, vermutlich handelte es sich um letzte Anweisungen. Saryon hörte nicht zu; er hätte ohnehin nichts verstanden – der Wind und das

Pochen des Herzschlags in seinen Schläfen übertönten die murmelnden Stimmen.

Der Hexenmeister trieb sein Pferd an; mit einer Handbewegung winkte er den Katalyten an seine Seite.

»Denkt immer daran, Katalyt«, sagte Blachloq beinahe wohlwollend, »daß Ihr Euch stets hinter mir haltet. So kann ich Euch schützen, sollte es nötig sein. Gleichzeitig lege ich Wert darauf, Euch im Auge zu behalten, also entfernt Euch nicht allzuweit. Und, Pater Saryon«, Blachloqs Lächeln ließ den Katalyten erschauern, »ich weiß, daß Euch die Fähigkeit gegeben ist, Leben nicht nur zu gewähren, sondern auch zu entziehen. Ein gefährliches Unterfangen, aber man hat schon gehört, daß ein Katalyt versuchte, sich auf diese Art an seinem Herrn zu rächen. Bei mir würde es nicht gelingen.«

Es war keine Drohung, Blachloq sprach die Worte gleichmütig, ohne besondere Betonung aus, und doch erstarb mit ihnen der letzte Funken Hoffnung, den der Katalyt heimlich genährt hatte. Es war ohnehin nur eine schwache, verzweifelte Hoffnung gewesen. Wenn er Blachloq das Leben entzog, war Saryon hilflos der Willkür der Nigromanten ausgeliefert, denn eine solche Tat schwächt auch den Katalyten. Und es war in der Tat gefährlich. Ein mächtiger Zauberer konnte das Exeunt abbrechen und seinen Angreifer vernichten.

Dennoch wäre es eine Möglichkeit gewesen, den Hexenmeister außer Gefecht zu setzen.

Hatte Bischof Vanya eine solche Entwicklung bedacht? Hatte er gewußt, daß Saryon gezwungen sein würde, derartig abscheuliche Verbrechen zu begehen? Vanya konnte unmöglich damit gerechnet haben! Auch wenn er ihn belogen hatte, mußte es doch einen Grund geben, einen Sinn und Zweck …

»Seid gegrüßt, Fremde«, ertönte eine Stimme.

Saryon erschrak so heftig, daß er um ein Haar aus dem

Sattel gefallen wäre. Blachloq zügelte sein Pferd, und der Katalyt folgte hastig seinem Beispiel, wobei er sich, den Anweisungen des Hexenmeisters entsprechend, ein Stück hinter ihm hielt.

Als er den Kopf hob und sich umschaute, bemerkte Saryon, daß die Kavalkade, während er seinen Gedanken nachgehangen hatte, ins Dorf eingeritten war. Licht fiel aus den Fenstern der durch Magie geformten Steinhäuser. Es war ein großer Ort, stellte Saryon fest, größer als Walren. Wieder regte sich Hoffnung in ihm. Blachloq mit seinem Trupp von höchstens dreißig Männern wollte sich doch wohl nicht erdreisten, ein Dorf anzugreifen, in dem mindestens hundert FeldMagi lebten.

Die Tür eines der Häuser hatte sich geöffnet, und ein Mann trat heraus, eine große, kräftige Gestalt im gelblichen Schein des Herdfeuers. Unzweifelhaft handelte es sich um den Verwalter.

»Katalyt!« rief der Mann jetzt. »Wir haben Besuch.«

Auch die Tür des Nachbarhauses öffnete sich, und ein zweiter Mann kam zum Vorschein – ein Katalyt, seiner Kutte nach zu urteilen.

Als er mit schnellen Schritten näher kam, um seinen Platz neben dem Verwalter einzunehmen, konnte Saryon im Licht, das aus der Tür strömte, sein Gesicht sehen. Er war jung. Dies mußte sein erster Posten sein.

Der Verwalter spähte in die Dunkelheit, um zu sehen, wer um diese Stunde in sein Dorf geritten kam. Er war auf der Hut.

Blachloq hatte noch kein Wort gesprochen und auch den Gruß nicht erwidert, wie es Brauch war.

Wir sehen für sie vermutlich aus wie gestaltlose Ausgeburten der Nacht, überlegte Saryon, dann spürte er kalte Finger, die sein Handgelenk berührten, und sein Atem stockte.

»Gewährt mir Leben, Katalyt.«

Auch diesmal wurden die Worte nicht ausgesprochen,

sondern hallten durch Saryons Kopf. Er schloß die Augen, um die erleuchteten Fenster nicht sehen zu müssen, nicht das verwunderte, mißtrauische Gesicht des Verwalters und nicht den aufkeimenden Verdacht in den Zügen des jungen Katalyten.

Ich könnte lügen, überlegte er verzweifelt. Ich könnte sagen, daß ich zu schwach bin und zuviel Angst habe, um die Magie aufnehmen zu können …

Der Griff der kalten Hand wurde fester. Saryon spürte die Magie aus der Erde, aus der Nacht und aus dem Wind in sich einströmen und stellte das Exeunt her.

Die Magie strömte von ihm zu Blachloq.

»Ich sagte: ›Seid gegrüßt, Fremde.‹« Die Stimme des Aufsehers hatte einen feindseligen Unterton angenommen. »Habt ihr euch verirrt? Woher kommt ihr, und wo wollt ihr hin?«

»Ich komme aus dem Außenland«, erwiderte Blachloq, »und hier ist mein Ziel.«

»Das Außenland?« Der Aufseher verschränkte die Arme vor der Brust. »Dann macht auf der Stelle kehrt und reitet zurück in dieses gottverlassene Land. Von eurer Sorte wollen wir bei uns niemanden haben. Macht schon, verschwindet. Katalyt …«

Der junge Diakon brauchte nicht eigens aufgefordert zu werden, er hatte bereits ein Exeunt zu dem Verwalter hergestellt.

Inzwischen war das ganze Dorf in Bewegung geraten. Man hörte Stimmen, Fenster und Türen öffneten sich, Männer traten aus den Häusern.

Man konnte fast glauben, daß Blachloq, der regungslos im Sattel verharrte, auf dieses Publikum gewartet hatte, denn wieder erschien ein Lächeln auf seinem Gesicht, wie zum Dank für die Aufmerksamkeit, die man ihm schenkte.

»Fort mit euch!« Der Verwalter wies mit ausgestrecktem Arm zum Dorf hinaus und trat einen Schritt vor.

Blachloq nahm die Hand von Saryons Arm und unterbrach das Exeunt so unvermittelt, daß der Katalyt überrascht tief Luft holte, als ein Teil der Magie in ihn zurückfloß.

Blachloq wies mit dem Zeigefinger auf den Verwalter und flüsterte nur ein Wort. Die Gestalt des Mannes schien plötzlich zu glühen, ein unheimlicher, grüner Schimmer umhüllte ihn – der Magus gehörte dem Mysterium der Erde an. Das Glühen wurde stärker, und Saryon konnte sehen, wie das Gesicht des Verwalters erst Staunen ausdrückte und sich dann vor Entsetzen verzerrte, als er begriff, was mit ihm geschah.

Das Licht war seine eigene Magie, sein Leben. Als das Glühen erlosch, sank der Mann zu Boden.

Saryon hatte ein Gefühl, als ob jemand ihm den Hals zusammendrückte, er konnte nicht atmen. Sein ganzes Leben lang hatte er von der schrecklichen Macht der Nullmagie gehört, aber nie erlebt, wie sie angewendet wurde. Der Verwalter atmete noch, aber nach den Maßstäben seiner Welt war er tot. Er lag vor seiner Türschwelle, hilfloser als ein neugeborenes Kind. Bis der Zauber aufgehoben wurde oder es ihm gelang, seinen Körper zu lehren, ohne Magie auszukommen, war er nicht viel mehr als ein lebender Leichnam, der starr um sich blickte und ziellose Bewegungen vollführte.

Einige der Magi schrien bestürzt auf und eilten ihrem Verwalter zur Hilfe. Der junge Diakon, der neben dem Gestürzten niedergekniet war, hob den Kopf und schaute Blachloq an. Saryon mußte mitansehen, wie die Augen des Katalyten sich erschreckt weiteten, wie er den Mund öffnete zu einer Bitte, einem Gebet ...

Blachloq hob wieder die Hand, sprach wieder ein Wort. Diesmal gab es kein Licht, keinen Laut. Der Zauber wirkte schnell und gnadenlos. Eine unsichtbare Faust traf den jungen Katalyten mit ungeheurer Wucht, packte ihn und schmetterte seinen Körper gegen die Hauswand.

Die Ausrufe der Ratlosigkeit und des Schreckens steigerten sich zu zornigem, wütendem Geschrei. Saryon schwankte im Sattel, die Lichter des Dorfes verschwammen um ihn. Schatten tanzten und wogten vor seinen Augen. Er sah Blachloq die Hand heben; sah, wie Flammen sie umzüngelten, und hörte das Dröhnen galoppierender Hufe heranbrausen.

Der Hexenmeister hatte das Zeichen zum Angriff gegeben. Es wollte ihm scheinen, als ob einige der FeldMagi sich anschickten, Blachloq mit ihrer eigenen Magie zu bekämpfen, auch wenn sie nach ihrer Arbeit auf den Feldern geschwächt sein mußten, doch wieder streckte der Hexenmeister seine brennende Hand aus.

Eines der Häuser verwandelte sich plötzlich in ein loderndes Flammenmeer. Aus dem Innern ertönten laute Schreie, eine Frau und mehrere Kinder stürzten ins Freie, ihre Kleider brannten. Die anrückenden FeldMagi blieben stehen, statt des Zorns malten sich Angst und Verwirrung auf ihren Gesichtern. Ein paar kamen näher, andere machten unschlüssig kehrt, um den Bewohnern des brennenden Hauses beizustehen. Zwei jedoch ließen sich nicht beirren und liefen auf Blachloq und Saryon zu, einer von ihnen rief bereits mit erhobenen Händen die Mächte der Erde an, ihm zu helfen. Er hielt den Blick auf Saryon gerichtet, der wie gelähmt war.

Von tiefer Verbitterung erfüllt, hoffte er, der Mann würde ihn niederstrecken und allem ein Ende machen, aber Blachloq deutete mit unerschütterlicher Gelassenheit auf ein zweites Haus, das ebenfalls sogleich in Flammen stand.

»Ich habe die Macht, das gesamte Dorf innerhalb weniger Minuten zu vernichten«, sagte er zu den herankommenden Magi. »Versucht Euer Glück. Soviel solltet Ihr von den *Duuktsarith* wissen, daß ich in der Lage bin, mich und meinen Katalyten vor Eurem Zauber zu schützen. Und woher nehmt Ihr die Kraft für einen zweiten? Euer Katalyt ist tot.

Der meine lebt.« Er streckte Saryon die Hand entgegen und sagte: »Katalyt, gewährt mir Leben.«

Obedire es vivere.

Saryon konnte sich noch immer nicht rühren. Wie in einem grauenhaften Traum befangen, schaute er von den Magi zu dem Leichnam des jungen Diakons, der neben dem hilflosen Verwalter auf dem Boden lag.

Blachloq wandte nicht den Kopf, er schaute Saryon nicht an. Er wiederholte nur: »Katalyt, gewährt mir Leben.«

Auch diesmal schwang kein drohender Unterton in seiner Stimme, aber Saryon hatte nicht den geringsten Zweifel, daß er für sein Zögern würde bezahlen müssen. Blachloq gab nie einen Befehl zweimal.

Obedire est vivere.

Und er wußte, der Preis würde hoch sein.

Saryon straffte sich. »Nein«, sagte er leise, »das tue ich nicht.«

»Alle Achtung«, murmelte Joram, »der alte Mann hat mehr Courage, als man vermuten sollte.«

»Wie?« Mosiah starrte bleich auf die brennenden Häuser der FeldMagi.

Geistesabwesend wandte er sich Joram zu. »Was hast du gesagt?«

»Sieh doch.« Joram deutete auf Blachloq, der nicht weit von ihnen entfernt auf seinem Streitroß saß; die beiden Freunde waren in der Vorhut mitgeritten. »Der Katalyt. Er hat sich geweigert, Blachloq Leben zu gewähren.«

»Er wird ihn töten!« wisperte Mosiah entsetzt.

»Nein, so dumm ist Blachloq nicht. Er wird nicht seinen einzigen Katalyten umbringen. Aber ich wette, der Gute wird sich bald wünschen, tot zu sein.«

Mosiah legte eine Hand an die heiße Stirn. »Das alles ist furchtbar, Joram«, sagte er gepreßt. »Ich hatte keine

Ahnung – ich wußte nicht, wie es sein würde! Ich will weg von hier!« Er wollte sein Pferd herumziehen.

»Jetzt nimm dich zusammen!« zischte Joram, packte seinen Freund beim Arm und riß ihn zurück. »Du kannst nicht weg. Die Dorfbewohner könnten uns angreifen ...«

»Ich hoffe, sie tun es!« schrie Mosiah wütend. »Ich hoffe, sie töten euch alle. Laß mich los, Joram!«

»Und wohin willst du fliehen? Denk doch mal nach!« Joram umklammerte seinen Oberarm mit dem eisernen Griff des Schmieds.

»In den Wald!« brüllte Mosiah und versuchte, sich loszureißen. »Da werde ich mich verstecken, bis ihr abgezogen seid. Dann komme ich zurück, und helfe diesen Leuten, so gut ich kann.«

»Sie werden dich den Erzwingern ausliefern«, stieß Joram zwischen zusammengebissenen Zähnen hervor. Er mußte alle Kraft aufwenden, den Freund festzuhalten. Ihre Pferde, aufgeschreckt und verängstigt von dem Feuer und dem Geschrei, drehten sich schnaubend im Kreis und pflügten die Erde mit ihren stampfenden Hufen. »Das ist doch alles Blödsinn! Halt – warte ...« Joram hob sich in den Steigbügeln. »Sieh doch, dein Katalyt!«

Mosiah folgte Jorams Blick und sah, wie zwei von Blachloqs Leibwächtern Saryon aus dem Sattel zerrten und zu Boden stießen. Er richtete sich taumelnd wieder auf, doch auf einen Wink des Hexenmeisters sprangen zwei weitere Männer von den Pferden, ergriffen den Katalyten und drehten ihm die Arme auf den Rücken. Blachloq hatte abgewartet, um zu sehen, ob seine Anweisungen ausgeführt wurden, jetzt warf er einen letzten Blick auf den Katalyten und sagte etwas zu ihm, das Joram nicht hören konnte, dann galoppierte der Hexenmeister davon, rief seinen Männern Befehle zu und wies in die Richtung eines großen Gebäudes, in dem das Getreide gelagert wurde. Wo er vorüberritt, gingen weitere Häuser in Flammen auf, und der Feuerschein erhellte die Nacht wie eine grausige, zur Erde herabgestürzte Sonne.

Links und rechts von Mosiah und Joram spornten die Marodeure ihre Pferde an, einige ritten zum Getreidespeicher, andere hielten die FeldMagi in Schach, von denen viele in kopflosem Entsetzen flüchteten, während andere sich vergebens bemühten, ihre Behausungen vor den magischen Flammen zu retten.

In der flackernden Helligkeit der brennenden Häuser war deutlich zu sehen, wie eine Hand sich ballte, dann hörte Joram den dumpfen Aufprall einer Faust. Der Katalyt krümmte sich stöhnend vornüber, aber der Mann, der ihn festhielt, riß ihn wieder hoch. Der nächste Schlag traf Saryon am Kopf. Sein Gesicht war plötzlich blutüberströmt, sein erstickter Aufschrei brach ab, als ein Hieb in die Magengrube ihm den Atem benahm.

»Mein Gott!« flüsterte Mosiah. Joram, der spürte, wie der Körper seines Freundes sich spannte, sah ihn beunruhigt an. Mosiahs Gesicht war aschgrau, auf seiner Stirn perlte Schweiß; er starrte mit weit aufgerissenen Augen zu dem Katalyten und dessen Peinigern hinüber. Saryon war im Griff von Blachloqs Handlangern zusammengesunken. Er stöhnte nur, während immer neue Schläge seinen schlaffen Körper erschütterten. Die Männer entledigten sich ihres Auftrags mit leidenschaftsloser Gründlichkeit.

»Nein! Bist du denn völlig übergeschnappt?? brüllte Joram und krallte die Finger in Mosiahs Hemd. »Was glaubst du, was die mit dir anstellen, wenn du dich einmischst ...«

Er hätte ebensogut gegen eine Wand reden können. Nach einem zornigen Blick auf seinen Freund, gab Mosiah seinem Pferd die Sporen und stürmte davon. Beinahe hätte er Joram, der ihn nicht loslassen wollte, aus dem Sattel gerissen.

»Verdammt!« Der schwarzhaarige junge Mann richtete sich fluchend wieder auf und hielt ungeduldig nach jemandem Ausschau, der ihm helfen konnte, Mosiah doch noch aufzuhalten.

»Ich muß schon sagen«, säuselte eine nasale Stimme an seinem Ohr, »ein grandioses Feuerchen. Wirklich famos, was einem geboten wird. Sollen wir zum Kornspeicher rübertraben und zuschauen, wie sie die Säcke ... Bei des Almin Blut und Hirn, was ist denn los, alter Freund?«

»Du siehst doch, was los ist«, fuhr Joram ihn an und deutete nach vorn. »Halt den Mund und komm!«

»Noch mehr Trubel!« meinte Simkin begeistert und trieb sein Pferd an. »Das hätte ich doch glatt versäumt. Aber was *tun* sie denn um des Almins willen mit deinem armen katalytischen Freund? Und warum tun sie es?«

»Er hat Blachloq den Gehorsam verweigert«, erklärte Joram grimmig und spornte sein scheuendes Pferd zum Galopp. »Nun sieh sich einer das an! Mosiah! Er wird sich natürlich wieder in Schwierigkeiten bringen!«

»Ich fühle mich verpflichtet, darauf hinzuweisen, daß nach Lage der Dinge Mosiah bereits in Schwierigkeiten *ist*«, keuchte Simkin, der Mühe hatte, sich bei dem halsbrecherischen Rennen im Sattel zu halten. »Also, ich habe genausoviel Spaß daran, einen Katalyten aufzumischen wie jeder andere, aber Blachloqs Jungs werden nicht sehr erfreut sein, wenn wir ihnen ins Gehege kommen. Lieber Himmel! Was treibt unser Freund denn jetzt?«

Vom Sattel aus hatte Mosiah sich auf den Mann gestürzt, der auf Saryon eindrosch, und ihn zu Boden gerissen. Während die beiden sich auf der Erde wälzten, stieß der Handlanger Blachloqs, der Saryon festgehalten hatte, während sein Gefährte die Schläge austeilte, den Katalyten von sich, schwang drohend einen starken Knüppel, der sich in seiner Hand materialisiert hatte, und machte Anstalten, ihn Mosiah über den Kopf zu schlagen.

»Mosiah!« schrie Joram, rutschte aus dem Sattel und hetzte mit weiten Sprüngen zu der Stelle, wo der Kampf stattfand, obwohl abzusehen war, daß er zu spät kommen würde. Die Erkenntnis, daß es für Mosiah keine Rettung mehr gab, traf ihn wie ein Blitz, doch im selben Atemzug geschah etwas so Merkwürdiges, daß er mitten im Lauf jäh innehielt. Über dem Mann mit dem Knüppel war ein handlicher Ziegelstein aus dem Nichts aufgetaucht.

»Nimm das, Schurke!« rief der Ziegel und sauste herab, dem Ahnungslosen auf den Kopf. Blochloqs Handlanger tat einen unsicheren Schritt, sank auf die Knie, kippte zur Seite und begrub den Ziegelstein unter sich.

Joram, der seiner Überraschung Herr geworden war, packte Mosiah und zerrte ihn von dem Mann herunter, dessen Hals er umklammerte. Nach Atem ringend, warf Blachloqs Leibwächter sich herum. Mosiah wehrte sich verbissen gegen Jorams Griff.

»Hör auf! Er ist erledigt! Laß ihn in Ruhe!« Joram schüttelte Mosiah, um ihn zur Besinnung zu bringen. »Hör zu! Wir müssen weg hier!«

Mosiah starrte ihn aus glasigen, blutunterlaufenen Augen an und schüttelte den Kopf. »Saryon«, stieß er hervor und wischte sich das Blut vom Mund.

»Vermutlich ist ihm nicht mehr zu helfen!« fauchte Joram angewidert. Er deutete auf den reglosen Körper des Katalyten, der verkrümmt auf der Erde lag. »Dann setz ihn auf ein Pferd, wenn es unbedingt sein muß. Verdammt, wo, zum Teufel, steckt Simkin ...?«

»Hilfe!« rief eine gedämpfte Stimme. »Joram! Befreie mich von diesem Kerl! Der Gestank bringt mich um!«

Während Mosiah sich über den Katalyten beugte, packte Joram Blachloqs Handlanger beim Kragen und zerrte ihn von dem Ziegelstein herunter. Der Ziegel verschwand, und Simkin raffte sich mühsam vom Boden auf. Er schüttelte sein orangefarbenes Seidentuch aus, hielt es sich vor Nase und Mund und schaute voller Abscheu auf den Bewußtlosen hinab. »Der ekelhafte Kretin. Mir ist ganz übel. Wo sind denn Mosiah und der gute alte Pater Sabayon?« Simkin hielt nach ihnen Ausschau und stieß plötzlich einen leisen Pfiff aus. »Meiner Treu«, sagte er halblaut. »Da kommt Ärger auf uns zu!«

»Blachloq!« murmelte Joram, der ebenfalls die schwarzgekleidete Gestalt bemerkt hatte, die aus dem Inferno von Flammen und Rauch aufgetaucht war. »Simkin! Du prahlst doch immer mit deinen ›Talenten‹. Jetzt kannst du beweisen, ob ... Simkin?«

Der junge Mann war verschwunden, aber in Jorams Hand lag ein blutbespritzter Ziegelstein.

Gefangene

»Pater ...«

Saryon schreckte aus einem bedrückenden Traum auf, der sich schwer auf seine Brust legte und ihn nicht aus den Klauen lassen wollte.

»Pater Saryon«, wiederholte die Stimme. »Könnt Ihr mich hören? Wie fühlt Ihr Euch?«

»Ich kann nicht sehen!« stöhnte Saryon und tastete mit ausgestreckten Händen in die Richtung, aus der die Stimme kam.

»Es ist Nacht, Pater, aber hier drin wird es nie richtig hell«, beruhigte ihn die Stimme. »Einen Moment. Ist es jetzt besser?« Der gelbliche Schein einer Kerze beleuchtete Andons gütiges Gesicht.

Mit einem Gefühl unsäglicher Erleichterung ließ Saryon sich auf das harte Bett zurücksinken und griff mit der Hand nach seinem Kopf, wo er eine merkwürdige, dumpfe

Schwere spürte. Irgend etwas bedeckte sein linkes Auge. Er versuchte, sich davon zu befreien, doch Andon hielt seine Hand fest.

»Ihr dürft die Verbände nicht abreißen, Pater«, mahnte er, hielt die Kerze über Saryons Gesicht in die Höhe und musterte ihn prüfend. »Wir haben Mühe gehabt, die Blutung zum Stillstand zu bringen. Es wird am besten für Euch sein, wenn Ihr ein paar Tage ruhig liegen bleibt. Habt Ihr sonst noch irgendwo Schmerzen?« fragte er mit einem Unterton von Besorgnis in der Stimme.

»Die Brust tut mir weh, die Rippen«, antwortete Saryon.

»Aber nicht der Magen oder der Rücken?« forschte Andon.

Saryon schüttelte matt den Kopf.

»Dem Almin sei Dank«, murmelte der alte Mann. »Und jetzt muß ich Euch einige Fragen stellen. Wie ist Euer Name?«

»Saryon«, erwiderte der Katalyt. »Aber das wißt Ihr doch ...«

»Man hat Euch eine arge Verletzung am Kopf zugefügt, Pater. Erinnert Ihr Euch noch an das, was geschehen ist?«

Die Träume. Waren es Träume gewesen? »Ich – ich erinnere mich an das Dorf, an den jungen Diakon ...« Saryon schlug die Hände vor sein Gesicht. »Er hat ihn mit meiner Hilfe umgebracht! Was habe ich getan!«

»Ich wollte Euch nicht aufregen, Pater«, sagte Andon besänftigend. Er stellte die Kerze vor seinen Füßen auf den Boden und legte Saryon die Hand auf die Schulter. »Ihr habt getan, was Ihr tun mußtet. Keiner von uns hat geglaubt, daß Blachloq so weit gehen würde. Aber darauf kommt es vorläufig nicht an. Könnt Ihr Euch an noch etwas erinnern?«

Saryon forschte in seinem Gedächtnis, doch er fand nichts als Flammen und Schmerzen, Dunkelheit und Grauen. Der alte Mann sah, wie das Gesicht des Priesters sich verzerrte, klopfte ihm tröstend auf die Schulter und seufzte. »Es tut mir wirklich leid, Pater. Dankt dem Almin, daß Ihr davongekommen seid.«

»Was ist mir denn zugestoßen?« fragte Saryon.

»Blachloq ließ Euch bestrafen, weil Ihr ihm den Gehorsam verweigert hattet. Seine Männer waren – übereifrig. Sie hätten Euch totgeschlagen, wäre er nicht gewesen.« Andons Blick wanderte zur anderen Seite des Zimmers.

Langsam wandte Saryon den dumpf schmerzenden Kopf und schaute in dieselbe Richtung. Ein junger Mann saß auf einem Stuhl neben einem kleinen Fenster, hatte den Kopf auf die Arme gelegt und starrte in die Nacht hinaus. Die Sichel des zunehmenden Mondes übergoß mit ihrem silbrigen, kalten Glanz seine Züge und hob durch den scharfen Kontrast zwischen Licht und Schatten die grimmige Linie der dichten Brauen hervor, die feindselige Verdrossenheit und den harten Mund. Schwarzes, lockiges Haar, das im Mondlicht purpurn schimmerte, fiel wirr auf die breiten Schultern des jungen Mannes.

»Joram«, hauchte Saryon überrascht.

»Ich muß zugeben, ich war nicht weniger erstaunt als Ihr, Pater.« Andon sagte es leise, obwohl es aussah, als wäre der junge Mann sich ihrer Anwesenheit überhaupt nicht bewußt. »Joram schien allen Menschen völlig gleichgültig gegenüberzustehen, sogar seinen Freunden. Auch Blachloqs verbrecherische Pläne rührten ihn nicht, als ich ihm davon erzählte. Er sagte nur, wenn sich niemand um uns kümmerte, weshalb sollten wir uns Gewissensbisse machen.« Andon zuckte hilflos mit den Schultern. »Doch wenn man Simkin glauben will, zögerte Joram nicht, sich in den Kampf zu stürzen, als er sah, daß man Euch mißhandelte. Auch Mosiah hat geholfen, Euch zu retten.«

»Mosiah ... Geht es ihm gut?« erkundigte Saryon sich besorgt.

»Ja, ihm ist nichts geschehen. Er wurde nur ermahnt, sich zukünftig um seine eigenen Angelegenheiten zu kümmern.«

»Wo sind wir überhaupt?« Saryon musterte seine trostlose Umgebung so gründlich, wie das spärliche Licht und sein schmerzender Kopf es erlaubten. Er befand sich in einem kleinen, schmuddeligen Steinhaus, das nur diesen einen Raum enthielt. Es gab das Fenster, an dem Joram saß, eine Tür aus dicken Eichenbohlen, einen Tisch und ein paar Stühle; mehr konnte er nicht erkennen.

»Ihr und Joram seid Gefangene. Blachloq hat euch beide hier eingesperrt und gesagt, er sei entschlossen, herauszufinden, was ausgerechnet Joram bewogen hätte, für Euch Gesundheit und Leben aufs Spiel zu setzen.«

»Dann ist das hier das Dorfgefängnis ...« Saryon erinnerte sich, das Gebäude bei einem seiner Spaziergänge gesehen zu haben.

»Ja, Ihr seid wieder in unserem Dorf. Man hat Euch im Boot mit den gestohlenen Vorräten zurückgebracht. Mögen sie daran ersticken«, fügte der alte Mann inbrünstig hinzu.

Saryon blickte ihn verwundert an.

»Meine Freunde und ich haben einen Schwur getan«, erklärte Andon leise. »Keiner von uns wird essen, was sie diesen armen Leuten mit Gewalt entrissen haben. Lieber verhungern wir.«

»Es ist meine Schuld ...« murmelte Saryon.

»Nein, Pater.« Der alte Mann schüttelte seufzend den Kopf. »Wenn überhaupt irgend jemand Schuld hat, dann sind wir es, wir Nigromanten. Als er vor fünf Jahren zu uns kam, hätten wir ihm Einhalt gebieten müssen. Statt dessen ließen wir uns von ihm einschüchtern. Oder vielleicht war das gar nicht der Grund, weshalb wir nichts unternahmen, obwohl es tröstlich ist, zurückzuschauen und zu sagen, daß wir ihn fürchteten. Aber stimmt das? Ich bin mir nicht sicher.« Andons faltige Hand umfaßte das Symbol des Rades, das um seinen Hals hing. Während er es zwischen den Fingern drehte, starrte er in das flackernde Licht der Kerze, die vor seinen Füßen auf dem Boden stand. »Ich glaube vielmehr, daß wir ihn insgeheim willkommen hießen. Es war befriedigend, Rache an der Welt zu üben, die uns haßt und verabscheut.« Er verzog bitter den Mund. »Selbst wenn die Rache nur darin bestand, im Schutz der Nacht ein paar Garben Getreide zu stehlen.

Auch sein Plan, Sharakan mit den Waffen unserer Schwarzen Kunst zu beliefern, gefiel uns anfangs sehr.« In Andons Augen schimmerten unterdrückte Tränen. »Die Sagen berichten viel über die alten Zeiten und die Höhepunkte unserer Kunst. Nicht alles war von Übel. Die Kunstfertigkeit und das Wissen des Neunten Mysteriums haben auch viel Gutes und Segensreiches hervorgebracht. Wenn wir nur Gelegenheit hätten, den Menschen zu zeigen, welch großartige Dinge wir ihnen geben könnten, die Mittel und Wege, damit Magie nicht länger für Belangloses vergeudet werden muß, sondern der Erschaffung schöner und erhabener Werke vorbehalten bleibt ... Nun ja, das war unser Traum.« Andon senkte den Kopf. »Doch nun hat ihn dieser bis ins Mark verderbte Mann in einen Alptraum verwandelt! Er führt uns ins Verderben. Die Zerstörung des Dorfes wird nicht ungesühnt bleiben. Wenigstens glaube *ich* das. Blachloq lacht mich aus, wenn ich ihm von meinen Befürchtungen erzähle. Oder vielmehr, er lacht nicht, der Mann lacht überhaupt niemals, aber ich sehe den Hohn in seinen Augen.

›Sie wagen es nicht, uns bis hierher zu verfolgen‹, sagte er zu mir.«

»Er könnte recht haben«, murmelte Saryon, der an Bischof Vanyas Worte denken mußte. *Die Zahl der Nigromanten wächst, und auch wenn die* DKarn-Duuk *es leicht mit ihnen aufnehmen könnten — den jungen Mann mit Gewalt dort herauszuholen, würde eine bewaffnete Auseinandersetzung bedeuten und hätte Fragen, Spekulationen, Aufregung und Unruhe zur Folge. Das können wir uns nicht leisten, nicht bei der derzeitigen prekären politischen Lage.* »Was hat er denn vor?«

Der Katalyt fröstelte; das Gefängnis war kalt. Ein kleines

Feuer, das in einer Grube am anderen Ende des Zimmers brannte, verbreitete kärgliche Helligkeit und noch weniger Hitze.

»Wir sollen den Winter hindurch in den Minen und der Schmiede arbeiten, um einen großen Waffenvorrat anzulegen. In der Zwischenzeit will er seine Verhandlungen mit Sharakan fortführen.« Andon zuckte mit den Schultern. »*Falls* man uns angreifen sollte, wird Sharakan uns zur Hilfe kommen, behauptet er.«

»Aber das alles deutet auf Krieg hin«, meinte Saryon gedankenvoll, und sein Blick suchte Joram, der immer noch durch das Fenster in die mondhelle Nacht hinausstarrte. Wieder hörte er den Bischof reden: *Nun begreift Ihr sicherlich, weshalb es so wichtig ist, diesen jungen Mann zu ergreifen und am Beispiel seiner Missetat diese Unholde als das zu entlarven, was sie sind – Mörder und Verräter der wahren Magie, die tote Gegenstände mißbrauchen, indem sie sie mit Leben erfüllen. Wenn wir ihn vor Gericht stellen, können wir der Bevölkerung Sharakans vor Augen führen, daß ihr Souverän sich mit den Mächten der Finsternis verbündet hat, und vielleicht gelingt es uns, seinen Sturz herbeizuführen.*

Aber die Nigromanten waren keine Unholde, keine Mörder und Ketzer. Er schaute Andon ins Gesicht, einem alten Mann, der davon träumte, der Welt Wasserräder zu schenken, damit die Magie den Regenbogen erschaffen konnte statt Regen. Seine Augen richteten sich wieder auf Joram. Auch über diesen Jungen hatte er sich inzwischen eine eigene Meinung gebildet.

»Er ist kein Dämon, wie ich es mir vorgestellt hatte. Irregeleitet, verbittert, unglücklich, das ja, aber so war ich auch in meiner Jugend. Er hat einen Mord begangen, aber was hatte er auch erlebt! Seine Mutter, tot zu seinen Füßen! Und bin ich besser als er?« Saryon schloß die Augen und warf ruhelos den Kopf auf dem harten Kissen hin und her. »Trage ich nicht die Verantwortung für den Tod des jungen Diakons?

Wenn ich Joram ausliefere, wie man es mir befohlen hat, führe ich damit den Untergang dieser Menschen herbei? Was soll ich tun? Wer kann mir raten?«

»Ich werde jetzt gehen, Pater«, sagte Andon, nahm die Kerze und stand auf. »Ihr seid müde. Es war selbstsüchtig von mir, Euch mit meinen Sorgen zu behelligen, während Ihr genug eigene habt. Vertrauen wir auf den Almin, und bitten wir ihn um Rat und Hilfe ...«

»Der Almin!« wiederholte Saryon bitter und richtete sich auf. »Nein, es geht schon. Mir ist nur ein wenig schwindelig.« Er schwang die Beine über den Bettrand und wehrte Andons Versuche, ihm zu helfen, ab. »Ihr redet, als sei der Almin Euer persönlicher Freund!«

»Aber so ist es, Pater«, erwiderte Andon mit einem verlegenen Blick auf den Katalyten. »Ich weiß schon, daß wir nur durch Priester wie Euch zu ihm sprechen sollen, und ich hoffe, was ich jetzt sage, beleidigt Euch nicht. Aber es ist lange, lange her, daß wir einen Katalyten hatten, um zwischen uns und dem Almin zu vermitteln. Er und ich, wir haben viele gemeinsame Sorgen. Er ist unsere Zuflucht in diesen schweren Zeiten, und auf sein Wort hin haben wir gelobt, nicht von den Speisen zu essen, die mit Feuer und Blut geerntet wurden.«

Saryon starrte den alten Mann ungläubig an. »Er spricht zu Euch? Er antwortet auf Eure Gebete?«

»Ich bin kein Katalyt«, sagte Andon bescheiden und umfaßte den Anhänger an der Kette um seinen Hals, »aber Er spricht zu mir. Nicht mit Worten. Ich höre nicht Seine Stimme. Aber ein Gefühl des Friedens durchzieht meine Seele, wenn ich einen Entschluß gefaßt habe, und dann weiß ich, daß Er gutheißt, was ich tue.«

Ein Gefühl des Friedens, dachte Saryon kummervoll. Ich habe religiöse Ekstase erlebt, Verzückung, aber niemals Frieden. Hat Er je zu mir gesprochen? Habe ich je auf Seine Stimme gelauscht?

Der Katalyt stöhnte. Sein Kopf tat weh, sein ganzer Körper war ein einziger Schmerz. Wieder sah er die Flammen lodern, sah den Ausdruck der Todesangst auf dem Gesicht des jungen Diakons, als Blachloq …

»Der Almin schenke Euch Ruhe und Schlaf.« Eine Tür wurde behutsam geschlossen. Saryon schüttelte den Kopf, um sich von den quälenden Erinnerungen zu befreien, doch bereute er es sogleich, denn die heftige Bewegung verursachte einen scharfen, stechenden Schmerz. Als er das Ärgste überwunden hatte und sich wieder umschaute, war Andon fort.

Mit unsicheren Schritten wankte Saryon zu dem Tisch in der Mitte des Zimmers und sank auf einen Stuhl. Er wußte, daß er sich eigentlich wieder hinlegen sollte, aber er hatte Angst, die Augen zu schließen, Angst vor den Erinnerungen und Träumen, die ihn vielleicht heimsuchten, wenn er ruhte und nicht imstande war, ihnen zu wehren.

Ein Wasserkrug auf dem Tisch brachte ihm zu Bewußtsein, wie durstig er war, und obwohl bei der geringsten Bewegung das Schwindelgefühl ihn zu überwältigen drohte, beugte er sich vor und griff danach. Als er mit zitternden Händen versuchte, den Becher zu füllen, der neben dem Krug gestanden hatte, schreckte eine Stimme ihn auf.

»Sie werden im Winter Hungers sterben, die Narren.«

Saryon hätte beinahe den Krug fallen gelassen. Nachdem er ihn mit beiden Händen vorsichtig auf den Tisch gestellt hatte, drehte er sich zu Joram herum, der während der ganzen Zeit, die Andon sich mit Saryon unterhielt, stumm geblieben war.

Er rührte sich nicht von seinem Platz am Fenster. Dem Katalyten am Tisch wandte er den Rücken zu, aber Saryon konnte sich seine starren Gesichtszüge vorstellen und den grübelnden Blick der braunen Augen, die in das kalte Mondlicht hinausstarrten.

»Und, Katalyt«, fuhr Joram tonlos fort, »ich habe Euch

nicht das Leben gerettet. Ich würde für keinen von Eurer Sorte auch nur einen Finger rühren.«

»Wie ist es dann gewesen? Warum ...«

»Simkins Märchen«, sagte Joram schulterzuckend. »Der weichherzige Dummkopf Mosiah stürzte sich mitten ins Getümmel, um Euch zu helfen, und ich wollte nicht, daß er seinen Überschwang mit dem Leben bezahlt. Eigentlich konnte uns gleichgültig sein, was aus Euch wird, wenn Ihr dumm genug seid, Euch mit Blachloq anzulegen. Dann hat Simkin ... Aber das ist nicht mehr wichtig.«

»Was hat Simkin damit zu tun?« fragte Saryon. Er goß Wasser in den Becher, aber seine Hände zitterten immer noch so stark, daß er das meiste verschüttete.

»Was hat Simkin je mit irgend etwas zu tun?« erwiderte Joram. »Nichts. Alles. Er hat Mosiah aus einer argen Patsche geholfen, und das war mehr, als der Einfaltspinsel verdient.«

»Und was ist mit dir?«

Joram legte träge den Arm auf die Stuhllehne, drehte sich halb herum und sah den Katalyten an. »Ja, was ist mit mir? Ich bin tot, der Junge ohne Magie, den seine verrückte Mutter versteckte. Denkt nur«, er breitete die Arme aus, »dies ist Eure große Chance. Hier sind wir – allein. Niemand, der Euch hindert. Öffnet eine Transversale. Ruft nach den *Duuktsarith*.«

Saryon ließ müde die Schultern sinken. »Du könntest mich hindern«, murmelte er. Tatsächlich hatte er genau das zu tun erwogen, und es bestürzte ihn, daß der junge Mann scheinbar so tief in sein Bewußtsein eingedrungen war. »Selbst die Toten besitzen genügend Magie, um einen Katalyten zu hindern, etwas gegen ihren Willen zu tun. Ich weiß es. Ich habe gesehen, was du vermagst ...«

Joram betrachtete Saryon schweigend, als versuche er, sich über etwas klar zu werden. Dann erhob er sich mit einem Ruck, trat an den Tisch, beugte sich mit aufgestützten

Händen vor und schaute dem Katalyten offen in das bleiche, verstörte Gesicht. »Stellt ein Exeunt zu mir her«, sagte er.

Saryon lehnte sich zurück und hob abwehrend die Hände. Er hatte nicht die Absicht, diesem jungen Mann noch mehr Kraft zu geben. »Ich glaube nicht ...«

»Macht schon!« forderte Joram ihn barsch auf. Die Muskeln an seinen Armen zuckten, unter der braunen Haut traten die Adern hervor, als seine Hände die Tischkanten umklammerten, und seine dunklen Augen glühten im Feuerschein.

Gebannt von dem plötzlich zwingenden Blick des Jungen, öffnete Saryon zögernd das Exeunt zu Joram und – fühlte gar nichts. Die Magie strömte in ihn hinein, erfüllte prikkelnd seinen ganzen Körper, aber dann kam es zu einem Stillstand. Das befreiende Gefühl des Weiterfließens blieb aus, keine Woge unsichtbarer Lebenskraft flutete machtvoll vom Gebenden zum Nehmenden. Langsam begann die Magie aus ihm hinauszusickern, während Saryon Joram fassungslos anstarrte.

»Aber das ist unmöglich«, sagte er zähneklappernd. Ein heftiges Zittern, das sich nicht beherrschen ließ, schüttelte seinen Körper. »Ich habe dich zaubern gesehen ...«

»Habt Ihr das?« Joram richtete sich auf und verschränkte die Arme vor der Brust. »Oder habt Ihr mich dies hier tun gesehen?« Mit einer plötzlichen Handbewegung brachte er einen Lappen zum Vorschein, den er benutzte, um das verschüttete Wasser von der Tischplatte zu wischen. Dann klatschte er in die Hände, und der Lappen war verschwunden, ein ganz alltäglicher Vorgang nach Saryons Meinung, bis er den jungen Mann das feuchte Tuch aus einer geschickt verborgenen Tasche in seinem Hemd hervorholen sah.

»Meine Mutter, die Zauberin, nannte es Taschenspielerei«, erklärte Joram gelassen. Er schien Saryons Unbehagen zu genießen. »Wißt Ihr davon?«

»Ich habe es am Hof gesehen«, antwortete Saryon und

stützte den Kopf in die Hände. Das Schwindelgefühl war vergangen, aber der dumpfe Schmerz in den Schläfen erschwerte das Denken. »Es ist ein – ein Spiel ...« Er schöpfte Atem. »Die jungen Leute belustigen sich damit.«

Joram nickte bedächtig. »Ich habe mich immer gefragt, wo meine Mutter diese Kunst gelernt hatte«, sagte er. »Nun, es ist ein Spiel, das mir das Leben gerettet hat. Oder vielleicht sollte ich sagen, dieses Spiel *ist* mein Leben – wenn es nach Simkin geht, der das ganze Leben als Spiel betrachtet.« Er schaute mit einem Anflug von bitterem Triumph auf den Katalyten hinab. »Jetzt kennt Ihr mein Geheimnis, Katalyt. Ihr wißt, was niemand sonst von mir weiß. Ihr kennt die Wahrheit, die selbst meine Mutter nicht zu ertragen vermochte. Ich bin tot. Wirklich ohne jede Magie. Kein Leben regt sich in mir, weniger als in einem Leichnam, wenn man den Geschichten über die alten Nekromanten glauben will, die mit den Seelen der Toten sprachen.«

»Warum hast du mich eingeweiht?« fragte Saryon leise. Eine Erinnerung drängte sich ihm auf, eine für lange Zeit in den Hintergrund seines Bewußtseins verbannte Erinnerung an noch einen Jungen, der tot gewesen war, der bei den Prüfungen so vollkommen versagt hatte, wie nie jemand vor oder nach ihm ...

Joram beugte sich wieder über den Tisch, und der Katalyt zuckte vor ihm zurück, mit demselben Gefühl des Ekels, das er auch bei der Berührung einer Leiche empfunden haben würde. Nein! schrie eine lautlose Stimme in Saryon, während er den jungen Mann in unaussprechlichem Grauen ansah und sein Verstand sich gegen die Flut von Gedanken aufbäumte, die über ihn hereinbrach. Als er merkte, daß sie ihn zu überwältigen drohte, drängte er sie zurück und schloß sie aus. Nein. Es war unmöglich. Das Kind war tot. Vanya hatte es gesagt.

Das Kind war tot. Das Kind ist tot.

Joram, der die Betroffenheit des Katalyten bemerkte, beugte sich näher zu ihm hin.

»Ich habe Euch in mein Geheimnis eingeweiht, Katalyt, weil Ihr es über kurz oder lang ohnehin herausgefunden haben würdet. Je länger ich bleibe, desto größer die Gefahr. Oh«, er gestikulierte ungeduldig, »es gibt noch andere wandelnde Tote bei uns, aber sie verfügen wenigstens über etwas Magie. Ich bin anders. Vollkommen, unaussprechlich, entsetzlich anders. Könnt Ihr Euch vorstellen, Katalyt, was Blachloq und die Leute hier – ja, selbst die Adepten des Neunten Mysteriums – mir antun würden, wenn sie entdeckten, daß ich wahrhaftig tot bin?«

Saryon war zu keiner Antwort fähig. Er begriff nicht einmal, wovon der junge Mann redete. Sein Bewußtsein hatte die Türen verschlossen und weigerte sich, diesen furchtbaren, erschreckenden Gedanken Einlaß zu gewähren.

»Ihr müßt Euch entscheiden, Katalyt«, sagte Joram. Seine Stimme erreichte Saryon wie durch einen dichten Nebel. »Entweder liefert Ihr mich den Erzwingern aus, oder Ihr bleibt hier und helft mir.«

»Dir helfen?« Die Ungeheuerlichkeit dieses Ansinnens weckte Saryon aus seiner Betäubung. »Helfen wobei?«

»Blachloq Einhalt zu gebieten«, sagte Joram kalt, und das verstohlene Lächeln glomm wieder im Hintergrund seiner dunklen Augen.

Versuchung

»Ich bedaure den Zwischenfall, Pater«, sagte Blachloq mit seiner ausdruckslosen Stimme. »Und nun, da das Urteil gesprochen, die Bestrafung vollzogen und die Lektion gelernt ist, wollen wir nicht mehr davon sprechen.«

Der Hexenmeister saß im Gefängnis an dem primitiven Holztisch. Die graue und trostlose Abenddämmerung kroch durch das kleine Fenster, begleitet von einem heftigen Wind, unter dessen Anprall der schlecht eingepaßte Rahmen klapperte. Von seinem Platz neben dem Fenster warf Joram einen Blick auf den Katalyten. Obwohl er sich in seine Kutte und seinen Umhang gewickelt hatte, war auch Saryon ganz grau vor Kälte. Joram lächelte in sich hinein. Nur mit seinem groben, wollenen Hemd und der Hose aus geschmeidigem Wildleder bekleidet, lehnte er an der Mauer, schaute angelegentlich durch das gesprungene, schmutzige Fenster auf die menschenleere Straße und schenkte weder dem Katalyten noch dem Hexenmeister Beachtung.

»Heißt das, ich kann wieder bei Andon wohnen?« wollte Saryon wissen. Seine Zähne klapperten.

Blachloq glättete mit dem Zeigefinger den dünnen blonden Schnurrbart auf seiner Oberlippe. »Nein, ich fürchte nicht.«

»Dann bleibe ich in Haft?«

»In Haft?« Blachloq zog eine Augenbraue in die Höhe. »Es liegt kein Zauberbann auf diesem Haus. Es steht Euch frei, zu kommen und zu gehen, wie es Euch beliebt. Ihr habt Besucher. Gestern abend war Andon hier. Der junge Mann« – er deutete auf Joram – »geht täglich zur Arbeit in die Schmiede. Abgesehen von dem Posten, der Eurer eigenen Sicherheit dient, erinnert hier nichts an ein Gefängnis.«

»Ihr könnt nicht erwarten, daß wir den Winter über in diesem erbärmlichen Loch hausen!« entrüstete sich Saryon. Die Kälte mußte ihm den Mut verliehen haben, dachte Joram. »Wir werden erfrieren.«

Blachloq stand auf, das lange schwarze Gewand umfloß in weichen Falten seine hohe Gestalt. »Ich bin sicher, Pater, daß Ihr mir bis dahin Eure unbedingte Loyalität bewiesen haben werdet und man Euch eine Unterkunft zugewiesen hat, die einem Mann Eures Alters angemessener ist. Bei Andon werdet Ihr allerdings nicht mehr wohnen.« Blachloqs schwarze Kapuze geriet in Bewegung, als er sich zum Gehen wandte. »Ich habe mich oft gefragt, ob es der Einfluß des alten Mannes gewesen ist, der Euch bewog, mir den Gehorsam zu verweigern. Mir ist zu Ohren gekommen, daß er und seine Freunde sich weigern, die Nahrungsmittel zu essen, mit denen ich das Dorf versorgt habe.« Joram glaubte zu spüren, daß der Hexenmeister ihn ansah. »Verhungern ist eine langwierige und unangenehme Art zu sterben wie auch der Tod durch Erfrieren. Ich hoffe sehr, daß die Gerüchte nichts weiter sind als eben – Gerüchte.«

Seine Gewänder streiften über den festgestampften Boden, als er neben den Katalyten trat und ihm die Hand auf die Schulter legte.

»Gewährt mir Leben, Pater«, sagte er.

Joram, der unauffällig zum Tisch blickte, sah den Katalyten unter der Berührung der dünnen Finger erzittern, als wären sie die Verkörperung des herbstlich kalten Windes. Unwillkürlich versuchte Saryon, sich ihrem Griff zu entziehen, aber die Finger krallten sich in sein Fleisch. Der Katalyt senkte den Kopf und stellte ein Exeunt zu dem Hexenmeister her. Versehen mit neuer magischer Kraft, war Blachloq plötzlich verschwunden.

Saryon ballte die Hände zu Fäusten, sah hilflos darauf nieder und schob sie dann fröstelnd in die weiten Kuttenärmel. »Man darf es diesem Mann nicht erlauben, ungehindert seine Pläne zu verwirklichen«, sagte er, hob den Kopf und schaute Joram an. »In welcher Weise kann ich dir helfen?«

In Jorams Gesicht zeigte sich keine Regung, aber innerlich triumphierte er. Der Anfang war gemacht, jetzt kam es darauf an, behutsam vorzugehen, denn immerhin mußte er den Mann dazu verleiten, sich mit den Geheimnissen der Schwarzen Magie zu befassen. Nachdem er Saryon mit einem kühlen, abschätzenden Blick bedacht hatte, lehnte er sich wieder gegen die Mauer und blickte nach draußen. »Ist er fort?«

»Wer?« Saryon schaute sich verwirrt um. »Blachloq?«

»Die *Duuk-tsarith* besitzen die Fähigkeit, sich unsichtbar zu machen, aber ich nehme an, daß Euresgleichen über die Gabe verfügt, ihre Gegenwart wahrzunehmen.«

»Ja«, erwiderte Saryon nach kurzem Schweigen. »Er ist fort.«

Joram nickte und begann mit der schwierigen Aufgabe, den Katalyten Schritt für Schritt auf den Weg in die Finsternis zu locken. »Simkin hat mir erzählt, daß Ihr früher einmal einige der verbotenen Bücher über das Neunte Mysterium gelesen habt.«

»Nur eins«, gestand Saryon errötend. »Und ich konnte nur einen Blick hineinwerfen.«

»Was wißt Ihr über die Eisenkriege?«

»Ich habe die Geschichtsbücher studiert ...«

»Geschichtsbücher, von Katalyten geschrieben!« unterbrach ihn Joram verächtlich. »All das hatte ich auch gelesen, als ich hierher kam. Ja«, fuhr er fort, »ich habe eine gute Erziehung genossen. Meine Mutter war eine *Albanara.* Aber das hat man Euch bestimmt gesagt.«

»Wie ist deine Mutter an die Bücher gekommen?« fragte Saryon.

»Darüber habe ich auch oft nachgedacht«, sagte Joram leise. »Sie war entehrt und eine Ausgestoßene. Besuchte sie ihr Heim bei Nacht, entlang der Pfade durch Zeit und Raum? Schwebte sie durch die Transversalen, die ihr seit frühester Jugend vertraut waren, und kehrte sie an den Schauplatz ihres zerstörten Lebens zurück wie ein Geist, der verdammt ist, den Ort heimzusuchen, an dem er starb?«

Ein Schatten fiel über Jorams Gesicht. Er schwieg und schaute aus dem Fenster.

»Es tut mir leid, eine alte Wunde aufgerissen zu haben«, versuchte Saryon sich zu entschuldigen.

»Seither«, fiel Joram ihm brüsk ins Wort, »habe ich noch andere Bücher gelesen, und was darin steht, unterscheidet sich erheblich von dem, was auf der anderen Seite des Flusses gelehrt wird. Man sollte stets daran denken, sagt Andon, daß Geschichtsbücher von den Siegern verfaßt werden. Habt Ihr zum Beispiel gewußt, daß während der Eisenkriege die Nigromanten eine Waffe erfunden haben, die die Eigenschaft besaß, Magie zu absorbieren?«

»Magie absorbieren?« Saryon schüttelte lebhaft den Kopf. »Das ist lächerlich.«

»Ist es das?« Joram drehte sich ruckartig herum und sah ihn an. »Denkt nach, Katalyt. Bedient Euch der Logik, die Ihr so sehr schätzt. Zu jeder Kraft gibt es eine entgegengesetzt wirkende Kraft, die ihr das Gleichgewicht hält. Habt Ihr das nicht gesagt?«

»Ja, aber ...«

»Daraus folgert, daß es in einer Welt, die Magie hervorbringt, eine Kraft geben muß, die sie absorbiert. Das war der Gedankengang der Nigromanten in alter Zeit, und sie hatten recht. Sie entdeckten diese Kraft. Sie existiert in der Natur, als Materie, die geformt zu Gegenständen verarbeitet werden kann. Ihr glaubt mir nicht.«

»Es tut mir leid, junger Mann«, bemerkte Saryon mühsam beherrscht. Er machte einen enttäuschten Eindruck. »Ich habe mit neun Jahren aufgehört, an die Märchen der Hausmagierin zu glauben.«

»Und doch glaubt Ihr an Elfen?« sagte Joram und musterte den Katalyten mit dem verstohlenen Lächeln, das nie seine Lippen erreichte, sondern stets nur im Hintergrund seiner Augen glomm.

»Simkin war bei mir«, murmelte Saryon und spürte zu seinem Unbehagen, daß ihm wieder das Blut in die Wangen stieg. Er rückte so dicht wie möglich ans Feuer und streckte die Hände über die Flammen. »Wenn er in der Nähe ist, zweifle ich sogar an meiner eigenen Existenz, ganz zu schweigen von etwas anderem.«

»Und doch habt Ihr Elfen gesehen? Ihr habt mit ihnen gesprochen?«

»Ja«, bekannte Saryon widerwillig. »Ich habe sie gesehen ...«

»Und jetzt seht Ihr dies.«

Joram griff einen Gegenstand aus der Luft und legte ihn vor dem Katalyten auf den Tisch. Saryon hob ihn auf und betrachtete ihn mißtrauisch.

»Ein Stein?«

»Ein Stück Erz. Man nennt es Arkanum.«

»Es hat Ähnlichkeit mit Eisen, aber eine merkwürdige Farbe«, meinte Saryon und drehte den Brocken mit gerunzelten Brauen zwischen den Händen.

»Ihr habt ein gutes Auge, Katalyt«, lobte Joram, zog mit dem Fuß einen Stuhl heran und setzte sich zu Saryon an den Tisch. Er zog ein zweites, kleineres Erzstück aus der Tasche und studierte es seinerseits nachdenklich. »Es besitzt viel der Eigenschaften von Eisen, und doch ist es anders.« Seine Stimme wurde bitter. »Grundlegend anders, wie ich gemerkt habe. Wie gut wißt Ihr über Eisen Bescheid, Katalyt? Ich kann mir nicht vorstellen, daß Ihr Euch viel mit Erzen befaßt habt.«

»Wenn es dir zuwider ist, mich mit ›Pater‹ anzureden, dann wenigstens mit meinem Namen«, bemerkte Saryon freundlich. »Das erinnert dich vielleicht daran, daß ich ein Mensch wie du auch bin. Es ist immer einfacher zu hassen als zu lieben und noch leichter, seinen Haß gegen irgendeine bestimmte Gruppe von Menschen zu richten, weil sie in der Masse gesichts- und namenlos sind. Wenn du darauf bestehst, mich zu hassen, dann ist es mir lieber, du haßt *mich*, und nicht das, was ich repräsentiere.«

»Bewahrt Euch Euren Sermon für Mosiah auf«, entgegnete Joram frostig. »Was ich von Euch halte oder Ihr von mir, ist für das, was uns verbindet, völlig belanglos.«

Vor Jorams geringschätzigem Lächeln richtete Saryon den Blick mit einem unhörbaren Seufzer wieder auf den Stein in seiner Hand. »Die Lehre von den Mineralien gehört zum Studienplan unserer Kaste«, sagte er. »Wir befassen uns mit sämtlichen Elementen, aus denen sich unsere Welt zusammensetzt. Dieses Wissen ist wertvoll um seiner selbst willen und nützlich für diejenigen von uns, die mit den *Pron-alban* arbeiten, den Bildern, oder den *Mon-alban*, den Alchimisten. Aber ich kann mich nicht entsinnen, irgendein Mineral gesehen oder davon gelesen zu haben, das wie dieses aussieht und außerdem dieselben Eigenschaften hat wie Eisen.«

»Weil alle Hinweise darauf nach den Kriegen aus den Schriften getilgt wurden«, sagte Joram. »Warum? Weil die Nigromanten daraus Waffen herstellten, mächtige Waffen, Waffen, die ...«

»... Magie zu absorbieren vermögen.« Saryon nickte ihm zu. »Ich fange an, dir zu glauben. In der Kammer des Neunten Mysteriums fand ich Bücher auf dem Boden verstreut und längs der Wände gestapelt, Bücher, die altes, verbotenes Wissen enthalten.«

Joram, der den Katalyten aufmerksam beobachtete, merkte, daß Saryon den kalten Wind vergessen hatte, der durch die Ritzen des Fensterrahmens pfiff. Joram schaute in seine Augen und las dort denselben Hunger, den er selber verspürte – den Hunger nach Wissen. Die nächsten Worte schienen Saryon Überwindung zu kosten: »Erzähl mir davon.«

Ich habe ihn, dachte Joram. Schon einmal war dieser Mann nahe daran, für Wissen seine Seele zu verkaufen. Diesmal werde ich dafür sorgen, daß er Ernst macht mit dem Handel.

»Aus dem Text geht hervor«, sagte er betont ruhig, »daß die Ahnen Arkanum mit Eisen mischten, um eine Legierung zu erhalten ...«

»Eine was?« unterbrach ihn Saryon.

»Eine Legierung, eine Mischung aus zwei oder mehr Metallen.«

»Hat man das mittels Alchimie bewirkt?« fragte Saryon ängstlich. »Indem man die ursprüngliche Beschaffenheit der Metalle durch Magie veränderte?«

»Nein.« Joram schüttelte den Kopf, belustigt über die erschreckte Blässe des Katalyten. »Nein, man bediente sich der Mittel und Wege der Nigromantie. Die Metalle werden zermahlen, bis zum Schmelzpunkt erhitzt und dann miteinander verschmolzen. Die entstandene Legierung wird in Formen gegossen, gehämmert, wieder erhitzt und zu Dolchen oder Schwertern verarbeitet. Tödliche Waffen« – Jorams Blick senkte sich auf den Stein, den er zwischen Daumen und Zeigefinger hielt – »wie Ihr euch vorstellen könnt. Erst beraubt die Klinge einen Zauberer seiner schützenden

Magie, dann hindert nichts mehr sie daran, auch seinen Leib zu töten.«

Joram konnte fühlen, wie den Katalyten ein Schauer überlief. Saryon legte den Stein hastig auf den Tisch zurück. »Du hast es versucht?« erkundigte er sich mit brüchiger Stimme.

»Ja«, antwortete Joram schroff. »Es ist nichts dabei herausgekommen. Ich stellte die Legierung her und füllte sie in die Form. Aber der Dolch, den ich schmieden wollte, zerbrach, als ich ihn ins Wasser steckte ...«

Saryon schloß die Augen und stieß mit zurückgelegtem Kopf einen Seufzer aus. Vielleicht war es Erleichterung, wenigstens redete er sich das ein, aber der junge Mann, der ihn genau beobachtete, glaubte fast, einen Unterton von Enttäuschung herauszuhören.

»Vielleicht ist das hier nichts weiter als ein merkwürdig aussehender Stein«, meinte Saryon nach einer Weile. »Vielleicht ist es gar nicht das Erz, von dem du gelesen hast. Oder vielleicht lügen die Bücher. Du kannst nicht beurteilen, ob es die Eigenschaft hat, Magie zu absorbieren, denn ...« Er stockte.

»... denn ich bin tot«, beendete Joram ungerührt den angefangenen Satz. »Sprecht es ruhig aus. Ihr habt ganz recht.« Er schob Saryon den Erzklumpen hin. »Aber Ihr solltet in der Lage sein, es festzustellen. Versucht es, Katalyt. Bemerkt Ihr etwas Außergewöhnliches an diesem ›Stein‹?«

Saryon nahm das Stück Erz in die Hand. Er betrachtete es eine Zeitlang schweigend, dann schloß er die Augen und konzentrierte sich auf die Magie.

Joram sah, wie ein Ausdruck tiefen Friedens über das Gesicht des Katalyten zog, als sein Bewußtsein sich nach innen wendete. Er nahm die Magie in sich auf. Doch allmählich wandelte sich der Friede in den Zügen des Katalyten zu Entsetzen. Er riß die Augen auf, legte den Stein auf den Tisch und zog schnell die Hand zurück.

»Es ist Arkanum!« sagte Joram leise.

»Und wenn es so wäre, welchen Nutzen hättest du davon?« Saryon leckte sich über die Lippen, als hätte er einen bitteren Geschmack im Mund. »Offenbar bist du nicht in der Lage, das Geheimnis zur Herstellung der von den Ahnen entwickelten Legierung zu entschlüsseln.«

»Ich nicht«, bemerkte Joram sanft, »aber Ihr, Katalyt. Seht Ihr, die Formel der Zusammensetzung ist in den Aufzeichnungen enthalten, aber ich kann sie nicht deuten. Es ist ...«

»... Mathematik.« Saryon verzog den Mund.

»Mathematik«, wiederholte Joram. »Etwas, das meine Mutter mich nie gelehrt hat, nicht lehren konnte, handelt es sich doch um die Kunst der Katalyten.« Der junge Mann ballte die Fäuste, und seine lange unterdrückte Erregung brach sich Bahn. »Die Aufzeichnungen sind durchsetzt mit mathematischen Gleichungen! Ihr könnt Euch nicht vorstellen, Saryon, wie enttäuscht ich war! Dem Ziel so nahe zu sein, das beschriebene Erz gefunden zu haben und dann aufgehalten zu werden von bizarren Kritzeleien, die keinen Sinn ergeben. Ich fing an zu experimentieren, in der Hoffnung, durch Zufall auf die Lösung zu stoßen. Aber meine Zeit war bemessen, und Blachloq schöpfte Verdacht. Er läßt mich überwachen.« Joram nahm den Stein, hielt ihn auf der flachen Hand und schloß dann langsam die Finger darüber, als wollte er ihn zerquetschen. »Wahrscheinlich hätte ich ohnehin das richtige Mischungsverhältnis nie herausgefunden«, fuhr er mürrisch fort. »Die Bücher enthalten außerdem seitenlange Anweisungen für die Katalyten. Ich dachte, das wäre nicht von so großer Bedeutung, aber das ist es anscheinend doch.«

»Du hast mich ›Saryon‹ genannt«, machte der Katalyt ihn aufmerksam.

Joram hob den Kopf und errötete. Das hatte er nicht beabsichtigt; das war in seinem Plan nicht vorgesehen. Dieser Mann strahlte etwas aus, womit er nicht gerechnet hatte, schon gar nicht bei einem Katalyten: Verständnis.

In aufwallendem Zorn verhärtete sich sein Gesicht, er zog düster die Brauen zusammen. Verständnis, Freundschaft – alles nur Geschwätz. Er mußte sich an seinen Plan halten. Dieser Mann war lediglich ein Werkzeug.

»Da wir zusammenarbeiten werden, ist es wohl unumgänglich, daß ich Euch mit Namen anspreche«, sagte er verdrossen. »Keinesfalls nenne ich Euch ›Pater‹!« fügte er hämisch hinzu.

»Ich habe mich bisher noch nicht einverstanden erklärt, mit dir zusammenzuarbeiten«, wies Saryon ihn in die Schranken. »Wenn es dir gelingt, diese Waffe herzustellen, wozu willst du sie gebrauchen?«

»Um Blachloq Einhalt zu gebieten«, antwortete Joram. »Glaubt mir, Kata – Saryon, es ist nur eine Frage der Zeit, bis er sich entschließt, mich aus dem Weg zu schaffen. Er hat es mir bereits angedroht. Und was Euch betrifft – möchtet Ihr vielleicht wieder an einem Raubzug gegen die Dörfer jenseits des Flusses teilnehmen?«

»Nein«, erwiderte Saryon leise. »Und wenn Blachloq nicht mehr ist, wirst du dann die Führung des Zirkels übernehmen?«

»Ich?« Joram schüttelte mit einem freudlosen Auflachen den Kopf. »Seid Ihr verrückt? Weshalb sollte ich mir diese Verantwortung aufladen? Nein, ich werde Andon wieder als Oberhaupt dieser Gemeinschaft einsetzen. Er und sein Volk sollen wieder in Frieden leben können. Ich für mein Teil, will nur eins: nach Merilon zurückkehren und Anspruch erheben auf das, was mir zusteht. Mit so einer Waffe«, sagte er grimmig, »bin ich dazu stark genug!«

»Du vergißt eines«, gab Saryon zu bedenken. »Ich habe den Auftrag, dich zurückzubringen, damit du – damit du vor Gericht gestellt werden kannst.«

»Tatsächlich«, sagte Joram nach kurzem Schweigen. »Daran habe ich nicht mehr gedacht. Also gut«, er lehnte sich zurück und legte die flachen Hände auf den Tisch, »öffnet eine Transversale. Ruft die *Duuk-tsarith*.«

»Ohne einen Helfer, der über Magie verfügt, kann ich das nicht tun«, erklärte Saryon. »Wenn du genügend Leben hättest, könnte ich deins verwenden …«

»Das war der ursprüngliche Plan?«

»Ja«, flüsterte Saryon fast unhörbar.

»Wie schade, daß es anders gekommen ist, Katalyt«, äußerte Joram kalt. »So schwach Ihr auch sein mögt, seid Ihr mir trotzdem überlegen. Sobald ich jedoch die Waffe habe … Nun ja, Ihr werdet tun, was Ihr glaubt tun zu müssen, wenn die Zeit gekommen ist. Vielleicht wird Euer Bischof Blachloq als ein zufriedenstellendes Tauschobjekt ansehen. Aber bis dahin, *Saryon* – steht Ihr auf meiner Seite? Werdet Ihr mir helfen, nicht nur uns beide zu befreien, sondern auch Andon und sein Volk? Ihr wißt, daß sie ihren Schwur halten werden, und Ihr wißt auch, was sie von Blachloq zu erwarten haben.«

»Ja«, nickte Saryon. Er senkte den Blick auf seine gefalteten Hände und bemerkte den bläulichen Schimmer unter den Fingernägeln. »Diese Kälte!« murmelte er und stand schwerfällig auf, um sich über das kümmerliche Feuer zu beugen. »Ich frage mich, was der Almin jetzt tut«, sagte er vor sich hin, während er die Hände über die knisternden Flämmchen hielt. »Hat er sich zur Abendandacht im Baptisterium eingefunden? Bereitet er sich darauf vor, Bischof Vanya um Rat und Beistand bitten zu hören, auf die der gar keinen Wert legt? Kein Wunder, daß der Almin es sich dort wohl sein läßt, eingelullt von Lobgesängen und dem Weihrauchduft ungeprüfter Frömmigkeit.«

»Was für ein herrliches Leben!«

Renegation

»Es ist unmöglich.« Saryon – bleich und erschöpft – hob den Blick von den Seiten des Buches, in dem er gelesen hatte.

»Was meint Ihr damit, es ist unmöglich?« verlangte Joram zu wissen und trat neben den Katalyten. »Ist es Euch zu schwierig? Begreift Ihr die Formeln nicht? Fehlt noch etwas? Haben wir etwas übersehen? Wenn ja, dann ...«

»Ich habe gemeint, es ist unmöglich, weil ich mich dazu nicht hergebe«, erklärte Saryon und stützte müde das Kinn in die Hand. Mit der anderen deutete er auf das Buch. »Ich verstehe alles«, sagte er mit hohler Stimme, »ich verstehe nur zu gut. Und ich gebe mich dazu nicht her!« Er schloß die Augen. »Ich gebe mich dazu nicht her.«

Jorams Gesicht verzerrte sich vor Wut, er ballte die Fäuste, und für einen Moment sah es so aus, als würde er den Katalyten schlagen. Mit sichtlicher Anstrengung beherrschte er sich und nahm seine Wanderung durch das unterirdische Gelaß wieder auf.

Als er hörte, wie Joram sich entfernte, öffnete Saryon die Augen wieder. Sein Blick fiel auf die Reihen um Reihen von Hand in Leder gebundener Bücher auf hölzernen Regalen, die aussahen, wie von Kinderhand unbeholfen zusammengezimmert. Ein erster Versuch, Holz zu bearbeiten, ohne Zuhilfenahme von Magie, vermutete der Katalyt. Während er diesen Betrachtungen nachhing, spürte er Jorams unterdrückten Zorn gegen sich anbranden und wartete unruhig auf den Angriff, der erfolgen mußte. Doch es geschah nichts. Nur ein bedrückendes Schweigen erfüllte den geheimen Keller und der stete, gleichmäßige Schritt des jungen Mannes, der seiner Erregung Herr zu werden versuchte. Saryon rieb sich die Schläfen. Fast wäre ihm ein Wutausbruch lieber gewesen; diese Fähigkeit zur absoluten Selbstbeherrschung bei einem so jungen Mann war erschreckend.

Woher stammte dieser Charakterzug? fragte sich Saryon. Gewiß nicht von seinen Eltern, die – wenn es stimmte, was man so hörte – durch eine Sünde der Leidenschaft ins Unglück gekommen waren. Vielleicht mußte sein Verhalten als der Versuch einer Wiedergutmachung gesehen werden: die steinerne Hand des Vaters, die auf Jorams Seele lastete. Dann gab es auch noch diese andere Möglichkeit, die Saryon während des schmerzgepeinigten Dämmerzustands nach dem Erwachen im Gefängnis in den Sinn gekommen war. Die Möglichkeit, die er verdrängt hatte, an die er niemals mehr denken wollte.

Saryon schüttelte ärgerlich den Kopf. Hirngespinste. Die Atmosphäre in diesem Kellerraum war schuld daran, sonst nichts.

Joram setzte sich auf einen Stuhl neben ihn.

»Also gut, *Saryon*«, sagte er mit ruhiger, gelassener Stimme, »erklärt mir, was getan werden muß und warum Ihr Euch weigert, es zu tun.«

Der Katalyt lächelte traurig. Er legte die Hand auf das Buch, das vor ihm lag, und strich beinahe liebkosend über die Seiten. »Hast du eine Vorstellung von den Wundern, die hier beschrieben sind?« fragte er Joram versonnen.

Jorams Augen verschlangen den Katalyten förmlich, ihnen entging nicht die geringste Nuance des Ausdrucks auf dem erschöpften Gesicht des Mannes. »Mit der Hilfe dieser Wunder könnten wir die Welt regieren«, erwiderte er.

»Nein!« fuhr Saryon ungeduldig auf. »Ich meinte Wunder, Wunder der Gelehrsamkeit!« Voller Pein schloß er die Augen. »Ich bin der beste Mathematiker meiner Zeit«, murmelte er. »Man nennt mich ein Genie. Doch auf diesen Seiten begegnet mir ein Wissen, bei dem ich mich fühle wie ein Kind an Mutters Schürzenzipfel. Ich übersehe nicht einmal einen Bruchteil davon. Ich könnte forschen, studieren, lernen, monate-, jahrelang ...« Der schmerzliche Ausdruck auf seinem Gesicht wich entsagungsvoller Sehnsucht. »Welches Glück«, wisperte er, »wenn ich sie gefunden hätte, als ich jung war ...« Seine Stimme brach.

Joram wartete und beobachtete ihn mit der Geduld einer Katze.

»Aber es war mir nicht vergönnt.« Saryon öffnete die Augen und zog so rasch die Hand zurück, als wäre das Buch ein brennendes Holzscheit. »Jetzt finde ich sie, da ich alt bin, mit starren Ansichten und Wertvorstellungen. Sie mögen nicht unbedingt richtig sein«, fügte er hinzu, als er Jorams Stirnrunzeln bemerkte, »aber sie sind ein Teil von mir, in langen Jahren gewachsen. Sie zu leugnen oder ihnen zuwiderzuhandeln, könnte mich um den Verstand bringen.«

»Ihr wollt damit sagen, daß Ihr zwar begreift, was das da bedeutet« – Joram zeigte auf das Buch – »und daß Ihr in der Lage seid, das Erforderliche zu tun, nur Euer Gewissen erlaubt es nicht?«

Saryon nickte.

»Hat Euch das Gewissen geschlagen, als der junge Diakon in dem Dorf getötet wurde?«

»Schweig!« rief Saryon dumpf.

»Nein, ich schweige nicht! Ihr seid ein so hervorragender Prediger, Katalyt. Versucht es mit Euren hehren Idealen und frommen Ermahnungen einmal bei Blachloq. Sagt ihm, daß er Böses tut, wenn er Andons Hände an den Schandpfahl fesseln läßt. Seht zu, während seine Männer dem alten Mann das Fleisch vom Rücken peitschen. Seht zu und beruhigt Euer zartes Gewissen mit dem Gedanken, daß es möglicherweise *nicht unbedingt richtig ist*, aber Eure Ansichten und Wertvorstellungen werden davon nicht in Frage gestellt ...«

»Hör auf!« Saryon ballte die Fäuste, er starrte den Jungen mit funkelnden Augen an. »Ich will das ebensowenig mitansehen müssen wie du!«

»Dann helft mir, es zu verhindern!« zischte Joram. »Es liegt bei Euch, Katalyt. Ihr seid der einzige, der dazu in der Lage ist!«

Saryons Schultern sanken herab, die Fäuste öffneten sich, und er stützte den Kopf in die Hände.

Joram lehnte sich zurück und wartete ab. Nach einer Weile hob der Katalyt das verhärmte Gesicht. »Den Anweisungen zufolge muß ich dem Toten Leben einflößen.«

Jorams Züge verfinsterten sich, er runzelte die Brauen. »Was hat das zu bedeuten?« fragte er heiser. »Doch nicht mir?«

»Nein.« Mit einem tiefen Atemzug wandte Saryon sich dem aufgeschlagenen Buch zu. Nachdem er eine Fingerspitze befeuchtet hatte, wandte er behutsam und ehrfurchtsvoll eines der brüchigen Pergamentblätter um. »Du hast aus zwei Gründen keinen Erfolg gehabt. Erstens hast du die Metalle nicht im richtigen Verhältnis gemischt. Nach diesen Formeln zu urteilen, ist das von größter Wichtigkeit. Zweitens, sobald das Gußstück aus der Form genommen wurde, muß das Metall bis zu einer extrem hohen Temperatur erhitzt werden ...«

»Aber dann zerfließt es«, wandte Joram ein.

»Warte ...« Saryon hob die Hand. »Dieses neuerliche Erhitzen wird nicht im Schmiedefeuer durchgeführt.« Er fuhr sich mit der Zunge über die Lippen und zögerte, bevor er langsam und widerwillig fortfuhr: »Man erhitzt es in den Flammen der Magie ...«

Joram starrte ihn ratlos an. »Das verstehe ich nicht.«

»Ich muß ein Exeunt herstellen, die Magie der Welt in mich aufnehmen und in das Metall weiterleiten.« Saryon begegnete zwingend Jorams fragenden Blick. »Begreifst du das nicht, Junge? Ich soll das Leben dieser Welt einem toten, von Menschenhand geschaffenen Ding gewähren. Das verstößt gegen alles, an das ich je geglaubt habe. Was du von mir verlangst, ist die fluchwürdigste aller Sünden.«

»Was werdet Ihr also tun, Katalyt?« Joram lehnte sich zurück und musterte Saryon lauernd.

Aber Saryon war trotz seines bisherigen weltfernen Lebens nicht der wirklichkeitsfremde Narr, für den Joram ihn hielt. Nein, Saryon war sich des Abgrunds vor seinen Füßen bewußt, nicht zuletzt, weil er diesen gefährlichen Weg schon einmal beschritten hatte, wenn auch vor langer Zeit.

Ein leises Klopfen an der Falltür über ihren Köpfen ließ die beiden Männer erschreckt zusammenzucken.

»Nun?« drängte Joram.

Saryon schaute ihn an, sah die fiebrige Spannung in seinem starren Gesicht und schloß mit einem tiefen Atemzug die Augen. »Ja«, flüsterte er kaum hörbar.

Joram nickte zufrieden, stand auf, trat in die Mitte der Kammer und legte den Kopf in den Nacken, als die Tür oben sich einen Spaltbreit öffnete.

»Ich bin's, Andon«, flüsterte eine Stimme. »Der Posten will euch abholen. Ihr müßt zurück.«

»Laß die Leiter herunter.«

Eine Strickleiter entrollte sich, und Joram fing sie auf. »Katalyt!« Er winkte.

»Ja, ich komme.« Saryon erhob sich schwerfällig und trat zu ihm, nicht ohne einen letzten, begehrlichen Blick auf die Schätze ringsum.

»Sollen wir das Buch mitnehmen?« fragte Joram und schickte sich an, es vom Tisch zu nehmen.

»Nein«, wehrte Saryon müde ab, »ich habe die Formel im Kopf. Aber du solltest es wieder an seinen Platz stellen.«

Hastig schob Joram das Buch wieder ins Regal, dann löschte er zwischen Daumen und Zeigefinger die Kerze. Undurchdringliche Dunkelheit senkte sich über die Büchergruft.

»Ob auch die Geister derer, die all das geschrieben haben, hier unten ihre letzte Heimstatt gefunden haben?« fragte sich Saryon, während er im kümmerlichen Schein der Kerze in Andons Hand nach den Leitersprossen tastete. »Vielleicht kehrt ja *mein* Geist hierher zurück, wenn ich gestorben bin.« Von Joram ungeduldig ermahnt und geschoben, konnte er sich dennoch nicht enthalten, über die Schulter zurückzuschauen. »Hier könnte ich mir mit Leichtigkeit die Jahrhunderte vertreiben.«

»Noch ein Stückchen, Pater. So, gebt mir die Hand.«

Andon half ihm durch die Falltür und in den alten Minenschacht, der unter seinem Haus verlief. Schatten liefen zukkend über die Wände, als der alte Mann Saryon den schmiedeeisernen Halter mit der brennenden Kerze reichte.

Joram hangelte sich mühelos die Leiter hinauf und durch die Luke, wie der Katalyt nicht ohne Neid zur Kenntnis nahm. Anschließend beobachtete er staunend, wie der junge Mann und Andon sich vergewisserten, daß die Falltür richtig geschlossen war, bevor sie sie mit etwas verriegelten, das sie als Schloß bezeichneten. Sie steckten einen merkwürdig geformten Metallstab in eine kleine Öffnung und drehten ihn herum, bis ein klickendes Geräusch ertönte. Andon steckte den Schlüssel wieder in die Tasche, trat zurück und nickte Joram auffordernd zu. Der junge Mann stemmte sich gegen einen gewaltigen Felsblock und rollte ihn langsam über die Tür, bis nichts mehr davon zu sehen war.

Andon schüttelte den Kopf. »Eigentlich braucht es zwei ausgewachsene Männer, um diesen Stein vom Fleck zu bringen«, erklärte er Saryon. »Als ganz junger Mann habe ich einmal erlebt, daß er zur Seite geschoben wurde. Seither ist er nicht mehr von der Stelle gerückt worden, es mußte erst dieser junge Mann kommen und sich für die alten Schriften interessieren.« Er seufzte. »Es gab keinen Grund, die Tür zu öffnen; keinen Grund, dort hinabzusteigen. Keiner von uns vermag die Bücher zu lesen. Zur Zeit meines Vaters war es nicht anders. Damals hat man sich wohl nur vergewissern wollen, ob das Vermächtnis der Ahnen dort unten gut aufgehoben ist.«

»Die Bücher sind in ausgezeichnetem Zustand«, murmelte Saryon. »Der Raum ist trocken. Sie können darin noch Jahrhunderte unbeschadet überstehen, wenn man sie mit der gebotenen Vorsicht behandelt.«

Andon legte dem Katalyten mitfühlend die Hand auf den Arm. »Es tut mir leid, Pater. Ich kann mir vorstellen, wie Euch zumute ist.« Er runzelte mißbilligend die Stirn. »Ich habe versucht, Joram zu erklären ...«

»Nein, gebt nicht ihm die Schuld«, warf Saryon ein. »Es war mein eigener Entschluß, herzukommen, und ich bedaure es nicht.«

»Aber Ihr seht traurig aus ...«

»Ein solcher Reichtum an Wissen – nutzlos und vergessen«, erwiderte der Katalyt, den Blick auf den Felsblock gesenkt, die Gedanken bei dem, was sich darunter befand.

»Ja, Ihr habt recht«, stimmte Andon bekümmert zu.

»Er wird nicht vergessen bleiben«, sagte Joram und trat zu ihnen. Seine Augen glühten im Schein der Kerzenflamme; er ballte die rechte Hand zur Faust. »Es kommen auch wieder andere Zeiten.«

»Meiner Treu, es ist teuflisch kalt hier drin. Oder ist das ein Widerspruch in sich? Ihr werdet mir vergeben, hoffe ich« – Simkin hüllte sich mit großer Geste in einen dicken Pelzumhang, den er aus dem Nichts herbeigezaubert hatte – »aber ich bin ein wenig empfindlich, was meine Lunge betrifft.« Er hüstelte. »Meine Schwester starb nämlich an einer Lungenentzündung. Nun ja, eigentlich lag es mehr an dem garstigen Sturz von einer der Plattformen in Merilon. Aber wäre sie nicht im Fieberwahn über den Rand gestolpert, hätte bestimmt die Lungenentzündung sie hinweggerafft. Deshalb ...«

»Sei still, um des Almins willen!« fuhr Mosiah ihm über den Mund, zog einen Stuhl heran und setzte sich. »Wir können nicht lange bleiben. Der Wachposten hätte uns gar nicht eingelassen, aber Simkin ist es gelungen, Blachloq die Erlaubnis abzuschwatzen. Warum hast du uns gerufen?«

»Ich brauche eure Hilfe«, erklärte Joram und setzte sich neben seinen Freund an den Tisch.

»Oho, eine Verschwörung! Wie ungeheuer aufregend. Ich bin ganz Ohr. Ich *könnte* ganz Ohr sein, genaugenommen«, fügte Simkin lebhaft hinzu, »wenn's hilft.«

»Ganz Mundwerk trifft eher den Kern der Sache. Schweig jetzt«, brummte Mosiah.

»Ich werde kein Wort mehr sagen.« Bis zur Nasenspitze in den Pelz gehüllt, preßte Simkin als Zeichen des guten Willens die Lippen zusammen und setzte eine ernsthafte Miene auf, doch kaum hatte Mosiah seine Aufmerksamkeit Joram zugewandt, öffnete er den Mund zu einem Gähnen. »Entschuldigung«, murmelte er betreten.

Saryon, der zusammengekauert in einer Ecke nahe beim Feuer hockte, schnaufte verächtlich. Joram warf einen ärgerlichen Blick in seine Richtung und bedeutete ihm mit einem Wink zu schweigen. Dann wandte er sich wieder an seine Freunde.

»Der Katalyt und ich wollen heute abend ...«

»Ihr wollt fliehen?« fragte Mosiah eifrig. »Ich komme mit!«

»Nun hör mir doch zu!« unterbrach ihn Joram heftig. »Ich kann euch nicht sagen, was wir vorhaben. Es ist auch besser, ihr wißt es nicht – für den Fall, daß etwas schiefgeht. Wir müssen die Gelegenheit haben, das Gefängnis zu verlassen und wieder zurückzukehren, ohne daß der Posten es merkt. Und noch wichtiger ist, daß ihr uns ermöglicht, ungestört zu tun, was wir uns vorgenommen haben.«

»Was soll daran schwierig sein?« Mosiah schien enttäuscht zu sein. »Erst gestern abend seid Ihr bei Andon gewesen ...«

»... und der Posten hat uns getreulich begleitet, so, wie er mich jeden Tag zur Schmiede eskortiert«, beendete Joram den Satz für ihn.

»Mit anderen Worten«, meinte Simkin gelassen, »ihr wollt, daß der Posten im Reich der Träume weilt, während ihr beide finstere und fluchwürdige Taten begeht, doch am Morgen, wenn er aufwacht, soll er euch wieder friedlich schlummernd in euren Bettchen vorfinden.«

Saryon rückte mit einem Blick auf Simkin unbehaglich hin und her. Der junge Mann kam mit seinem spielerischen Wortgeplänkel der Wahrheit zu nahe. Viel zu nahe. Der Katalyt war dagegen gewesen, die beiden einzuweihen – Mosiah wollte er nicht in Gefahr bringen, und Simkin war ein Narr.

»Außerdem«, fuhr Simkin ahnungslos fort, »wünscht ihr insbesondere von einer bestimmten Person nicht gestört zu werden – unserem formidablen Herrn und Gebieter. Hab' ich recht? Mein lieber Junge« – Simkin schmiegte sich behaglich in seinen Pelzkokon – »nichts einfacher als das. Laß mich nur machen.«

»Was habt Ihr vor?« fragte Saryon mit rauher Stimme.

»Meiner Treu, alter Freund, Ihr werdet Euch doch nicht etwa erkältet haben, oder doch?« Simkin drehte sich auf seinem Stuhl herum und musterte den Katalyten mit teilnahmsvoller Besorgnis. »Ein bißchen gefährlich für jemanden Eures Alters. Es war auch nur ein kleiner Schnupfen, der den guten Herzog von Mooria das Leben kostete. Er hat sich buchstäblich um Kopf und Kragen geniest – ersterer flog ihm *schwupp* von den Schultern und landete *platsch* in der Schüssel mit dem Vanilleflammeri. Oh, Graf Zebulon beteuerte natürlich, es hätte nur ein Scherz sein sollen, zur Unterhaltung seiner Gäste, und schuld wäre nur sein Katalyt, ein Stümper von Rang gewissermaßen. Aber wir hatten alle unsere Zweifel. Er und der Herzog waren erst tags zuvor am Spieltisch aneinander geraten. Einer beschuldigte den anderen, bei der Schwanenfalle betrogen zu haben. Die Gäste amüsierten sich jedenfalls prächtig. Wochenlang sprach man von nichts anderem, und jeder, dem es gelang, eine Abendeinladung des Grafen zu ergattern, galt als beneidenswerter Glückspilz ...«

»Ich bin nicht erkältet!« fiel Saryon ihm endlich aufgebracht ins Wort, nachdem er zunehmend verzweifelt auf eine Atempause in dem überwältigenden Redeschwall gewartet hatte.

»Das beruhigt mich zu hören. Beruhigt mich wirklich.« Simkin beugte sich vor und tätschelte dem Katalyten wohlwollend die Hand.

»Schluß jetzt!« fuhr Joram ungeduldig dazwischen. »Wie ist das mit dem Posten und Blachloq?«

»Den Posten übernehme ich«, verkündete Simkin großspurig.

»Und was hast du vor, wenn man fragen darf?« erkundigte sich Mosiah argwöhnisch. Er warf dem Katalyten einen bedeutungsvollen Blick zu. Offenbar teilten er und Saryon die gleiche, wenig schmeichelhafte Meinung über den redseligen jungen Mann.

»Ein leichtes Beruhigungsmittel; das Rezept kennen nur ich und die Marchesa von Lonnoni, die vierzehn Kinder hatte. Und was Blachloq angeht, so bin ich für diesen Abend mit ihm zum Tarock verabredet, er wird euch also nicht stören. Parole d'honneur!«

»Donnör!« höhnte Mosiah. »Ich komme mit, um dir auf die Finger zu sehen.«

»O nein, mein Lieber. Völlig unmöglich.« Simkin gähnte wieder, hielt die Füße ans Feuer und rekelte sich auf dem unbequemen Stuhl. »Ohne deine Gefühle verletzen zu wollen – aber du bist ein ziemlich ungehobelter Bursche. Ich meine, mit dir kann man sich nirgends blicken lassen. Deine Tischmanieren sind schauderhaft. Außerdem sollte irgend jemand in dieser kümmerlichen Kate bleiben und den Anschein aufrechterhalten, daß Pater und Filius zu Hause sind.«

»Keine schlechte Idee«, meinte Joram und legte Mosiah beschwichtigend die Hand auf die geballte Faust. »Wie soll er das anstellen?«

»Kleinigkeiten«, antwortete Simkin. Er zuckte mit den Schultern wie ein Tanzbär. »Das Feuer schüren. Vor dem Fenster auf und ab gehen, so daß man von draußen seinen Schatten sieht. Wenn du Wert darauf legst, Mosiah, könnte ich sogar dafür sorgen, daß dein Haar aussieht wie Jorams. Nur ein klein wenig Hilfe von unserem Leben gewährenden Freund hier, und deine Lockenpracht wäre der Neid eines jeden weiblichen Wesens hier in unserem traulichen Weiler. Lang, dicht, glänzend ...«

Mosiah wandte sich an Joram. »Er ist ein Schwätzer und ein Schwachkopf«, sagte er ernst. »Du legst dein Schicksal in die Hände eines Narren!«

Die träge Langeweile auf Simkins flaumbärtigem Gesicht wandelte sich schlagartig zu einem Ausdruck derart scharfsinniger Schläue, daß Saryon hätte schwören können, einen Fremden dort sitzen zu sehen. Mosiah wandte dem ›Schwätzer‹ den Rücken zu; Joram schaute mit gerunzelten Brauen Mosiah an. Niemand außer Saryon bemerkte die Veränderung auf Simkins Gesicht, und bevor er sich noch recht besonnen hatte, war alles vorüber. Simkin lümmelte sich am Tisch und trug sein gewohntes, nichtssagendes Lächeln zur Schau.

Der Pelzumhang verschwand wie auch die seidenen Kniehosen und das Wams. Im Nu trug Simkin ein buntscheckiges Narrengewand. Umflattert von Bändern und Schleifen und mit klingelnden Glöckchen behangen, rutschte er vom Stuhl und krabbelte auf Händen und Knien über den Boden. Zu Jorams Füßen ließ er sich mit untergeschlagenen Beinen nieder.

»Ein Narr! Ja, ich bin ein Narr!« rief er fröhlich und schwenkte lebhaft die Arme. Die vielfarbigen Bänder und Fransen an seinem Gewand umtanzten ihn wie aufgewirbelte Blütenblätter. »Ich bin Jorams Narr. Erinnerst du dich an das Kartenlesen? König der Schwerter! Du wirst eines Tages Herrscher sein, und dann brauchst du einen Narren, habe ich nicht recht, Joram?« Simkin beugte sich vor und legte wie betend die Hände zusammen. »Laßt mich Euer Narr sein, Sire. Ihr braucht einen, das versichere ich Euch.«

»Und wieso?« fragte Joram, in dessen Augen sich wieder das verstohlene Lächeln zeigte.

»Weil nur ein Narr es wagt, Euch die Wahrheit zu sagen«, antwortete Simkin leise.

Joram starrte ihm einen Atemzug lang schweigend in die Augen, dann – als er sah, daß das bärtige Gesicht sich zu einem breiten Grinsen verzog – setzte er dem Narren von eigenen Gnaden den linken Fuß vor die Brust und stieß ihn zurück. Unter gellendem Gelächter schlug Simkin einen graziösen Purzelbaum und begann durch das Zimmer zu tanzen.

Ohne Simkin und seinen grotesken Sprüngen Beachtung zu schenken, legte Mosiah Joram die Hand auf die Schulter und hätte ihn am liebsten geschüttelt, um endlich seiner Aufmerksamkeit sicher sein zu können. »Sei doch vernünftig!« mahnte er drängend. »Vergiß die Karten! Schlag dir das

Hirngespinst aus dem Kopf, Blachloq herausfordern zu wollen. Tu nicht so erstaunt, Joram, ich kenne dich zu gut! Ich habe dich reden gehört, und wenn es hier im Zimmer auch Leute gibt, die mich für einen ausgemachten Dummkopf halten, konnte ich mir doch ohne Mühe zusammenreimen, was du vorhast. Nutzen wir diese Gelegenheit, um zu fliehen! Simkin kann den Wachposten betäuben, und wir versuchen unser Glück im Außenland. Wir können es schaffen. Wir sind jung und kräftig, und wir haben den Katalyten, der uns Leben gewährt. Ihr werdet doch mitkommen, Pater, nicht wahr?«

Saryon nickte stumm. Die Vorstellung, einfach das Heil in der Flucht zu suchen, war so verführerisch, daß es nur eines Wortes bedurft hätte, und er wäre aufgesprungen und aus der Tür gestürmt.

Das Wort wurde nicht gesprochen. Joram schwieg, und Mosiah, der den sinnenden Ausdruck auf dem Gesicht des Freundes mißverstand, redete hastig weiter, um ihn endgültig zu überzeugen. »Wir könnten nach Norden gehen, nach Sharakan. Dort finden wir bestimmt Arbeit. Niemand kennt uns. Es ist gefährlich, aber nicht so gefährlich, wie hierzubleiben. Nicht so gefährlich, wie Blachloq zu bekämpfen ...«

»Nein«, beschied ihn Joram ruhig.

»Joram, denk nach!«

»Du solltest nachdenken!« Jorams braune Augen funkelten, als er Mosiahs Hand abschüttelte. »Glaubst du wirklich, daß Blachloq seinen kostbaren Katalyten entkommen lassen würde, ohne alles in seiner Macht Stehende zu tun, um ihn wieder einzufangen? Und seine Macht ist alles andere als unerheblich. Wozu werden die *Duuk-tsarith* denn ausgebildet – um Menschen zu jagen und aufzuspüren! Er kennt das Außenland! Wir nicht. Und wenn er uns gefangen hat, tötet er dich und mich. Aber was glaubst du wohl, wird er dem Katalyten antun?«

»Ihm die Hände abhacken«, warf Simkin ein, der sich

inzwischen mit einer Handbewegung von seinem Narrengewand befreit hatte und wieder Samt und Seide in leuchtenden Farben trug. Er schnippte mit den Fingern und hatte auch den Pelzumhang wieder, den er sich schwungvoll um die Schultern drapierte. »Das war jedenfalls früher der Brauch, wenn ich mich recht entsinne«, erläuterte er mit einem um Vergebung heischenden Blick auf Saryon. »Tat ihrer Nützlichkeit keinen Abbruch.«

Mosiah betrachtet Joram mit gerunzelter Stirn. »Und was geschieht, wenn er uns jetzt erwischt?«

»Das wird er nicht.«

Mosiah wandte sich ab. »Laß uns gehen«, sagte er zu Simkin. »Wir sind schon viel zu lange geblieben. Der Posten wird mißtrauisch werden.«

»Ja, wir müssen uns wohl auf den Weg machen«, meinte Simkin und folgte ihm. »Irgendwie habe ich so ein merkwürdiges Kribbeln in der Nase. Ich – Ha-tschi! Da, was habe ich gesagt! Der Katalyt hat mich angesteckt! Ich fühle mich – Ha-tschi! – ganz elend!« Simkin schniefte erbarmungswürdig und hielt sich das orangefarbene Seidentuch an die Nase, das aus dem Nichts aufgetaucht war. »Und dabei habe ich so einen anstrengenden Abend vor mir. Blachloq schummelt, müßt ihr wissen.«

»Nein, das hat Blachloq nicht nötig. *Du* schummelst«, sagte Joram trocken.

»Weil er immer gewinnt! Selbst wenn ich schummle, gelingt es mir partout nicht, ihn zu schlagen. Vermutlich sollte ich mich auf das Spiel konzentrieren statt auf all die kleinen Tricks. Bis später also. Ich muß erst noch die Blümelein pflücken und das Trünklein mischen.« Simkin zwinkerte bedeutungsvoll. »Haltet euch bereit. Wartet, bis ihr meine Stimme hört ...« Er deutet mit einem Kopfnicken auf den Posten, der von der anderen Straßenseite das Gefängnis beobachtete, und schlüpfte vor Mosiah aus der Tür.

»Und was ist mit dir?« Joram hielt den Jugendfreund zurück, bevor er hinter Simkin aus dem Haus treten konnte.

»Vielleicht ja, vielleicht nein«, antwortete Mosiah, ohne ihn anzusehen. »Vielleicht versuche ich allein zu fliehen, bevor ihr alle in Blachloqs Schlinge zappelt.«

»Na – dann viel Glück«, sagte Joram kalt.

»Danke.« Mosiah warf ihm einen verbitterten Blick zu. »Herzlichen Dank. Auch dir viel Glück.«

Er schlug die Tür hinter sich zu, und Saryon, der aus dem Fenster schaute, konnte ihn mit gesenktem Kopf die Straße hinuntergehen sehen.

»Du hast keine Ahnung, was für ein guter Freund er ist«, sagte der Katalyt und drehte sich zu Joram um, der am Feuer stand und in dem Topf mit ihrer kärglichen Abendmahlzeit rührte.

Der junge Mann stellte sich, als hätte er nicht gehört.

Saryon durchquerte mit schleppenden Schritten das kleine, ungemütliche Zimmer und legte sich auf sein Bett. Wie lange war es her, daß er geschlafen hatte? Ruhig und friedlich geschlafen? Würde er jemals wieder dazu in der Lage sein? Oder würde er für den Rest seines Lebens die Furcht in den Augen des jungen Diakons sehen, als der in den Augen des Hexenmeisters sein Todesurteil las?

»Vertraust du Simkin?« fragte Saryon, während er zu den morschen Dachbalken hinaufstarrte.

»So sehr wie Euch, Katalyt«, gab Joram zurück.

Der Sturm

»Nun mach schon, alte Schreckschraube, beeil dich ein bißchen. Wenn du noch länger trödelst, kannst du das Abendessen als Frühstück auftischen!«

Die alte Frau, der diese Aufforderung galt, gab weder eine Antwort, noch war zu merken, daß sie sich schneller bewegte. Sie schlurfte zwischen Tisch und Feuerstelle hin und her und warf Gemüse aus ihrer Schürze in den Topf, der an einem Haken über dem Feuer hing. Der Wachposten lümmelte sich mit ausgestreckten Beinen auf einem Stuhl neben dem Tisch, den er ans Fenster gezogen hatte, und teilte seine Aufmerksamkeit übellaunig zwischen der alten Frau, dem brodelnden Topf – aus dem ein starker Geruch nach Zwiebeln aufstieg – und dem Gefängnis auf der anderen Straßenseite.

Nur ein schwacher Lichtschein zeigte sich im Fenster des kleinen Hauses, das zu bewachen man ihm aufgetragen hatte. Hin und wieder tauchte ein Schatten hinter dem Fenster auf und verschwand wieder. Die Straßen waren menschenleer; es kam niemand, um die Gefangenen zu besuchen. Auch die Gefangenen schienen nicht die Absicht zu haben, das Haus zu verlassen – ein Umstand, den der Posten dankbar vermerkte. Dies war keine Nacht, um sich draußen herumzutreiben. Ein kalter, von Böen gepeitschter Regen bohrte sich wie mit Speerspitzen in die ungepflasterten Straßen, Hagel prasselte gegen die Fenster der Häuser, während der Sturm, der diesen Angriff führte, um die Ecken heulte und pfiff wie eine Horde von Dämonen.

»Ist doch Blödsinn, daß jemand heute nacht hier Wache hält«, brummte der Mann. »Nicht einmal der Herr der Finsternis wagt sich bei einem solchen Sturm hinaus. Ist das Essen noch nicht fertig, alte Schachtel?« Er drehte sich halb herum und drohte mit der Faust. Die Alte, schwerhörig und kurzsichtig, achtete nicht auf ihn, und der Posten wollte eben aufstehen, um sich eindeutiger bemerkbar zu machen, als ein heftiges Rütteln am Türgriff ihn zusammenzucken ließ.

»Macht auf da drinnen!« ertönte eine unheimliche Stimme aus dem ohrenbetäubenden Heulen des Windes.

Der Posten warf einen raschen Blick zur anderen Straßenseite. Der Feuerschein flackerte immer noch hinter dem Fenster, Schatten waren keine zu sehen.

»Hallo! Hallo!« schrie die Stimme. Dann folgte ein Klopfen und Hämmern gegen die Tür, das sie bedrohlich erzittern ließ.

Der Wachposten war nicht überreichlich mit Phantasie und Intelligenz gesegnet. Da er aus einer müßigen Laune heraus den Gedanken an den Herrn der Finsternis heraufbeschworen hatte, mußte er zu seinem Leidwesen feststellen, wie manch anderer Zauberer vor ihm, daß es gar nicht leicht war, die Geister wieder loszuwerden. Daß der eben erwähnte Herr vorsprechen könnte, um seine Seele zu holen, war in seinen Augen gar nicht so unwahrscheinlich, hatte doch seine Mutter, an die er sich nur undeutlich erinnerte, ihm ein solches Schicksal des öfteren prophezeit. Er stand auf und spähte aus dem Fenster, um vielleicht zu sehen, wer vor der Tür stand, konnte aber nur einen unförmigen Schatten erkennen.

»Mach die Tür auf!« schrie der Posten die alte Frau an, weil er hoffte, der Finsterling nähme es vielleicht nicht so genau damit, wessen Seele er zu packen bekam. Die Aufmerksamkeit der Alten jedoch galt ausschließlich der Suppe, die sie andächtig umrührte, und sie hörte weder den Posten brüllen noch das Klopfen an der Tür.

»Niemand zu Hause?« ertönte die Stimme wieder; das Hämmern und Rütteln wurde heftiger.

Im Herzen des verschreckten Mannes erwachte ein Hoffnungsschimmer. Auf Zehenspitzen trat er vom Fenster zurück, damit man ihn von draußen nicht sehen konnte, und bereitete sich darauf vor, in aller Ruhe abzuwarten, bis sein unerwünschter Besucher die Geduld verlor und ging. Zur Sicherheit bedeutete er der alten Frau mit Handzeichen, sie solle ruhig mit ihrer Arbeit fortfahren.

Leider bewirkte dieses lebhafte Gestikulieren, was all der Lärm nicht vermocht hatte – es erregte die Aufmerksamkeit der Alten. Sie sah, wie der Posten zur Tür deutete, dann nickte sie, setzte sich schlurfend in Bewegung und öffnete.

Eine frostige Sturmbö, ein Schwall Regen, ein Hagelschauer sowie eine massige, bepelzte Gestalt drängten gleichzeitig ins Zimmer. Nur einem dieser nächtlichen Besucher wurde allerdings das Bleiben gestattet. Das Pelzwesen stemmte die Schulter gegen die Tür, und mit der Unterstützung der alten Frau schlug er sie vor den unliebsamen Eindringlingen zu.

»Beim Barte des Almin«, fluchte eine dumpfe Stimme aus den Tiefen des mit Eiskristallen besetzten Pelzes hervor, »ich hätte auf deiner Schwelle den Tod finden können! Wo ich doch eigens deinetwegen hergekommen bin!«

Posten, der hören mußte, daß die furchtbare Prophezeiung seiner Mutter tatsächlich eingetroffen war, auch wenn er eigentlich eine von lodernden Flammen umzüngelte majestätische Schreckensgestalt mit Hörnern und Schweif erwartet hatte, konnte nur etwas Unverständliches stammeln, bis die Gestalt ihren Hut abnahm und mit einem weiteren Fluch zu Boden schleuderte.

Der Posten wußte sich nicht anders zu helfen, als gleichfalls einen Fluch auszustoßen, bevor er sich mit vor Erleichterung weichen Knien auf den Stuhl sinken ließ und »Simkin!« ächzte.

»Das ist also der Dank, nachdem ich beinahe erfroren bin, um dir eine kleine Erfrischung zu bringen«, meinte Simkin gekränkt und warf einen Schlauch mit Bier vor dem Posten auf den Tisch.

»Was ist das?« verlangte der Mann argwöhnisch zu wissen.

»Eine Liebesgabe vom alten Blachloq«, erwiderte sein Besucher, der zum Feuer getreten war. »Anteil an der Beute, Prämie für gute Arbeit, laßt die Gläser klingen, ein Hoch auf das, was wir lieben – du weißt schon.«

Das Gesicht des Mannes erhellte sich. »He, das ist nobel, muß ich sagen«, meinte er, beäugte den Schlauch gierig und rieb sich die Hände. Plötzlich schien ihm etwas einzufallen. Er drehte sich herum und musterte Simkin aus zusammengekniffenen Augen, der ein verdächtiges Interesse am Inhalt des Kochtopfs bekundete. »Heda«, sagte er unfreundlich, »du kannst aber nicht bleiben. Ich bin auf Wache und darf nicht gestört werden.«

»Glaub mir, mein Allerwertester, nicht für sämtliche dressierten Äffchen von Zith-el würde ich meinen Aufenthalt in diesem schäbigen Schuppen freiwillig über Gebühr ausdehnen.« Simkin schnippte sein Tüchlein herbei und hielt es sich an die Nase. »Der Geruch von Zwiebeln und ungewaschenem Hornochsen ist ganz und gar nicht mein Geschmack. Ich bin ein Bote, und ich bleibe nur so lange, bis ich mich aufgewärmt habe oder mir von dem Hautgout die Sinne schwinden, je nachdem, welcher Fall zuerst eintritt. Was deine Wache anbetrifft« – er warf einen geringschätzigen Blick aus dem Fenster – »das ist reine Zeitverschwendung, wenn du mich fragst.«

»Ich frage dich nicht, aber du hast recht.« Der Posten lehnte sich behäbig zurück, unbeeindruckt von Simkins beleidigenden Äußerungen, nachdem er sicher sein konnte, daß sein Besucher nicht gedachte, sich von ihm verköstigen zu lassen. »Ich kann verstehen, daß man den Katalyten mit Samthandschuhen anfaßt, solange er tut, was man ihm sagt, aber dieser schwarzhaarige Bengel ...! Dem ordentlich eins über den Schädel gezogen, und dann ab in den Fluß mit ihm – das ist meine Meinung. Warum Blachloq sich von ihm auf der Nase herumtanzen läßt, begreife ich nicht.«

»Ja, warum wohl«, murmelte Simkin in gelangweiltem Tonfall, während er unter halbgesenkten Lidern beobachtete, wie der Mann den Schlauch entkorkte. »Nun, dann will ich mich mal wieder auf die Socken machen, wie der Volksmund sagt. Und du gib acht, Mütterchen«, flüsterte er der alten Frau zu. »Geh früh schlafen und vergiß nicht das Licht zu löschen.«

Simkin unterstrich die Wichtigkeit der letzten Worte mit einem Augenzwinkern und einem Nicken in die Richtung des Wachpostens, der genießerisch an dem Bier schnupperte und sich die Lippen leckte. Die Alte erwiderte sein Zwinkern mit einem verständnisvollen Blick aus plötzlich sehr wachen und klugen Augen und lächelte. Dann schlurfte sie zum Tisch, um das Essen aufzutragen, taub für alles scheinbar, bis auf flüsternde Stimmen.

Zufrieden mit sich eilte Simkin in das Wüten des Sturms hinaus und lief über die Straße. Dunkelheit, Regen, Hagel und seine große Pelzkappe hinderten ihn, etwas zu sehen, und prompt stieß er mit jemandem zusammen.

»Simkin! Hast du keine Augen im Kopf!« fauchte eine gereizte Stimme.

»Sieh an, Mosiah! Also doch nicht mutterseelenallein in die weite Welt hinaus? Nein, nicht zur Tür, der Schwachkopf drüben ist noch nicht außer Gefecht gesetzt. Komm hierher, in den Schatten. Warte ...«

»Auf was? Ich friere! Hast du nicht ...«

»Ah, da ist das Zeichen.« Im Haus des Wachpostens erlosch das Licht, nur der Widerschein des Feuers spiegelte sich in den Fensterscheiben. Simkin huschte um die Ecke des Gefängnisgebäudes zur Vorderseite und klopfte an.

Joram öffnete die Tür und schloß sie hinter ihnen gleich wieder. »Eine schöne Nacht hast du dir für dein Unternehmen ausgesucht«, beschwerte sich Simkin zähneklappernd.

»Mir gefällt das Wetter«, antwortete Joram kühl. »Bei dem Regen sieht man den Feuerschein aus der Schmiede nicht.«

»Man kann ihn ruhig sehen«, brummte Mosiah, der mit hochgezogenen Schultern fröstelnd neben der Tür stand. »Ich habe mit dem Schmied gesprochen. Er hat Blachloqs Männer wissen lassen, daß einige seiner Leute heute nacht arbeiten werden – angeblich sind sie wegen des Raubzugs mit der Arbeit in Rückstand geraten. Nein, keine Sorge«, sagte Mosiah als Antwort auf Jorams ärgerlichen Blick, »ich habe ihm nichts gesagt, und er hat nicht gefragt. Seine Söhne waren bei uns, als das Dorf der FeldMagi niederbrannte. Sie haben auch den Schwur geleistet. Du ... Ach, schon gut.« Er verstummte.

»Du was?« fragte Joram.

»Nichts«, wehrte Mosiah verdrossen ab. *Du kannst ihm vertrauen*, hatte er sagen wollen, doch ein Blick in Jorams maskenhaft starres Gesicht bewog ihn, es für sich zu behalten.

Das verstohlene Lächeln glomm in den braunen Augen, als wäre es der Abglanz der ersterbenden Flammen des kleinen Herdfeuers. Joram wußte, was sein Freund hatte sagen wollen und weshalb er schwieg.

»Was ist mit dem Posten?«

»Brav wie ein Schaf, liegt er im Schlaf«, verkündete Simkin stolz. Er war hochzufrieden mit diesem Reim, an dem er den ganzen Abend gefeilt hatte. »Ich – oh, Almin zum Gruße, Pater. Da hinten im Schatten habe ich Euch gar nicht bemerkt. Ihr versteht es schon recht gut, Euch in dunklen Winkeln herumzudrücken. Aber wie seht Ihr denn aus? Ganz blaß und elend. Immer noch die Erkältung? Meine bin ich glücklicherweise los. Blachloq *und* eine Schnupfennase wären in der Tat des Schlechten zuviel.«

Saryon erwiderte nichts; Simkins Worte drangen gar nicht in sein Bewußtsein. Er lauschte dem Wind, der um das Gefängnis strich wie ein hungriges Raubtier, das Beute wittert.

Schon einmal, vor langer Zeit, hatte Saryon den Wind reden gehört. Damals flüsterte er: »Der Prinz ist tot ... Der Prinz ist tot ...«, und seine Stimme klang traurig und kummervoll. Jetzt kreischte und heulte er: »Tot, tot, tot!« in wildem Triumph, wie vor Entzücken darüber, ihn quälen zu können.

»Saryon ...«

Der Wind sprach zu ihm, rief ihn beim Namen!

»Saryon!«

Er fuhr zusammen und schaute sich verwirrt um. »Es – es tut mir leid«, murmelte er undeutlich. »Ich war – ich habe – ist es soweit?«

»Ja.« Jorams Stimme war kälter als die des Windes. »Simkin ist gegangen, und für uns wird es auch Zeit.«

»Pater, wartet einen Moment. Ihr könnt so nicht in dieses Wetter hinaus.« Mosiah nahm seinen durchnäßten Umhang ab und reichte ihn Saryon.

»In der Schmiede kann er sich nach Herzenslust aufwärmen«, knurrte Joram gereizt, doch Mosiah stellte sich taub und half dem Katalyten trotz seiner Proteste, den Umhang über die schäbige Kutte zu legen.

»Seid ihr endlich fertig?« fragte Joram. Ohne eine Antwort abzuwarten, öffnete er vorsichtig die Tür und spähte nach draußen, aber in dieser stürmischen Nacht trieben nur Wind, Hagel und Regen auf der Straße ihr Unwesen. Gedankenlos warf sich Joram den Umhang, den Mosiah ihm in die Hand drückte, über die Schultern, dann trat er in das Unwetter hinaus, dessen Wildheit sich in den Zügen des jungen Mannes widerzuspiegeln schien.

Saryon folgte ihm langsam und wie von einer schweren Last niedergedrückt.

»Der Almin sei mit euch«, sagte Mosiah leise.

Saryon schüttelte den Kopf.

Als hätte er nur auf ihn gewartet, stürzte sich der Sturm brüllend auf den Katalyten. Wie mit spitzen Krallen drang der Regen durch Umhang und Kutte, der Hagel verbiß sich mit Zähnen aus Eis in sein Fleisch. Nur der Wind hatte nicht die Absicht, ihn zu verschlingen, sondern folgte einem anderen Plan, wie es schien. Er heftete sich an seine Fersen, hauchte ihm seinen kalten Atem in den Nacken und trieb ihn an. Saryon glaubte fast, wenn er den Versuch machte, von dem dunklen Pfad, den er eingeschlagen hatte, abzuweichen, würde der Wind sich ihm in den Weg stellen und nach seinen bloßen Knöcheln schnappen, um ihn zurückzutreiben wie ein verirrtes Schaf zur Herde.

Tod, Tod, Tod ...

»Verdammt, Katalyt! Nun paßt doch auf!« Jorams Stimme traf ihn wie ein Hieb, aber seine kräftige Hand stützte Saryon, der in seiner blinden Verzweiflung beinahe in eine mit eiskaltem Wasser gefüllte Mulde am Straßenrand gestolpert wäre.

»Es ist nicht mehr weit«, sagte Joram dicht an seinem Ohr,

um nicht gegen das Sturmgeheul anschreien zu müssen. Saryon schaute ihm durch den Vorhang des niederprasselnden Regens blinzelnd ins Gesicht und sah, daß der junge Mann die Zähne zusammengebissen hatte, aber nicht wegen des Unwetters und der Kälte, sondern wegen der Erregung, die in seinem Innern tobte. Saryon wandte seltsam bedrückt den Blick ab und sah, wie von den Worten des Jungen heraufbeschworen, die Höhle aus der Dunkelheit auftauchen, in der sich die Schmiede befand. Die rotglühenden Kohlen in der Feuerstelle starrten den Katalyten an wie die Augen eines Ungeheuers, das ihn seit langem verfolgte.

Joram schob die schwere Tür aus dicken Bohlen ein Stück zur Seite, damit sie eintreten konnten, doch statt sich dankbar in die Wärme und den Schutz der rötlichen Dunkelheit zu flüchten, zögerte Saryon. Noch hatte er die Möglichkeit, kehrtzumachen und wegzulaufen. Er konnte in den Schoß der Kirche zurückkehren. *Obedire est vivere. Vivere est obedire.* Ja! Es war so einfach! Er würde gehorchen. Hatten Katalyten das nicht immer getan, ohne zu fragen?

Aber der Wind lachte ihn nur aus, verhöhnte ihn, und Saryon begriff, daß dieser Sturm seit jenem ersten Flüstern damals unerbittlich am Horizont heraufgezogen war, um sich jetzt mit hemmungslosem Triumph über seinem Haupt zu entladen. Der Wind zerrte an seinem Umhang und stieß ihn mit einem schrillen Aufheulen über die niedrige Schwelle aus gewachsenem Fels in die von Kohlenglut rot angehauchte Schwärze.

Hinter ihm schloß Joram die Tür und ging an die Arbeit, ohne sich weiter um ihn zu kümmern. Saryon, der in der Wärme der Schmiede allmählich zu sich kam, betrachtete seine Umgebung mit einer Faszination, die zu leugnen er nicht mehr die Kraft oder den Willen hatte. Seltsame Werkzeuge schimmerten in dem wabernden Glast des Schmiedefeuers. Die Kinder dieser unheiligen Vereinigung lagen am Boden verstreut – Hufeisen, Zaumzeug, zerbrochene

Nägel, halbfertige Messer, eiserne Töpfe. Joram stand völlig unter dem Bann dessen, was er tat, und schien den Katalyten vergessen zu haben, der in einem stillen Winkel saß, dem fauchenden Atem des Blasebalgs lauschte, und plötzlich merkte, daß er den Wind nicht mehr hören konnte.

Das Unwetter tobte weiter, als hätte der Sieg über den Katalyten ihm neue Kraft verliehen. Der Wind fegte durch die Gassen, riß Zweige von den Bäumen und Ziegel von den Dächern. Regen trommelte drohend gegen jede Tür, Hagel prasselte gegen die Fenster. In dem großen Haus auf dem Hügel über der Siedlung der Technologen fand das Wetter jedoch keine Beachtung. Dort konzentrierte man sich auf die Feinheiten des Spiels und schenkte den Unwägbarkeiten drinnen erheblich mehr Aufmerksamkeit als den Launen der Natur draußen.

»Und Trumpfkönigin! Das überbietet deinen Buben, Simkin, und die nächsten beiden Stiche gehören mir!« Blachloq legte eine Karte auf den Tisch, lehnte sich zurück und schaute Simkin erwartungsvoll an. »Wie geht es übrigens unseren Gefangenen?« erkundigte er sich beiläufig.

Simkin blickte von der abgelegten Karte mit einiger Verwirrung auf sein eigenes Blatt. »Sie vertreiben sich die Zeit damit, Komplotte gegen Euch zu schmeiden, O Unüberwindlicher«, antwortete er schulterzuckend.

»Wie ich es mir gedacht habe.« Blachloq lächelte und strich sich mit der Spitze des Zeigefingers über den blonden Oberlippenbart. »Was haben sie vor?«

»Euch umbringen.« Mit einem unschuldigen Augenaufschlag legte Simkin eine Karte auf die abgelegte Königin des Hexenmeisters. »Ich opfere den, um meinen Buben zu retten.«

Blachloqs ausdrucksloses Gesicht verhärtete sich. Unter dem Schnurrbart preßten sich die farblosen Lippen zu einem messerscharfen Strich zusammen. »Der Narr! Die Karte ist bereits gespielt worden!«

»Aber nein, alter Freund«, meinte Simkin gähnend. »Ihr müßt Euch irren.«

»Unmöglich«, wies Blachloq ihn kalt zurecht. »Ich verfolge mit größter Aufmerksamkeit die Reihenfolge, in der die Karten abgelegt werden. Der Narr ist ausgespielt worden, ich bin mir sicher. Drumlor hat ihn geopfert, um seinen König zu schützen.« Der Hexenmeister schaute seinen Gefolgsmann stirnrunzelnd an und wartete auf dessen Bestätigung.

»Ja – ja«, stammelte Drumlor. »Ich – ich ... Das heißt ...«

Drumlor, der nur als dritter Mann zum Mitspielen aufgefordert worden war, mochte das Spiel nicht und brachte nicht das geringste Interesse dafür auf. Wie viele seiner Kameraden hatte er die Regeln lernen müssen, um Blachloq gegebenenfalls als Partner zur Verfügung zu stehen. Solche Abende waren zermürbende Erfahrungen für den Bedauernswerten, der sich kaum an die letzte abgelegte Karte entsinnen konnte, geschweige denn an das, was er vor zehn Runden ausgespielt hatte.

»Wahrhaftig, Blachloq, der einzige Narr, an den dieser Strohkopf sich erinnert, ist der, dessen Gesicht ihn heute morgen aus dem Spiegel angegrinst hat. Wenn Ihr unbedingt ein Pedant sein wollt, dann überprüft die abgelegten Karten. Es ändert ohnehin nichts.« Simkin warf sein Blatt auf den Tisch. »Ihr habt gewonnen. Wie immer.«

»Das ist es nicht«, entgegnete Blachloq, drehte Simkins Karten um und legte sie in einer Reihe aus, »es ist das Spiel an sich – die Fähigkeit, den Gegner zu überlisten. Du solltest es wissen, Simkin. Du und ich, wir lieben das Spiel um des Spiels wegen, nicht wahr, mein Freund?«

»Ich versichere Euch, das Spiel ist der einzige Grund, weshalb ich das Dasein auf diesem elenden Fleck / aus Gras und Dreck – Ha! Wieder einer! Eckermann, schreibt auf! – überhaupt noch ertrage.« Simkin reckte sich gemächlich. »Ohne diesen kleinen Lichtblick wäre das Leben dermaßen öde, daß man sich genausogut zusammenrollen und in den Fluß fallen lassen könnte.«

»Die Mühe werde ich dir eines Tages ersparen, Simkin«, beruhigte ihn Blachloq liebenswürdig, während er mit geschickten, knappen Bewegungen seiner schmalen Hände mischte. »Ich dulde niemanden um mich, der fälschlich glaubt, mich hinters Licht führen zu können.« Er schnippte eine Karte zu Simkin hinüber. Jetzt lagen zwei Trümpfe mit dem Bild des Narren auf dem Tisch.

»Das ist nicht *meine* Schuld«, verteidigte sich der junge Mann beleidigt. »Schließlich sind es Eure Karten. Es würde mich nicht wundern, wenn *Ihr* versucht hättet, *mich* zu beschummeln.« Er schniefte, und wie auf Kommando erschien das orangefarbene Tuch in seiner Hand. »Scheußliches Wetter draußen.« Er betupfte sich die Nase. »Bestimmt habe ich mich erkältet.«

Eine besonders heftige Bö traf das Haus; die Balken knarrten. Ganz in der Nähe ertönte ein Krachen, ein abgebrochener Ast fiel zu Boden. Blachloq mischte und schaute währenddessen aus dem Fenster. Plötzlich richtete er sich auf.

»In der Schmiede brennt das Feuer.«

»Ja«, sagte Drumlor und fuhr auf seinem Stuhl ruckartig in die Höhe. Während des kleinen Geplänkels, das ihn nichts anging, war er allmählich eingenickt und immer weiter zur Seite gesunken. Es kostete ihn einige Mühe, sich wieder zu besinnen. »Der Schmied hat einigen seiner Gesellen befohlen, länger zu arbeiten.«

»Aha.« Blachloq ordnete die Karten zu einem adretten Stapel, den er Simkin hinüberschob. »Du gibst. Und vergiß nicht, ich habe ein Auge auf dich. Welche Männer sind es?«

»Joram«, warf Simkin ein und forderte Drumlor mit einer Handbewegung auf, abzuheben.

In Blachloqs Wange zuckte ein Muskel, seine Augen wurden schmal. Die Hand, die ruhig auf dem Tisch gelegen hatte, spannte sich. »Joram?« wiederholte er.

»Joram. Ein hoffnungsloser Spieler, nebenbei bemerkt«, meinte Simkin mit einem halb unterdrückten Gähnen. »Zu ungeduldig. Läßt sich viel zu leicht verlocken, seine Trümpfe verfrüht auszuspielen, statt sie später einzusetzen, wenn sie ihm größeren Nutzen bringen.«

Simkin begann auszuteilen, aber seine Aufmerksamkeit galt Blachloqs Mienenspiel und nicht den Karten.

»Und der Katalyt?« Der Hexenmeister starrte durch das Fenster auf den verschwommenen roten Klecks des Schmiedefeuers, der in unregelmäßigen Abständen aufleuchtete und wieder erlosch.

»Ein ernstzunehmender Spieler, auch wenn man es auf den ersten Blick nicht annehmen sollte«, erwiderte Simkin mit halblauter Stimme, und statt weiter zu geben, mischte er geistesabwesend die Karten. »Der gute Pater spielt genau nach Vorschrift, mein Freund.« Simkins Mund verzog sich zu einem Lächeln. »Machen wir Schluß für heute. Das Spiel fängt an, mich unsäglich zu langweilen.«

Drumlor bedachte Simkin mit einem Blick tiefempfundener Dankbarkeit.

»Ich werde Euch statt dessen die Zukunft vorhersagen, einverstanden?«

»Du weißt, daß ich nicht ...« Blachloq wandte die Augen vom Fenster ab und musterte Simkin. »Also gut«, sagte er unvermittelt.

Eine neue Bö umtoste das Haus. Regen versuchte durch den Schornstein einzudringen und verdampfte zischend im Feuer. Drumlor faltete die Hände über dem Bauch und nickte wieder ein. Simkin schob Blachloq das Kartenpäckchen zu.

»Hebt ab ...«

»Schnickschnack!« antwortete der Hexenmeister kalt. »Komm zur Sache.«

Simkin zuckte nur mit den Schultern und zog den Stapel wieder zu sich heran.

»Die erste Karte zeigt Eure Vergangenheit«, sagte er und deckte sie auf. Eine Gestalt mit der Mitra auf dem Haupt saß auf einem Thron zwischen zwei Säulen. »Der Hohepriester.« Simkin hob eine Augenbraue. »Nun, das ist merkwürdig …«

»Weiter.«

Simkin drehte die zweite Karte um. »Dies ist die Gegenwart. Der abgewandte Magus. Jemand, der magische Kräfte besitzt, aber nicht …«

»Überlaß die Deutung mir«, unterbrach ihn Blachloq, den Blick auf die Karten geheftet.

»Die Zukunft.« Simkin wandte die dritte Karte um. »König der Schwerter.«

Blachloq lächelte.

Das dunkle Schwert

»Was für eine ungewöhnliche Farbe es hat«, murmelte Saryon. »Geschmolzenes Eisen glüht rot, dieses ist weiß. Woran mag es liegen? Wahrscheinlich an der untschiedlichen Zusammensetzung. Wenn ich mich nur eingehender damit befassen könnte ... Jetzt ganz vorsichtig. Genau abmessen. Langsam.« Er wagte kaum zu atmen, als könnte schon ein Hauch bewirken, daß Jorams Hand zitterte und das Maß verfälschte.

»Das scheint mir nicht genug zu sein«, meinte Joram mit gerunzelter Stirn.

»Doch, doch!« Unwillkürlich streckte Saryon die Hand aus, um dem jungen Mann Einhalt zu gebieten. »Du wirst noch alles verderben!«

Joram warf ihm mit hochgezogenen Augenbrauen einen kalten Blick zu und stellte den Tiegel mit dem flüssigen Metall zur Seite.

Erleichtert holte der Katalyt tief Atem. »Und jetzt ...«

»Was jetzt zu tun ist, weiß ich«, schnitt ihm Joram das Wort ab. »Ich verstehe mein Handwerk.« Er goß die Legierung in eine Form aus Lehm, die von Holzbrettern zusammengehalten wurde.

Saryon schaute zu und schluckte erregt. Sein Mund war trocken, er schmeckte Eisen und leerte durstig einen Becher mit Wasser. Die Hitze in der Schmiede war erdrückend. Seine Kutte war schwarz von Ruß und naß von Schweiß. Joram hatte sein Hemd ausgezogen, sein nackter Oberkörper schimmerte rötlich; das von einem ledernen Stirnband gebändigte Haar ringelte sich feucht um sein Gesicht. Während er den jungen Mann bei der Arbeit beobachtete, spürte Saryon wieder diesen nadelfeinen Schmerz, als etwas in seiner Erinnerung sich regte.

Solche Haare hatte er schon einmal gesehen. Es war lange her, in – in ... Schon glaubte er, die Erinnerung gepackt zu haben, doch sie entzog sich ihm, und so sehr er sich auch das Gedächtnis zermarterte, sie blieb verschwunden.

»Warum starrt Ihr mich so an? Wie lange muß es noch abkühlen?«

Saryon kehrte mit einem Ruck in die Wirklichkeit zurück. »Oh, es tut mir leid«, sagte er verwirrt. »Ich war mit den Gedanken – woanders. Was hast du gefragt?«

»Wie lange es noch abkühlen muß ...«

»Eine halbe Stunde.« Als er sich steifbeinig erhob, kam ihm plötzlich zu Bewußtsein, daß er sich seit einer geschlagenen Stunde nicht von der Stelle gerührt hatte, und er beschloß nachzusehen, ob es immer noch stürmte. Aus den Augenwinkeln sah er Joram nach dem Zeitmesser greifen, und es war ein Beweis für seines Geistesabwesenheit, daß er nur einen kurzen Blick dafür übrig hatte. Als Andon ihm zum erstenmal ein ›Stundenglas‹ reichte, war er fasziniert gewesen von der bewunderungswürdigen Einfachheit des Geräts.

Er spürte die Kälte, noch bevor er den Höhleneingang erreicht hatte. So bitter sie auf dem Weg vom Gefängnis hierher gewesen war, im Vergleich zu der Hitze, die in der Schmiede herrschte, empfand er sie als unerträglich. Er hörte wieder den Wind heulen, aber es klang gedämpft, als wäre das Untier draußen angekettet und winselte darum, eingelassen zu werden.

Kopfschüttelnd kehrte Saryon zum Amboß zurück, wo Joram damit beschäftigt war, die Spuren ihrer Tätigkeit zu beseitigen.

»Wieviel Arkanum existiert eigentlich?« erkundigte sich der Katalyt und schaute zu, wie Joram den Rest des gemahlenen Erzes sorgsam in einen kleinen Beutel fegte.

»Das weiß ich nicht. Ich habe diese paar Brocken in dem stillgelegten Schacht unter Andons Haus entdeckt. Nach dem, was ich in den Büchern gelesen habe, gab es hier in der Gegend ein großes Vorkommen. Das ist natürlich auch der Grund, weshalb die Technologen nach dem Ende des Krieges hierher gekommen sind. Sie wollten neue Waffen schmieden, zurückkehren und Vergeltung üben an jenen, die sie in Tod und Elend getrieben hatten.«

Saryon fühlte den anklagenden, durchdringenden Blick der dunklen Augen, doch er zuckte nicht davor zurück. Er wußte inzwischen genug, um der Überzeugung zu sein, daß sein Orden recht daran getan hatte, die Schwarze Magie als Ketzerei zu brandmarken und dieses gefährliche Wissen auszumerzen.

»Warum taten sie es nicht?« fragte er.

»Es gab so viel anderes zu tun«, erklärte Joram tonlos, »wie zum Beispiel überleben. Die Zentauren und all die anderen mutierten Geschöpfe abzuwehren, die von den Magi Bellorum erschaffen und dann sich selbst überlassen worden waren. Es folgten Hunger und Krankheiten. Die wenigen Katalyten, die mit ihnen gekommen waren, starben ohne Nachfolger. Es hat bestimmt nicht lange gedauert, bis die Leute über dem verzweifelten Ringen mit der Gegenwart, Vergangenheit und Zukunft vergessen hatten. Es wurden keine Aufzeichnungen mehr gemacht. Wozu? Ihre Kinder konnten nicht lesen, für solche Dinge war keine Zeit. Allmählich verloren sich sogar die Erinnerungen und die alten Fertigkeiten, und mit ihnen starb die Vision, zurückzukehren und Rache zu nehmen. Geblieben sind nur das Mnemore und ein paar Steine.«

»Aber Gesänge dienen der Bewahrung der Tradition, sicherlich hätte man sie auch dazu benutzen können, das Wissen zu bewahren«, argumentierte Saryon behutsam. »Und wenn du dich irrst, Joram? Wenn diese Menschen begriffen hätten, welches Unglück sie beinahe über die Welt gebracht hätten und aus freiem Willen den Entschluß faßten, es nie mehr so weit kommen zu lassen.«

»Pah!« Joram hatte den Tiegel zwischen dem Gerümpel versteckt und drehte sich herum. »In den Gesängen ist der Schlüssel zu dem Wissen enthalten. Auf diesem Weg hofften die Weisen, ihn weiterzugehen, als sie das Dunkel der Unwissenheit hereinbrechen sahen. Und das ist der Punkt, der Eure scheinheilige Theorie widerlegt, Katalyt. Es *gibt* Hinweise in den Gesängen – für jeden, der Ohren hat zu hören. Das hat mich auf den Gedanken gebracht, in den Büchern zu stöbern. Für die Nigromanten«, er deutete mit der ausgestreckten Hand auf die kleine Siedlung außerhalb der Schmiede, »sind die Gesänge weiter nichts als unverständliche Worte, geheimnisvoll und magisch vielleicht, aber im Grunde genommen eben nur Worte.«

Saryon schüttelte beharrlich den Kopf. »Dann müßte aber doch schon vor dir jemand das erkannt haben.«

»Aber ja«, antwortete Joram lebhaft. »Andon und Blachloq. Der alte Mann wußte von den Hinweisen auf die so gewissenhaft bewahrten Bücher.« Joram zuckte mit den Schultern. »Aber er konnte nicht lesen. Fragt ihn irgendwann einmal, Saryon, nach der bitteren Enttäuschung, die an ihm nagte. Hört zu, wenn er davon erzählt, wie er in den Schacht hinunterstieg und die stummen Bücher anstarrte, wie er sie in hilflosem Zorn verfluchte, denn sie enthielten das Wissen, das seinem Volk helfen konnte, wertvoller als der Staatsschatz des Kaisers und ebenso unerreichbar – für jeden, der den Schlüssel nicht hatte.«

Joram sprach mit einer leidenschaftlichen, eindringlichen Intensität, die Saryon an dem sonst schweigsamen, verschlossenen jungen Mann überraschte. Als Joram den Schlüssel erwähnte, schlossen seine Finger sich um einen unsichtbaren Gegenstand; in seinen Augen brannte eine fieberhafte Erregung.

Den Katalyten überlief ein unbehagliches Frösteln. Ja, nun besaß er den Schlüssel. Und er, Saryon, hatte ihm gezeigt, wie er ins Schloß paßte.

»Und wie war das mit Blachloq?« fragte er.

»Schon als er das erste Mal das Mnemore hörte, sagt Andon, wurde er auf die Hinweise aufmerksam und schloß daraus auf das Vorhandensein der Bücher. Aber der alte Mann, der Blachloq von Anfang an fürchtete, weigerte sich, ihm zu sagen, wo sie verborgen waren. Das muß für den Hexenmeister schwer zu ertragen gewesen sein.« Die Ahnung eines Lächelns huschte über Jorams Gesicht. »Ein Meister in der Kunst der ›Überredung‹, und doch kann er es nicht wagen, davon Gebrauch zu machen, weil sonst die ganze Gemeinschaft sich gegen ihn erheben würde.«

»Er hat abgewartet«, meinte Sayron leise. »Mittlerweile hat er die Menschen hier so fest im Griff, daß er sich nehmen kann, was er haben will.«

Joram antwortete nicht; sein Blick war starr auf die Lehmform gerichtet, nur hin und wieder schaute er ungeduldig auf das Stundenglas. Auch Saryon schwieg, seine Gedanken führten ihn auf Wegen, die er lieber nicht beschreiten wollte. Die Stille wurde so tief, daß ihm sein eigener Atem überlaut in den Ohren klang und er sich einbildete, hören zu können, wie der Sand durch den Hals des Stundenglases rieselte.

Die Frist war abgelaufen. Langsam stand Joram auf, trat zu der Lehmform, die auf dem Boden lag, starrte sie an und wog den Hammer in beiden Händen.

»Und du?« fragte Saryon plötzlich, als wäre diese Frage ein letzter Versuch, das Unvermeidliche hinauszuschieben. »Warum hat Andon dir die Bücher gezeigt?«

Joram hob den Blick. Seine dunklen Augen glühten, als wäre auch ihr kaltes Erz im Feuer der Schmiede erhitzt worden. »Hat er nicht. Simkin war es.«

Mit einem Schlag zerschmetterte Joram die Gußform. Der Widerschein des Feuers glänzte auf seiner schweißbedeckten Haut, als er vor dem dunklen Gegenstand inmitten der Scherben und Holzsplitter in die Hocke ging.

»Vorsicht, die Hitze ...« warnte Saryon und kam näher.

»Es ist nicht heiß«, flüsterte Joram ehrfürchtig. Er hatte den Gegenstand noch nicht berührt, sondern hielt die flache Hand prüfend darüber. »Kommt her, Saryon. Seht Euch an, was wir geschaffen haben!«

In seiner Begeisterung vergaß er die feindselige Zurückhaltung gegenüber dem Katalyten, ergriff seinen Arm und zog ihn näher heran.

Was hatte er erwartet? Saryon wußte es selbst nicht. In den alten Büchern hatte er Abbildungen von Schwertern gesehen – detaillierte Zeichnungen gebogener Klingen, kunstvoll ziselierter Griffe, ausgeführt in liebevollem Gedenken an jene, die diese Werkzeuge der Finsternis einst in der Hand gehalten hatten.

Es überraschte Saryon, daß die Zeichnungen ihm so deutlich gegenwärtig waren, obwohl er sich wieder und wieder gesagt hatte, daß es Werkzeuge der Finsternis waren, Werkzeuge des Todes. Doch in diesem Moment schmerzlicher Enttäuschung mußte er sich eingestehen, daß ihre elegante Zweckmäßigkeit ihn beeindruckt hatte, und er insgeheim begierig darauf gewesen war, es den alten Künstlern gleichzutun.

Es war mißlungen. Saryon riß sich unwillig von Joram los. Was da auf dem Felsboden lag, war nicht schön. Es war häßlich. Eine wahrhaftige Ausgeburt der Finsternis, ein Werkzeug des Todes, keine silberne, strahlende Klinge des Lichts.

Natürlich wußte Saryon, daß die Schmiede früherer Zeiten auf jahrhundertelange Erfahrung zurückgreifen konnten. Joram hingegen war ein Lehrling ohne Lehrer, der ihn unterwies und anleitete. Was er hervorgebracht hatte, sah aus, als stammte es aus der Anfangszeit des Schmiedehandwerks.

Sein Schwert war in einem Stück gegossen und besaß weder Eleganz noch Form. Die Klinge war vom Griff kaum zu unterscheiden. Eine kurze Parierstange mit stumpfen Enden trennte das eine vom anderen. Der Griff war leicht gerundet, damit er besser in der Hand lag, und Joram hatte auf Saryons Rat hin am oberen Ende eine Art Kugel angefügt, um die Waffe auszubalancieren.

Doch es war nicht allein das plumpe, unfertige Aussehen der Waffe, das Saryon abstieß.

Das Schwert strahlte etwas Böses, etwas Teufliches aus. Wie ein Leichnam lag es zu seinen Füßen, die Verkörperung seines Sündenfalls.

»Vernichte es!« stieß er mit rauher Stimme hervor und streckte selbst die Hand aus, um es zu greifen und in das rotglühende Herz des Feuers zu schleudern, als Joram ihn zur Seite stieß.

»Seid Ihr verrückt?«

Saryon verlor das Gleichgewicht und stolperte rücklings gegen einen Stapel hölzerner Zwingen. »Nein, zum erstenmal seit Tagen bin ich wieder ganz bei Verstand!« rief er hohl. »Vernichte es, Joram! Vernichte es, oder es wird dich vernichten!«

»Versucht Ihr Euch jetzt auch als Prophet?« höhnte Joram zornig. »Ihr macht Simkin Konkurrenz!«

»Ich brauche keine bunten Karten, um die Zukunft dieser Waffe vorherzusehen!« rief Saryon und deutete mit dem bebenden Finger darauf. »Sieh es doch an, Joram. Sieh es an! Du magst tot sein, aber in deinen Adern pulsiert Leben. Du denkst, du fühlst! Dieses Schwert ist *tot*. Und es wird nichts anderes bringen als Tod!«

»Nein, Katalyt«, sagte Joram, und seine Augen waren so dunkel und kalt wie das Schwert. »Denn Ihr werdet ihm Leben einflößen.«

»Nein.« Saryon schüttelte entschieden den Kopf. Er suchte nach den Worten, um Joram zu überzeugen, doch er vermochte den Blick nicht von dem Schwert loszureißen.

»Ihr *werdet* ihm Leben gewähren, Katalyt«, wiederholte Joram leise und hob die Waffe ungeschickt auf. »Ihr sprecht sehr klug vom Tod, Katalyt. Und Ihr habt recht. Dieses Schwert ist ein toter und todbringender Gegenstand. Aber es hat eine zweischneidige Klinge. Sie bedeutet auch Leben. Leben für Andon und die seinen, ganz zu schweigen von all den anderen da draußen, die Blachloq unter seine Faust zwingen will.«

»Das ist dir doch völlig gleichgültig!« beschuldigte ihn Saryon schweratmend.

»Mag sein.« Joram richtete sich auf, schüttelte das lange Haar aus dem Gesicht und starrte Saryon kalt in die Augen. »Ist es nicht jedem gleichgültig? Dem Kaiser? Eurem Bischof? Sogar Eurem Gott? Nein, der einzige, der Mitleid hat, der sich verantwortlich fühlt, seid Ihr, Katalyt. Und das ist Euer Pech, nicht meins. Weil Ihr Mitleid habt, werdet Ihr tun, was ich verlange.«

Saryon fühlte sich wie vor den Kopf geschlagen. Worte drängten sich ihm auf die Lippen, aber er brachte sie nicht heraus. Wie war es möglich, daß dieser Junge ihm bis in den tiefsten Abgrund seiner Seele schauen konnte?

Als er das verstörte Gesicht des Katalyten sah und den Ausdruck der Hilflosigkeit in seinen aufgerissenen Augen, lächelte Joram wieder sein unfrohes Lächeln.

»Ihr behauptet, wir hätten den Tod in die Welt gebracht«, sagte er. »Ich behaupte, der Tod war vor uns da, und wir brachten das Leben.«

Das Schwert lag auf dem Amboß. Joram hatte es nochmals ins Feuer gelegt und erhitzt, bis das Metall sich bearbeiten ließ. Es glühte dunkelrot.

Mit geübten Schlägen hämmerte der junge Mann die Klinge in Form, um ihr nach dem Härten und Auskühlen auf dem Schleifstein die Schärfe zu geben.

Saryon schaute mit trüben, brennenden Augen zu, aufgewühlt bis ins Innerste. Sein Herz pochte im Takt der Hammerschläge, die seinen Körper erschütterten.

Leben – Tod – Leben – Tod ... Er hatte sich geirrt. Das Schwert war nicht tot. Es lebte, zuckte und hüpfte und tanzte auf dem Amboß wie aus entsetzlicher Freude über jeden Hammerschlag, der es der Vollendung näherbrachte. Der Lärm zerrte an den Nerven, aber als Joram schließlich den Hammer beiseite legte, war die furchtbare Stille unerträglicher als das Klingen von Metall auf Metall. Joram nahm das Schwert mit einer großen Zange vom Amboß und sah den Katalyten an, der die Hände in den Kuttenärmeln geborgen hatte und trotz der Hitze des Feuers fror bis ins Mark.

»Es ist soweit, Katalyt«, sagte Joram. »Gewährt mir Leben.« Es war eine höhnische Nachahmung von Blachloqs Tonfall.

Saryon schloß die Augen, aber die rote Glut des Schmiedefeuers verfolgte ihn. Jorams Bild schien in Blut zu schwimmen, eine undeutliche schwarze Silhouette, während das Schwert in seiner Hand ein unheiliges grünes Leuchten verströmte. Noch andere Bilder tauchten aus diesem blutigen

Nebel auf: der junge sterbende Diakon, Andon, der an den Schandpfahl gebunden war, und Mosiah, der weglief, aber nicht schnell genug, um seine Verfolger abzuschütteln.

Nicht wir haben den Tod in die Welt gebracht …

Saryon zögerte. Er sah den Bischof vor sich, wie er den kleinen Prinzen zum Tod verurteilte; und er sah all die Kinder, die er selbst zum Tod verurteilt hatte.

Vielleicht hatte die Welt nur in jedem einzelnen dieser Kinder existiert.

Saryon fühlte sich von Schweigen und Stille umschlossen. Er konnte sein Herz schlagen hören, als wäre es ein Hammer in seiner Brust. Mit einem tiefen Atemzug öffnete Saryon sich der Magie, spürte, wie sie in ihn einströmte, ihn erfüllte und doch keinen Halt in ihm fand. Er stand von seinem Platz auf und ging zu Joram hinüber.

»Leg das Schwert vor mir auf den Boden«, versuchte er zu sagen, aber es wurde nur ein kaum hörbares Flüstern daraus.

Wie er es zum Lobpreis des Morgens tat, kniete Saryon vor dem Schwert auf dem nackten Felsboden der Schmiede nieder. Seine Hand zitterte, als er sie nach der Waffe ausstreckte. Er zögerte, sie zu berühren, aus Angst, sich zu verbrennen, aber die magische Legierung war bereits kalt und erstarrt. Die bittere Kälte des Eisens durchzuckte seinen Arm und traf sein Herz wie der Schlag einer geballten Faust, aber Saryon hielt das Schwert fest, erfüllt von einer Ekstase des Geistes, die das schwache Fleisch überwand. Er sprach das Gebet, das mit der Gewährung von Leben einherging und fühlte die Magie der Welt durch seinen Körper in das von Menschenhand geschaffene, mißgestaltete Gebilde aus Metall strömen.

Das Schwert in seiner Hand begann zu glühen, diesmal weiß wie das flüssige Arkanum. Immer gleißender wurde das Strahlen, bis das Metall heiß genug zu sein schien, um den gewachsenen Fels zu schmelzen, auf dem es lag, trotzdem fühlte sich der Griff, den der Katalyt umfaßt hielt, kühl an.

Er konnte sich nicht lösen! Er vermochte das Exeunt nicht abzubrechen! Wie ein lebendes Wesen nahm das Schwert die Magie in sich auf, saugte ihn aus und benutzte ihn dann, um das Leben aller Elemente zu absorbieren. Saryon rang nach Luft, er wurde schwächer und schwächer, und obwohl er mit aller Willenskraft versuchte, die Hand zu öffnen und das Schwert fallen zu lassen, gelang es ihm nicht, sich davon zu befreien.

»Joram!« flüsterte er. »Hilf mir!«

Doch Joram starrte auf das Schwert, dessen kalter, weißer Glanz die Höhle erfüllte, als wäre der Mond auf den Flügeln des Sturms zur Erde herniedergekommen.

Halb besinnungslos spürte Saryon, wie die Magie von außen gegen ihn anbrandete und ihn mit solcher Gewalt durchströmte, daß sie ihm mehr und mehr seiner eigenen Lebenskraft entriß. Dunkelheit senkte sich über ihn, während das weiße Feuer des Schwertes heller und heller erstrahlte.

Und dann umfaßten ihn kräftige Arme. Starke Hände zerrten ihn über den kalten Boden, halfen ihm, sich aufrecht hinzusetzen. Er konnte nichts sehen, ein grelles weißes Licht blendete ihn. Wo war das Schwert? Das weiße Licht schien aus weiter Ferne zu kommen, und doch glaubte er, das kalte Metall immer noch in der Hand zu spüren und *nie mehr* loslassen zu können.

Er hörte wieder das Tosen des Windes und fühlte seinen kalten Atem auf der Wange, also lag er vermutlich in der Nähe des Höhleneingangs, überlegte er matt. Plötzlich übertönte ein scharfes Zischen den Sturm, und als er verstört die Augen aufriß, sah er Joram das kalte und doch glühende Schwert in den Wasserbehälter tauchen. Eine weiße, übelriechende Dampfwolke stieg auf, wie ein Geist aus dem Leib der unheiligen Klinge.

Saryon schloß die Augen wieder, sein Verstand war zu erschöpft, um noch irgend etwas aufzunehmen. Das Licht, der weiße Dampf, Jorams bleiches Gesicht, all das vereinte sich zu einem wirbelnden, schwindelerregenden Mahlstrom. Der kalte Schweiß brach ihm aus, sein Magen krampfte sich zusammen, und bei jedem Atemzug hatte er das Gefühl, sich übergeben zu müssen.

Über dem Zischen und Brodeln des Wassers vernahm er Jorams geflüsterte, fast beschwörende Worte:

»Das Dunkle Schwert …«

Simkins Mißgeschick

Der Rückweg von der Schmiede durch das Grau des frühen Morgens wurde zu einem benommenen, fröstelnden Stolpern durch tiefen Morast. Der Sturm war abgeflaut, und es hatte aufgehört zu regnen. Die einzigen Laute in dem noch schlafenden Ort war das kurze Bellen eines pflichtbewußten Haushunds. Aber die Kälte war schneidend. Selbst das Gefängnis schien Saryon als ein Hort der Wärme und des Friedens, während er von Joram gestützt durch die fremden, dunklen Straßen wankte. Mit der anderen Hand hielt der junge Mann das Dunkle Schwert im Schutz des Umhangs eng an den Körper gedrückt.

Beide, Joram und Saryon, waren ausgebrannt, am Ende ihrer Kräfte. Doch jetzt erwachte in ihnen die plötzliche Angst, es könnte etwas Unvorhergesehenes geschehen sein. War der Posten aufgewacht und hatte nach den Gefangenen gesehen? War Mosiah ertappt worden? Wartete Blachloq vielleicht schon auf sie, geduldig wie die Katze auf die Maus? Die Angst nahm zu, je näher die beiden dem Gefängnis kamen. Als sie die Einmündung der breiten Gasse erreichten, in der das Gefängnis lag, zögerten sie, wichen in den Schatten zurück und musterten das Gebäude geraume Zeit, bis sie schließlich weiterzugehen wagten.

Alles schien ruhig zu sein. Im Fenster des Postens war kein Licht zu sehen, wie es doch zu erwarten gewesen wäre, wenn man ihn alarmiert hätte. Auch die Fenster des Gefängnisses waren dunkel.

»Alles in Ordnung«, meinte Saryon mit einem Seufzer der Erleichterung und wollte auf die Straße treten.

»Es könnte eine Falle sein«, warnte Joram, die Hand am Schwertgriff.

»Ich bin soweit, daß es mir fast gleichgültig ist«, sagte der Katalyt müde, aber er trottete gehorsam hinter ihm drein.

Joram ging voraus, das blanke Schwert in der Faust, obwohl er nicht genau wußte, was er damit tun sollte, wenn er angegriffen wurde. Auch seine Euphorie wich allmählich einem Gefühl der Erschöpfung und Niedergeschlagenheit. Die vertraute Schwermut ergriff wieder einmal von ihm Besitz.

Nichts war so gekommen, wie er gehofft hatte. Das Schwert war plump und ungeschickt. Er fühlte keinen Strom der Macht, wenn er es in der Hand hielt. Bei dem Versuch, es zu schärfen, mußte er einsehen, daß seine Finger, die so geschickt zu ›zaubern‹ vermochten, sich für eine solche Arbeit nicht eigneten. Bestimmt hatte er alles verdorben. Er war ein Narr zu hoffen, diese primitive, unschöne Waffe könnte stärker sein als Blachloqs magische Kraft.

Nach einem letzten, flüchtigen Blick zum Fenster des Postens drückte Joram behutsam die Tür auf und winkte Saryon ins Haus.

Mosiah saß am Tisch, den Kopf auf den Armen, und schlief. Vom Knarren der Tür und den leisen Schritten aufgeschreckt, fuhr er verschlafen in die Höhe.

»*Herrjeh* – Pater Saryon!« Der junge Mann stützte den Katalyten, der kaum noch imstande war, sich auf den Beinen zu halten. »Meine Güte, Ihr seht furchtbar aus! Was ist passiert? Wo ist Joram? Ist alles gutgegangen?«

Saryon konnte nur kraftlos nicken, während Mosiah ihn zu seinem Bett führte. »Ich hole Euch einen Schluck Wein.«

»Nein«, wehrte Saryon ab. »Ich will nichts. Nur schlafen.«

Nachdem er ihm geholfen hatte, sich hinzulegen, zog Mosiah eine Decke über den vor Kälte und Erschöpfung zitternden Katalyten und drehte sich herum, als er Joram die Tür schließen hörte.

»Pater Saryon geht es schlecht. Ist er verletzt? Du siehst auch nicht viel besser aus. Was ist denn passiert?«

»Nichts. Wir sind nur beide sehr müde. Hat es hier Schwierigkeiten gegeben?« Selbst diese wenigen Worte schienen Joram Mühe zu kosten. Er sah Mosiah nicken, ging zu seinem Bett, hob die Strohmatratze an und ließ etwas verschwinden, das er unter seinem Umhang hervorgeholt hatte.

Es lag Mosiah auf der Zunge zu fragen, was es war, aber da er die Anzeichen auf Saryons finsterem Gesicht zu deuten verstand, hielt er es für geraten zu schweigen. Außerdem war er gar nicht sicher, ob er es wirklich genau wissen wollte.

»Hier war alles ruhig«, sagte er statt dessen. »Nicht eine Menschenseele hat sich auf der Straße blicken lassen. Das Unwetter war furchtbar. Es hat die ganze Nacht gestürmt. Ich – ich muß eingedöst sein, als es draußen ruhiger wurde ...«

Mosiah verstummte, als er merkte, daß Joram nicht zuhörte, sondern sich aufs Bett geworfen hatte und mit blicklosen Augen zur Decke starrte. Saryon war bereits in unruhigen Schlaf gefallen. Er warf sich hin und her, stöhnte und murmelte unverständliche Worte. Erfüllt von einer merkwürdigen Unruhe ging Mosiah mit leisen Schritten durch das Zimmer, als ein Flüstern von draußen ihm einen kalten Schauer über den Rücken jagte.

»He, mach auf!«

Als er die Unruhe aus der gewöhnlich heiteren Stimme heraushörte, bekam die Angst, die Mosiah empfand, Zähne und Krallen. Nach einem raschen Blick auf Joram öffnete Mosiah die Tür, und Simkin schlüpfte herein.

»Mach sie gleich wieder zu, sei ein guter Junge. Ich bin ziemlich sicher, daß mich niemand gesehen hat.« Simkin huschte zum Fenster und spähte nach draußen. Er war kaum wiederzuerkennen, sein Gesicht kreidebleich.

»Alles ruhig«, flüsterte er. »Nun, das wird nicht lange so bleiben.«

»Was ist los? Was ist schiefgegangen?«

»Schlechte Neuigkeiten, fürchte ich«, meinte Simkin und drehte sich mit dem trüben Schatten seines gewohnten mutwilligen Lächelns zu Mosiah herum. »Ich habe gerade unserem guten Wächter drüben einen Besuch abgestattet, um nachzusehen, ob er eine ruhige Nacht hatte. Hatte er. *Sehr* ruhig, wenn du verstehst, was ich sagen will.«

»Nein«, antwortete Mosiah kurzangebunden. »Du mußt dich schon genauer ausdrücken.«

»Wie du willst.« Simkin nagte an seiner Unterlippe. »Dieser große Hornochse hat wahrhaftig die besondere Rücksichtslosigkeit besessen, uns einfach wegzusterben.«

»Wegzusterben?« Mosiah blieb der Mund offenstehen. Einen Augenblick lang war er wie gelähmt und zu nichts anderem fähig, als Simkin wortlos anzustarren, dann faßte er sich einigermaßen und trat neben Jorams Bett. »Wach auf!« flüsterte er drängend und schüttelte ihn. »Joram! Bitte! Es ist was passiert. Ich – wir brauchen dich! Joram!«

Langsam kehrte Jorams Blick aus dem trostlosen Nichts zurück, in dem seine Seele sich verloren hatte. »Was ist?«

»Der Posten! Simkin hat ihn getötet!«

Jorams braune Augen öffneten sich weit. Er setzte sich auf und schaute Simkin an. »Du solltest ihn betäuben!«

»Genau das habe ich getan«, verteidigte sich Simkin gekränkt.

»Was hast du ihm gegeben?«

»Bilsenkraut«, murmelte der nicht mehr so selbstsichere junge Mann.

»Bilsenkraut?« wiederholte Mosiah entsetzt. »Aber das ist giftig!«

»Für Hühner.« Simkin schniefte. »Ich hatte keine Ahnung, daß es auch für Hornochsen schädlich ist, obschon er ein greuliches Vieh war, wenn man's recht bedenkt.«

Mosiah setzte sich auf das Fußende von Jorams Bett und bemühte sich, einen klaren Gedanken zu fassen »Bist du sicher, daß er wirklich tot ist? Vielleicht schläft er nur besonders fest ...«

»Kalt und starr wie ein Bückling und mit weit offenen Augen? Nein, nein, er ist tot. Der Schlauch mit Bier lag noch gefüllt neben ihm. Wahrscheinlich ist er schon nach dem ersten Schluck umgefallen.« Simkin tippte sich mit dem Zeigefinger gegen die Nasenspitze. »Es könnte natürlich sein, daß ich das Rezept mit einem anderen verwechselt habe, das von der Gräfin de Longeville stammt. Wenn mich nicht alles täuscht, hat man ihren Gatten seinerzeit in einem ganz ähnlichen Zustand aufgefunden ...«

»Halt den Mund!« rief Mosiah entnervt. »Was sollen wir tun? Joram?« Er wischte sich den kalten Schweiß vom Gesicht. »Ich weiß! Wir verstecken den Leichnam. Schaffen ihn in den Wald ...«

Joram sagte nichts. Er saß auf der Bettkante, stützte den Kopf in die Hand und schaute teilnahmslos vor sich hin. Die Hiobsbotschaft hatte ihn nur vorübergehend aus seiner Niedergeschlagenheit herausgerissen.

»Das ist ein ausgezeichneter Plan, mein Junge«, lobte Simkin und schaute Mosiah bewundernd an. »Wirklich. Ich bin aufrichtig beeindruckt. Aber« – er hob die Hand, als Mosiah aufsprang und zur Tür wollte – »leider wird er uns nichts nützen. Ich war nicht allein, verstehst du, als ich den teuren Verblichenen entdeckte. Einer von Blachloqs Mannen, Drumlor mit Namen, leistete mir Gesellschaft, zusammen mit einem bemerkenswert guten Tröpfchen.« Simkin seufzte abgrundtief. »Ich fürchte, er nahm das Hinscheiden seines Spezies ziemlich schwer. Rannte gleich los, um der Nummer Eins Bericht zu erstatten. Echt erstaunlich, wie gut er noch zu Fuß war, dabei hatten wir recht ordentlich gepichelt …«

»Du meinst, Blachloq weiß Bescheid?«

»Hängt davon ab, *wie* schnell Drumlor …«

»Du Idiot!« Mosiah stürzte sich auf Simkin, packte ihn bei seinen spitzenbesetzten Revers und stieß ihn gegen die Wand. »Du verdammter Idiot! Was tun wir jetzt?«

»Nun, mich dünkt es empfehlenswert, das vierte Mitglied unseres munteren Quintetts zu wecken«, schlug Simkin vor und glättete mit der Miene verletzten Stolzes den zerknüllten Spitzenbesatz. »Es übersteigt ohnehin mein Begriffsvermögen, wie er es fertigbringt, bei diesem Geschrei weiterzuschlafen. Dann müssen wir unseren trübsinnigen Freund hier aus seiner unheiteren Stimmung retten …«

»Nicht mehr nötig. Aber weckt Saryon auf«, sagte Joram und stand auf, als er sah, daß Mosiah wieder einen drohenden Schritt in Simkins Richtung machte. »Schluß jetzt! Beruhigt euch, alle beide. Wir haben uns nichts zuschulden kommen lassen.«

»Nein?« erkundigte sich Simkin zweifelnd.

»Nein. Weck schon den Katalyten auf, Mosiah. Wir müssen absprechen, was wir sagen, wenn man uns verhört …«

Kopfschüttelnd eilte Mosiah an das Bett, in dem der Katalyt sich unruhig wälzte. »Pater!« Er bückte sich und schüttelte ihn an der Schulter. »Pater Saryon!«

»Also«, begann Joram beherrscht, »der Katalyt und ich …«

Seine Stimme erstarb.

Immer noch über den Katalyten gebeugt, wandte Mosiah den Kopf und sah, wie der Hexenmeister sich in der Mitte des Zimmers materialisierte, die Hände gefaltet, die Augen im Schatten der überhängenden Kapuze.

»Du und der Katalyt – und was weiter?« fragte die tonlose Stimme.

»... sind die ganze Nacht hier gewesen«, beendete Joram gelassen seinen angefangenen Satz. »Leider könnt Ihr Euren Wächter nicht mehr fragen, außer Ihr verfügt über die Gabe der Nekromanten.«

»Ich habe mir gedacht, daß Simkin Euch von dem Tod des Wächters berichten würde«, meinte Blachloq mit einem Blick auf den wie immer tadellos ausstaffierten jungen Mann.

»Es war ein entsetzlicher Schock für mich«, beteuerte Simkin, griff sein orangefarbenes Tuch aus der Luft und betupfte sich die Stirn. »So etwas bleibt einem nicht an den Kleidern hängen, wie Baron Esock zu bemerken geruhte, als er sich aus Versehen in eine Motte verwandelte. Was glaubt Ihr, woran er gestorben ist? Der Wachtposten, meine ich. Der Baron starb übrigens eines äußerst mysteriösen Todes. Die genauen Umstände sind bis heute ungeklärt. Gift, vermutlich. Oder eine Fliegenklatsche. Wenn ich's recht bedenke«, Simkin fächelte sich mit dem Seidentüchlein angelegentlich frische Luft zu, »war unser wachsamer Nachbar auch ein rechtes Ungeziefer. Auch wenn man Toten nichts Übles nachsagen soll, sein Geruch war ein solcher.«

»Er wurde in der Tat vergiftet«, sagte Blachloq zu Joram gewandt. Auch wenn seine Augen nicht zu sehen waren, konnte Joram spüren, wie sie in sein Gehirn zu dringen versuchten. »Dann warst du also hier die ganze Nacht? Was hast du getan, in der Feuergrube gespielt?«

Joram schaute an sich hinunter und zuckte mit den Schultern. »Ich habe mir nicht die Mühe gemacht, mich zu waschen, als ich gestern von der Arbeit kam.«

Wortlos drehte Blachloq sich um und trat neben Mosiah in das Bett des Katalyten, der endlich aus seinem tiefen Schlaf erwacht war.

»Und Ihr seid auch die ganze Nacht hier gewesen, Pater?« fragte der Hexenmeister.

»Ja.« Saryon blickte an der finsteren Gestalt des Erzwingers hinauf und blinzelte verwirrt. Auch wenn er noch nicht ganz zu sich gekommen war und nicht wußte, was das alles zu bedeuten hatte, ahnte er die Gefahr, in der sie schwebten. Verzweifelt bemüht, die Benommenheit abzuschütteln, rieb er sich die Augen.

Blachloq musterte ihn scheinbar nachdenklich, dann bückte er sich plötzlich und riß die Decke zurück, unter der Saryon geschlafen hatte. »Der Saum Eurer Kutte ist durchnäßt, Katalyt. Und trägt Spuren von Ruß und Straßenschmutz.«

»Der Schornstein war undicht«, bemerkte Mosiah verdrossen.

Blachloq lächelte. »Gewährt mir Leben, Katalyt«, sagte er weich.

Saryon erschauerte. »Ich kann nicht«, erwiderte er mit gesenktem Blick. »Ich habe keine Kraft. Es war eine furchtbare Nacht ...« Die Ironie seiner Worte kam ihm zu Bewußtsein, und mit dem sicheren Gefühl, daß auch Blachloq sie bemerkt haben mußte, wartete er in dumpfer Ergebenheit auf den Schuldspruch.

Nichts geschah. Blachloq wandte sich von dem Katalyten ab, bedachte sie alle mit einem letzten Blick und verschwand ohne ein Wort.

Die vier starrten sich gegenseitig lange an. Sie hatten Angst zu sprechen oder sich auch nur zu rühren.

»Er ist fort«, verkündete Saryon schwer. Sein ganzer Körper schmerzte vor Müdigkeit; sein Gehirn, das nicht darüber nachdenken wollte, was geschehen war, drängte ihn, alles zu ignorieren und weiterzuschlafen. Der Katalyt schüttelte heftig den Kopf, erhob sich taumelnd, tappte mit bloßen Füßen über den feuchten Lehmboden und steckte den Kopf in die mit eiskaltem Wasser gefüllte Waschschüssel.

»Wie lange, glaubt Ihr, war er schon hier, bevor er sich uns zeigte?« fragte Mosiah mit gepreßter Stimme.

»Ist das nicht unwichtig?« erwiderte Joram mit einem unwilligen Schulterzucken. »Er weiß, daß wir lügen.«

»Warum hat er dann nichts getan?« rief Mosiah schrill. »Was spielt er für ein Spiel ...«

»Ein Spiel, das du verlieren wirst, wenn du nicht lernst, dich besser zu beherrschen«, ermahnte ihn Simkin selbstgefällig. »Sieh *mich* an.« Er streckt die von Spitzenmanschetten umhüllte Hand aus. »Na? Nicht das leiseste Beben. Und dabei habe ich die Leiche gefunden. Da wir gerade beim Thema sind, ich frage mich, was man mit dem Leichnam tun wird. Wenn man diesen Lümmel, der uns so in die Bredouille gebracht hat, einfach in den Fluß wirft, nehme ich mindestens ein Jahr lang dort kein Bad mehr ...«

»Leiche!« Saryon trocknete sich mit dem Kuttenärmel das Gesicht ab und erstarrte mitten in der Bewegung.

»Übernehmt Ihr es, unseren Frère Jaques aufzuklären, Jungs? Mich regt das alles zu sehr auf. Übrigens«, fügte Simkin in gelangweiltem Ton hinzu und sah Joram an, »ist letzte Nacht alles zur Zufriedenheit verlaufen?«

Joram antwortete nicht. Er hatte sich wieder auf dem Bett ausgestreckt und starrte ins Leere.

»Also wirklich, du könntest mir wenigstens verraten, worum es eigentlich geht, nach all der Mühe, die ich mir gemacht habe, um ...«

»... Wachposten umzubringen!« sagte Mosiah bissig.

»Schön, wenn du es so unsensibel ausdrücken willst. Dennoch, ich ... Sapperlot, du Flegel!«

Mit einem Ruck wurde die Tür aufgestoßen, und Blachloqs Handlanger trat ins Haus, als Simkin es soeben verlassen wollte.

»Links oder rechts, guter Mann«, näselte Simkin hinter dem vorgehaltenen Seidentuch. »Ich kann nicht durch dich hindurchgehen. Obwohl – ich könnte schon, aber es würde dir nicht sehr gefallen.«

»Niemand geht hier irgendwohin. Ich bin gekommen, um es euch zu sagen. Hausarrest, bis ...«

»Aber nein, du hast wieder nicht richtig zugehört«, fiel Simkin ihm ins Wort, während er mit anzüglich gerümpfter Nase einen weiten Bogen um den verdutzten Mann schlug, um zur Tür zu gelangen. »Dieser Befehl gilt nicht für mich. Nur für diese drei.«

»Nun, ich ...« stotterte Blachloqs Abgesandter ratlos.

Simkin ging wie selbstverständlich an ihm vorüber und klopfte ihm versöhnlich auf die Schulter. »Sei nett zu deinem Gehirn, alter Junge. Laß es nicht so schwer arbeiten.« Er schaute noch einmal zurück und schwenkte zum Abschied sein orangefarbenes Tuch. »Lebt wohl, meine Freunde. Hat mich gefreut, euch helfen zu können, aber jetzt muß ich weiter. Man sieht sich.«

»Hilfe!« knurrte Mosiah verachtungsvoll, als die Tür sich hinter der geckenhaft aufgeputzten Gestalt geschlossen hatte. Draußen schritt der neue Gefängniswärter bedächtig auf und ab.

Mosiah stellte sich ans Fenster und sah zu, wie Simkin mit gezierten Schritten zu dem Haus hinüberging, in dem der Posten gestorben war. Zwei von Blachloqs Getreuen trugen den Leichnam heraus, Simkin – das Tuch vor Mund und Nase – schloß sich ihnen an. Weitere Männer bezogen Posten hinter dem Fenster, um von dort aus das Gefängnis im Auge zu behalten. Mosiah schlug mit der flachen Hand zornig gegen die Wand und drehte sich um. »Dieser verfluchte Nichtsnutz hat alles vermasselt! Ebensogut hätte er uns Blachloq gleich ausliefern können! Vielleicht glaubst du mir jetzt, was ich dir über ihn gesagt habe, Joram. Jetzt, da es zu spät ist.«

Joram lag auf dem Bett und gab durch nichts zu erkennen, daß er ihn gehört hatte. Die Hände unter dem Kopf verschränkt, starrte er zur Decke.

Auch Saryon war ans Fenster getreten und beobachtete, wie Simkin mit überzeugender Leichenbittermiene einherschritt, gefolgt von Blachloqs Männern. Während er sich immer wieder die Augen betupfte, grüßte Simkin mit ernster Würde die wenigen Leute, die zu dieser frühen Stunde bereits unterwegs waren. Niemand erwiderte den Gruß. Die Vorübergehenden starrten in ängstlicher Verwirrung auf den Leichnam, dann hasteten sie tuschelnd weiter.

Dummheit? Saryons Gedanken gingen zurück zu dem Wald zwischen Walren und dem Fluß, wo er Simkin das erstemal begegnet war.

Es ist ein kompliziertes Spiel, das wir spielen, hatte der junge Mann gesagt. *Kompliziert und gefährlich.*

Aber was für ein Spiel spielte Simkin?

Die Nachricht von der Ermordung des Postens breitete sich wie ein Lauffeuer in der kleinen Gemeinde aus. Die Dorfbewohner huschten von Haus zu Haus und berichteten davon mit furchtsam gedämpfter Stimme. Blachloqs Gefolgsleute schienen überall zu sein und patrouillierten durch die Straßen mit finsteren, drohenden Gesichtern. Schließlich gingen die Leute an ihre Arbeit, aber es wurde nicht viel geschafft. Die meisten begaben sich früh wieder nach Hause, sogar der Schmied legte bereits vor Einbruch der Dunkelheit den Hammer aus der Hand und machte sich auf den Heimweg.

Es war für ihn ein langer Tag gewesen, lang und reich an Aufregungen. Erst waren Blachloqs Männer aufgetaucht, schnüffelten herum und stellten Fragen.

»Hat gestern nacht jemand hier gearbeitet?«

»Ja.«

»Wer?«

»Kann ich so nicht sagen.« Ein Rollen der mächtigen Schultern. »Ein oder zwei von den Gesellen vielleicht. Wir sind mit der Arbeit im Rückstand. Allerdings können wir nicht weiterkommen, wenn man uns dauernd vor den Füßen rumläuft und mit dummen Fragen malträtiert.«

Endlich gingen Blachloqs Handlanger, und Blachloq selbst erschien, was den Schmied nicht überraschte. Der Schmied war ein Mann in mittleren Jahren, mit zwei erwachsenen Söhnen. Er genoß den Ruf, keine Sympathie für den Hexenmeister zu empfinden; der Überfall auf das Dorf hatte ihn mit Zorn und Trauer erfüllt. Andons Aufruf, lieber Hungers zu sterben als Brot zu essen, an dem Blut haftete, fand seine ungeteilte Zustimmung. Er befürwortete sogar eine deutlichere Opposition gegen den Hexenmeister, und nur Andons Bitten, nicht voreilig zu handeln, hielten ihn davon ab, sich offen gegen Blachloq zu stellen. Der Schmied hatte zögernd eingewilligt, weil er sich ein eigenes Waffenlager angelegt hatte, um bereit zu sein, wenn die Stunde schlug. Wann genau das sein sollte, wußte er nicht, aber er hatte das Gefühl, daß es nicht mehr lange dauern konnte, nach Andons besorgtem Gesicht zu urteilen und in Anbetracht der mysteriösen Vorgänge in der Schmiede.

»Wer hat gestern nacht hier gearbeitet?« fragte Blachloq.

»Ich habe schon gesagt, daß ich es nicht weiß«, knurrte der Schmied.

»Könnte es Joram gewesen sein?«

»Möglich. Oder sonst einer von den Gesellen. Fragt sie.«

Der Schmied beantwortete alle Fragen, ohne in seiner Arbeit innezuhalten. Die klingenden Schläge seines Hammers unterstrichen jedes Wort mit solchem Nachdruck, daß man glauben könnte, er hätte den Hexenmeister in eigener Person auf dem Amboß liegen. Sich taub zu stellen wagte er nicht, denn so sehr er Blachloq auch haßte, seine Furcht vor ihm war noch größer.

Aus den Augenwinkeln beobachtete der Schmied, wie

Blachloq durch die Höhle wanderte. Er faßte nichts an, aber sein scharfer Blick durchforschte jeden Schatten, jede Ecke und jeden Winkel. Endlich schien irgend etwas seine Aufmerksamkeit erregt zu haben. Mit der Fußspitze stöberte er angelegentlich in einem Haufen Gerümpel, dann bückte er sich und hob etwas auf.

»Was ist das?« fragte er, drehte den Gegenstand hin und her und musterte ihn mit ausdrucksloser Miene.

»Ein Tiegel«, grunzte der Schmied zwischen zwei Hammerschlägen.

»Wozu benutzt man ihn?«

»Um Erz zu schmelzen.«

»Sieht dieser Bodensatz für Euch nicht merkwürdig aus?« Blachloq hielt den Tiegel in den Lichtschein des Feuers.

»Nein.« Nachdem er einen gleichgültigen Blick darauf geworfen hatte, fuhr der Schmied in seiner Arbeit fort. Als er in dem Glauben, unbeobachtet zu sein, ein zweites Mal hinschaute, begegnete er Blachloqs Augen, senkte rasch den Kopf und hämmerte verbissen weiter.

Den Tiegel in der Hand musterte der Hexenmeister den Schmied eindringlich. Die Augen im Schatten der schwarzen Kapuze spiegelten die rote Glut des Feuers wider. »Keine Nachtarbeit mehr in der Schmiede«, befahl er kalt und verschwand so schnell und spurlos wie der Rauch durch den Schornstein.

Den Schmied überlief wieder ein Frösteln. Selbst in geringem Ausmaß mit Magie begabt, fühlte er sich eingeschüchtert von der Macht des Hexenmeisters. Sein geheimes Waffenlager erschien ihm plötzlich albern und nutzlos.

»Mit einer Handbewegung könnte er die Waffen wieder einschmelzen«, sagte er niedergeschlagen zu sich selbst, während er den Hammer an die Wand lehnte und die Schürze abnahm. Er war im Begriff, die Schmiede zu verlassen und nach Hause zu gehen, als er plötzlich ein Geräusch hörte.

»Was ist das?« rief er voller Furcht, Blachloq könnte zurückgekommen sein. »Wer ist da?«

Es ertönte ein gewaltiges Klappern und Klirren, gefolgt von einem haarsträubenden Fluch. Dann erhob sich eine klägliche Stimme aus den tiefen Schatten im Hintergrund der Höhle. »Guter Mann, ich sitze hier ziemlich in der Patsche. Könntet Ihr mir eine helfende Hand reichen? Natürlich nur im übertragenen Sinne«, fügte die Stimme eilig hinzu. »Ein alter Witz von Marquis d'Winter. Immer dasselbe. Ich habe dem Kaiser gesagt, er würde damit aufhören, wenn man ihn einfach ignorierte, aber ...«

»Simkin?« fragte der Schmied verwundert und ging durch die Höhle zurück zu der Stelle, wo der junge Mann erfolglos versuchte, sich unter einem Berg von Werkzeug und Geräten hervorzuarbeiten. »Was treibst du denn da, Kerl?«

»Pst!« wisperte Simkin. »Es soll niemand wissen, daß ich hier bin.«

»Dafür ist es ein bißchen spät, findest du nicht?« fragte der Schmied grimmig. »Du hast eben das halbe Dorf aufgeweckt.«

»Das war nicht mein Fehler«, verteidigte Simkin sich, mit einem vernichtenden Blick auf den Werkzeugstapel. »Ich war ... Ach, nicht so wichtig.« Er senkte die Stimme. »Ist Blachloq heute hier gewesen?«

»Ja«, brummte der Schmied und warf unbehagliche Blicke nach allen Richtungen.

»Hat er etwas gefunden oder mitgenommen? Ich muß es wissen.« Simkin sah den Schmied erwartungsvoll an.

Der Mann legte die Stirn in Falten und zögerte einen Moment. »Na«, sagte er schließlich, »es wird wohl nicht schaden, wenn ich's dir sage; er hat kein Geheimnis draus gemacht. Es war ein Schmelztiegel.«

»Ein Schmelztiegel?« Simkin zog die Augenbrauen in die Höhe. »Weiter nichts? Ich meine, davon gibt es hier doch bestimmt viele.«

»Jede Menge. Und jetzt kommst du am besten mit nach

draußen, aber durch den Vordereingang.« Der Schmied kniff mißtrauisch die Augen zusammen. »Wie bist du überhaupt hereingekommen, ohne daß ich dich gesehen habe?«

»Oh, ich bin leicht zu übersehen.« Der junge Mann wedelte lässig mit der Hand, seine farbenfrohe Kleidung leuchtete im Schein des eingedämmten Feuers. »Um wieder auf diesen Tiegel zu kommen. Ist Euch daran etwas Besonderes aufgefallen?«

Der Schmied setzte eine finstere Miene auf. Er preßte die Lippen zusammen.

»Am Inhalt vielleicht?« fuhr Simkin unverdrossen fort und stolperte über eine Gußform.

»Woher soll ich das wissen«, sagte der Schmied abweisend, bevor sie nach draußen traten. »Und du kannst jedem sagen, den es interessiert, daß es von heute an keine Nachtarbeit mehr gibt.«

»Nachtarbeit?« wiederholte Simkin mit einem Schulterzucken und einem rätselhaften Lächeln. »Ich glaube, da seid Ihr im Irrtum. Ein Stück Nachtarbeit wird es noch geben – aber das hat nichts mit Euch zu tun«, beruhigte er den überraschten Schmied, der ihm einen nicht unbedingt freundlichen Blick schenkte und die Tür der Schmiede mit einem Zauberspruch versiegelte.

Offene Karten

Die Krypta ermöglichte es Bischof Vanya, mit seinen Vasallen in Verbindung zu treten. Für sie war er nicht zu erreichen. Auf diese Weise hatten die Erbauer die Abhängigkeit des Vasallen von seinem Herrn sichergestellt. Allerdings ergab sich daraus der Nachteil, daß unvorhergesehene Entwicklungen nicht gemeldet und in dringlichen Fällen, die sofortiges Handeln erforderten, keine Anweisungen erbeten werden konnten. Dieser Nachteil erschien Bischof Vanya nicht besonders schwerwiegend; er hielt alle Fäden so fest in der Hand, daß er es für höchst unwahrscheinlich hielt, jemals mit einer derartigen Situation konfrontiert zu werden.

Deshalb empfand er es als unangenehme Überraschung, an diesem Abend im Spätherbst beim Betreten der Krypta zu spüren, wie in der Dunkelheit eine ungeheure Spannung summte und vibrierte. Auch wenn die Vasallen nicht die

Möglichkeit hatten, ihn zu rufen, war die Krypta doch empfänglich für besonders konzentrierte Gedankenströme, und auf diesem Wege erfuhr der Bischof, wenn ihn jemand zu sprechen wünschte.

Verärgert nahm Vanya in dem Sessel Platz. Er schloß die Augen, reinigte sorgfältig sein Bewußtsein von allen unerwünschten Einflüssen und öffnete es Gedankenbildern von außen. Eins nahm fast sofort Gestalt an, und den Bischof beschlich eine böse Ahnung, als wäre etwas geschehen, das er schon lange erwartet hatte.

»Ich bin hier«, sagte Vanya zu dem Gedankenbild in seinem Kopf. »Was wollt Ihr? Ich habe lange nichts von Euch gehört und war der Meinung, alles entwickele sich zufriedenstellend.«

»Es entwickelt sich *keineswegs* alles zufriedenstellend«, erwiderte die Stimme so unverzüglich, daß der Bischof wußte, sie hatte ungeduldig darauf gewartet, daß er sich meldete. »Joram hat das Arkanum entdeckt.«

Es war gut, daß der Vasall nicht sehen konnte, welche Veränderung bei dieser Nachricht mit seinem Herrn vorging. Vanyas fleischiges Gesicht erschlaffte; die Hände, die wie fette Spinnen in gereizter Rastlosigkeit über die Armlehnen des Sessels gekrochen waren, zuckten plötzlich.

»Seid Ihr noch da?«

»Ja.« Vanya befeuchtete sich die trockenen Lippen. »Ich dachte, Euch wäre vielleicht ein Fehler in der Formulierung unterlaufen und wollte Euch Gelegenheit geben, ihn zu berichtigen.«

»Wenn hier jemandem Fehler unterlaufen sind, dann nicht mir«, entgegnete die Stimme in seinem Bewußtsein. »Ich hatte Euch vom Vorhandensein der alten Schriften unterrichtet.«

»Unmöglich. Aus den Aufzeichnungen geht hervor, daß sie alle gefunden und vernichtet wurden.«

»Dann stimmen die Aufzeichnungen nicht. Aber das ist

nicht mehr von Bedeutung. Das Unglück ist geschehen. Er weiß von dem Arkanum, und er hat mit der Hilfe Eures Katalyten gelernt, wie man es schmiedet !«

Vanyas Kinn sank auf die Brust. Die Dunkelheit in der Krypta umtoste ihn wie ein lautloser Sturm. Einen grauenhaften Augenblick lang fühlte er wahrhaftig, wie der Sessel in Bewegung geriet und umzukippen drohte. Er krallte die Finger in die Armlehnen und zwang sich, die neue Sachlage in aller Ruhe zu überdenken. Panik schadete nur. Es gab keinen Grund zur Panik. Auch wenn er mit dieser Entwicklung nicht gerechnet hatte, würde er sich zu helfen wissen.

»Wollt Ihr mir wieder Gelegenheit geben, einen Fehler zu berichtigen?«

»Nein«, antwortete Vanya kühl. »Ich versuche nur, mir über die vielfältigen Auswirkungen dieses ärgerlichen Vorfalls klar zu werden.«

»Da wir jetzt über Arkanum verfügen, besteht die große Möglichkeit, daß Sharakan und die Technologen diesen Krieg *gewinnen*! Kein Grund mehr, das Gleichgewicht der Kräfte zu bewahren. Es ist bedeutungslos für den, der die Waagschalen in der Hand hält.«

»Ein interessanter Gedanke, mein Freund, und Eurer würdig«, bemerkte Vanya trocken. Schwelender Zorn verzehrte seine Furcht. »Aber ich möchte nicht versäumen, Euch zu erinnern, daß hier Kräfte am Werke sind, von denen Ihr keine Ahnung habt. Ihr seid gewissermaßen nur eine Karte im Spiel. Nein, was geschehen ist, ändert unsere Pläne nicht wesentlich. Ich muß den Jungen haben *und* das, was er aus dem Arkanum geschaffen hat. Diesen idiotischen Katalyten schickt Ihr mir am besten auch zurück. Was, um alles in der Welt, habt Ihr mit dem Mann angestellt? Er hatte ein Rückgrat wie ein morscher Zweig, als er von hier wegging. Ihr solltet es brechen, nicht stärken!«

»Zweig! Ihr habt ihn falsch eingeschätzt. Und Euch den Jungen zu schicken ist riskant. Gebt mir freie Hand, ihn und den Katalyten zu töten ...«

»*Nein*!« Das Wort zuckte wie ein gleißender Blitz durch Vanyas Bewußtsein. Seine feisten Hände umklammerten die Polster. »Nein«, wiederholte Vanya, um Beherrschung ringend. »Der Junge darf auf *keinen Fall* getötet werden. Habt Ihr verstanden? Wagt es, mir in dieser Sache zuwiderzuhandeln, und die Wandlung wird Euch wie ein gnädiges Schicksal vorkommen!«

»Ihr müßt mich erst fangen, Bischof, und *ich* möchte nicht versäumen, *Euch* zu erinnern, daß Ihr weit weg seid ...«

Vanya holte tief und zitternd Atem. »Der Junge ist der Prinz von Merilon«, stieß er zwischen zusammengebissenen Zähnen hervor.

Ein kurzes Schweigen, dann ein gedankliches Schulterzucken. »Um so besser. Der Prinz gilt als tot. Ich werde einfach berichtigen, was vermutlich wieder einer von Euren kleinen Fehlern gewesen ist ...«

»Kein Fehler«, sagte Vanya mit trockenem Mund. »Ich sage es noch einmal: Der Junge *darf nicht sterben*! Wenn Ihr darauf besteht, den Grund zu erfahren, dann denkt an die – Prophezeiung.«

Diesmal war das Schweigen länger und bedeutungsvoller. Fast glaubte Vanya in der schwarzen Stille die Gedanken wispern zu hören wie Fledermausflügel.

»Also gut«, meinte die Stimme schließlich kalt. »Aber durch die neuen Umstände wird meine Arbeit schwieriger und gefährlicher – und teurer.«

»Ihr werdet belohnt werden, wie es Euren Verdiensten entspricht«, erwiderte der Bischof. »Handelt schnell, bevor er herausfindet, wie groß die Macht des Steins wirklich ist. Und bringt ihn mir persönlich«, fügte er nach kurzem Überlegen hinzu. »Es gibt einiges, das ich mit Euch besprechen möchte, unter anderem auch Eure Belohnung.«

»Selbstverständlich bringe ich ihn persönlich«, gab die Stimme zurück. »Was soll ich sonst tun? Mich auf Euren Katalyten verlassen? Ich komme auf dem üblichen Weg. Erwartet mich erst, wenn ich da bin.«

»Es muß bald *sein*!« Vanya rang mit aller Kraft darum, vor seinem Gesprächspartner den Anschein von Ruhe und Gelassenheit zu wahren. »Morgen abend melde ich mich wieder.«

»Vielleicht werde ich antworten, vielleicht auch nicht«, antwortete die Stimme. Die Verbindung brach ab. In der Krypta herrschte Schweigen.

Schweiß rann über den geschorenen Kopf des Bischofs und versickerte im Kragen seines Ornats. Bleich und zitternd vor Zorn und Furcht saß er viele Stunden in der Krypta und starrte blind in die Dunkelheit.

Dem Königshaus wird einer geboren werden, der tot ist und doch lebt, der wieder stirbt und wieder zum Leben erwacht. Und bei seiner Wiederkehr hält er in seinen Händen das Ende der Welt …

Saryons Stunde

»Hört zu, Saryon«, sagte Joram mit gedämpfter, eindringlicher Stimme, »es ist ganz einfach.« Er rückte mit seinem Stuhl näher an den Katalyten heran und legte ihm die Hand auf den Arm. »Ihr geht zu Blachloq. Ihr sagt ihm, daß Ihr keine Ruhe, keinen Schlaf mehr findet. Euer Entsetzen über das, was ich getan habe und was ich Euch gezwungen habe zu tun, ist so groß, daß Ihr fürchtet, den Verstand zu verlieren.«

»Ich bin kein guter Lügner«, murmelte Saryon und schüttelte den Kopf.

»Wäre es denn eine Lüge?« fragte Joram, den Funken eines bitteren Lächelns in seinen Augen. »Ich bin sicher, Ihr würdet sehr überzeugend sein.«

Der Katalyt gab weder eine Antwort, noch hob er den Blick von dem Tisch, an dem sie beide saßen. Ein runder Herbstmond grinste vom klaren, schwarzen Himmel herab.

Er sog alle Farben, alles Leben in seine dicken Backen und ließ nichts weiter zurück als ein gleichförmiges, nacktes Grau. In diesem fahlen Licht saßen sie am Tisch unter dem Fenster und unterhielten sich leise. Während sie sprachen, teilte Joram seine Aufmerksamkeit zwischen den Posten im Haus gegenüber und Mosiah, der unruhig schlafend im dunklen Hintergrund des Zimmers auf seiner Pritsche lag.

Als Mosiah sich beim Klang der Stimmen bewegte und verschlafen murmelte, drückte Joram warnend den Arm des Katalyten. Beide schwiegen, bis Mosiah wieder ruhig lag. Im Schlaf warf er sich den Arm über die Augen, als das Mondlicht verstohlen über den Boden wanderte.

»Und was muß ich dann tun?« fragte Saryon.

»Sag ihm, daß Ihr ihn zu mir führen wollt. Ihr werdet ihm helfen, mich in die Hand zu bekommen, mich und« – Joram senkte die Stimme – »das Dunkle Schwert. Ihr führt ihn zur Schmiede, wo ich angeblich arbeite, und dann haben wir ihn.«

Saryon schloß die Augen, ein Schauder durchlief seinen Körper. »Was meinst du damit: Wir haben ihn?«

»Was denkt Ihr denn, Katalyt?« Joram zog ungeduldig die Hand zurück, richtete sich auf und schaute wieder zu den Wachposten hinüber, die sich vor dem Hintergrund eines kräftigen Feuers in dem Haus auf der anderen Straßenseite als schwarze Schatten abzeichneten. »Wir haben doch schon davon gesprochen. Ohne seine Magie ist er hilflos. Ihr könnt eine Transversale öffnen und die *Duuk-tsarith* rufen. Bestimmt warten sie seit vielen Jahren begierig darauf, mit dem Mann abzurechnen, der ihrem Orden Schande gemacht hat.« Er zuckte mit den Achseln. »Ihr werdet ein Held sein, Katalyt.«

Saryon seufzte und verschränkte schmerzhaft fest die Hände auf der Tischplatte. »Und was wird aus dir?« fragte er mit einem sorgenvollen Blick auf Joram. Dessen ernstes Gesicht wirkte im Mondschein wie ein Totenschädel.

»Was aus *mir* wird?« wiederholte Joram gleichgültig und starrte mit einem kleinen Lächeln um den Mund auf die graue Straße hinaus.

»Eine Transversale wird geöffnet, die *Duuk-tsarith* werden da sein. Ich könnte dich ihnen ausliefern, wie man es mir befohlen hat.«

»Aber das werdet Ihr nicht tun, oder – Saryon?« bemerkte Joram, ohne ihn anzusehen. Auf der Pritsche warf Mosiah sich stöhnend hin und her, als versuchte er, dem aufdringlichen Starren des Mondes zu entkommen. »Nein, Ihr tut es nicht. Ich gebe Euch Blachloq, und Ihr gebt mir die Freiheit. Damit Ihr beruhigt seid: Ich habe nicht vor, in Blachloqs Fußtapfen zu treten. Mein Ehrgeiz richtet sich auch nicht darauf, mich zum Herrn der Welt aufzuschwingen, sondern ich will nur haben, was mir von Rechts wegen zusteht, und mit der Hilfe dieses Schwerts, das ich eigenhändig geschmiedet habe, werde ich es bekommen!«

Ein sanfterer Ausdruck trat auf sein Gesicht; für einen Moment schaute er so traumverloren und sehnsüchtig drein wie ein Kind beim Anblick eines bunten, unerreichbaren Spielzeugs. Eine Woge des Mitleids durchflutete den Katalyten. Die traurige Geschichte von Jorams Kindheit fiel ihm ein. Er dachte daran, wie hart das Leben für den jungen Mann gewesen sein mußte: der ständige Kampf, sich zu behaupten; die Notwendigkeit zu verbergen, daß er keine Magie besaß. Auch Saryon wußte, wie es war, in dieser Welt der Magier schwach und hilflos zu sein. Erinnerungen kamen zurück – die Sehnsucht, auf den Flügeln des Windes zu reiten; mit dem Wink einer Hand Dinge zu erschaffen, die schön waren und nützlich zugleich … Joram besaß jetzt die Macht zu zerstören, nicht zu erschaffen. Und alles, was er sich damit kaufen wollte, waren die bunten Murmeln eines Kindertraums.

»Ja, Ihr werdet ein Held sein.« Jorams Stimme erreichte Saryon wie aus den Gefilden dieses Traums. »Ihr könnt ins

Baptisterium zurückkehren und wieder unter Euren Stein kriechen. Darüber, daß es Euch nicht gelungen ist, mich auszuliefern, wird man gerne hinwegsehen, zumal ich in Merilon leichter zu fassen bin als hier im Außenland. Wenn man es wagt ...«

Joram kehrte in die Wirklichkeit zurück, der sehnsüchtige Ausdruck verschwand von seinem Gesicht; es verhärtete sich zu dem Antlitz des Mannes, der mit einem Stein den Verwalter erschlagen hatte. »Sobald der Hexenmeister die Schmiede betreten hat, greife ich ihn mit dem Schwert an und beraube ihn seiner Magie ...«

»Glaubst du wirklich?« fiel Saryon ihm mit einer Schroffheit ins Wort, die ihn selbst überraschte. Er war zornig auf sich selbst, weil er einsehen mußte, daß das Schicksal des Jungen ihm am Herzen lag. »Du hast weder eine genaue Vorstellung von der Macht dieser Waffe, noch verstehst du damit umzugehen.«

»Es kommt nicht darauf an, ob ich ein guter Krieger bin«, antwortete Joram ebenso schroff. »Wir wollen ihn ja nicht töten. Wenn ich angreife und das Schwert beginnt, seine Magie zu absorbieren, dann ist es Eure Aufgabe, ihm mittels Eurer Gabe das Leben zu entziehen.«

Saryon schüttelte den Kopf. »Das ist zu gefährlich. Ich bin nie ausgebildet worden, um zu kämpfen ...«

»Ihr habt keine Wahl, Katalyt!« Joram beugte sich vor und umklammerte wieder Saryons Arm. »Simkin hat gemeldet, daß Blachloq den Schmelztiegel gefunden hat! Wenn er nicht schon von dem Arkanum weiß, wird er es bald herausbekommen. Wollt Ihr in Zukunft für ihn Dunklen Schwertern Leben verleihen?«

Der Katalyt stützte den Kopf in die zitternden Hände. Joram betrachtete ihn forschend, dann lehnte er sich befriedigt zurück.

»Wie kommen wir hier heraus?« Saryon hob das verhärmte Gesicht und ließ den Blick durch das Gefängnis wandern.

»Lauft zu den Posten. Sagt Ihnen, Ihr hättet geschlafen und beim Erwachen mein Verschwinden bemerkt. Verlangt, daß man Euch zu Blachloq führt. Ich werde das Durcheinander nutzen und mich davonmachen.«

»Aber wie? Man wird nach dir suchen! Es ist ...«

»... ganz allein meine Sache, Katalyt. Macht Ihr Euch Gedanken über Eure eigene Rolle. Wenn Ihr mit Blachloq sprecht, versucht ihn hinzuhalten, damit ich Zeit gewinne.«

»Ihn hinhalten! Wie soll ich das anstellen?«

»Fallt in Ohnmacht! Bekommt einen Nervenzusammenbruch! Es dürfte Euch nicht schwerfallen. Ihr seht schon jetzt aus, als könntet Ihr beides gleichzeitig bewerkstelligen.« Mit einem geringschätzigen Blick auf den Katalyten stand Joram auf und begann ruhelos auf und ab zu wandern.

»Ich bin nicht so schwach, wie du glaubst«, meinte Saryon ruhig. »Ich hätte mich niemals überreden lassen dürfen, dir zu helfen und diese Waffe der Finsternis zu erschaffen. Doch es ist nun einmal geschehen, und ich muß die Verantwortung für mein Handeln übernehmen. Ich werde tun, was du von mir verlangst. Ich werde helfen, diesen verbrecherischen Hexenmeister der Gerechtigkeit zu überliefern. Aber nicht, weil ich ein Held sein werde oder um mir die ehrenhafte Rückkehr in meinen Orden zu erkaufen.« Saryon holte tief Atem. »Ich kann nie wieder zurück. Was ich dort einmal zu finden glaubte, war eine Illsuion.«

Joram war stehengeblieben und musterte Saryon eindringlich. »Und dennoch werdet Ihr mich gehen lassen ...«

»Ja, aber nicht, weil ich dich fürchte oder dein Schwert.«

»Warum dann?« fragte Joram mit leisem Spott.

»Ja, warum?« murmelte Saryon vor sich hin. »Das habe ich mich auch gefragt. Ich könnte dir viele Gründe nennen. Daß unsere Schicksale auf seltsame Art miteinander verknüpft sind; daß ich es wußte, als ich dich zum erstenmal sah; daß diese Verstrickung aus einer Zeit in meinem Leben herrührt, als du noch gar nicht geboren warst.« Er schüttelte den Kopf. »Ich könnte dir auch von einem Druiden erzählen, der mir einen Rat gegeben hat; von einem neugeborenen Kind, das ich auf den Armen hielt ... Ich fühle sehr stark, daß ein Zusammenhang besteht, und doch scheint alles keinen Sinn zu ergeben.« Er schaute Joram an. »Du glaubst mir nicht.«

»Ob ich Euch glaube oder nicht, macht verdammt keinen Unterschied. Eure Beweggründe sind mir vollkommen gleichgültig, Katalyt, solange Ihr tut, worum ich Euch bitte.«

»Das werde ich, aber unter einer Bedingung.«

»Aha, ich habe mich schon gefragt, wann Ihr damit herausrückt.« Joram runzelte finster die Brauen. »Was für eine Bedingung? Daß ich mich selbst in die Hände der Richter gebe? Oder mich vielleicht in dieser gottverlassenen Wildnis begrabe?«

»Daß du mir erlaubst, mit dir zu kommen«, meinte Saryon leise.

»Was?« Joram starrte den Katalyten verblüfft an, dann stieß er ein abgehacktes, böses Lachen aus. »Aber natürlich, ich verstehe. Jedem toten Mann sein persönlicher Katalyt!« Er schien beinahe zu lächeln. »Ihr seid herzlich eingeladen, mich nach Merilon zu begleiten. Wir werden viel Spaß haben, wie unser Freund Simkin zu sagen pflegt. War's das? Können wir jetzt anfangen?«

Mit vorsichtigen, leisen Schritten, um Mosiah nicht zu wecken, ging Joram durch den kleinen Raum zu seinem Bett. Dort kniete er nieder, schob die Hände unter die Matratze und zog langsam und ehrfürchtig das Dunkle Schwert darunter hervor.

Saryon verfolgte sein Tun in schweigender Verwirrung. Er hatte damit gerechnet, zornig abgewiesen zu werden. Er war darauf vorbereitet gewesen, unerschütterlich auf seiner Forderung zu beharren, Einwänden, sogar Drohungen standzuhalten. Diese Gleichgültigkeit traf ihn viel härter. Vielleicht hatte der junge Mann nicht begriffen ...

Joram war damit beschäftigt, das Schwert sorgfältig mit Tüchern zu umwickeln. Saryon trat hinter ihn und legte ihm die Hand auf die Schulter. »Ich habe nicht vor, dich zu verraten. Ich will dir nur helfen. Versteh doch, auch du kannst nicht mehr zurück. Nicht nach Merilon ...«

Joram stand auf und machte sich unwillig von ihm los. »Hört mir gut zu, Katalyt«, sagte er kalt, »ich habe schon gesagt – es ist mir gleich, was Ihr tut oder wohin Ihr geht, solange Ihr mir bei dieser Sache helft. Verstanden? Gut.« Er senkte den Blick auf das Schwert, das er in den Armen hielt. Im Schattenspiel des Mondes wirkten die Tücher knochenweiß und die Waffe tiefschwarz. Das Bild des toten Prinzen, eingehüllt in die weißen Tücher des Herrscherhauses, kam Saryon in den Sinn. Er schloß die Augen und wandte sich ab.

Joram mißdeutete die Reaktion des Katalyten und verzog geringschätzig den Mund. »Wenn Ihr Euch gefaßt habt, Pater, dann kann das Spiel beginnen. Ich will es hinter mich bringen.«

Er schob das Schwert in den Gürtel, den er mühevoll nach der Vorlage der Abbildungen in den alten Büchern angefertigt hatte, und warf sich einen langen dunklen Umhang um die Schultern. Während er einmal durch das Zimmer ging, schaute er prüfend an sich hinab. Das Schwert war nicht zu sehen. Er nickte befriedigt und wandte sich mit einer auffordernden Handbewegung an Saryon.

»Euer Auftritt, Katalyt. Ich bin bereit.«

Bin *ich* bereit? fragte sich Saryon gequält. Er wollte etwas sagen, brachte aber keinen Ton heraus und hustete. Die Angst steckte ihm im Hals. Jorams Gesicht verfinsterte sich vor Unwillen über die Verzögerung.

Saryon streckte die bebende Hand aus und öffnete behutsam die Tür. Jeder Nerv, jede Faser seines Wesens ermahnte ihn, sich zu besinnen, zur Vernunft zu kommen, nicht den Fuß über die Schwelle zu setzen. Doch der Schatten seines bisherigen Lebens erhob sich um ihn wie eine mächtige Woge. Mitgerissen von der Flut, blieb ihm nichts anderes übrig, als auf dem schäumenden Wellenkamm zu reiten, obwohl er deutlich die schwarzen Klippen sah, die drohend vor ihm aufragten.

König der Schwerter

Blachloq legte die gefalteten Hände vor sich auf den Schreibtisch. »Laßt mich sehen, ob ich recht verstanden habe, Pater. Aus Reue über eine sündhafte Tat und aus Angst, man könnte Euch zwingen, noch eine zu begehen, erschien es Euch als einzig mögliche Alternative, etwas zu tun, das in Eurem Orden seit Jahrhunderten als ungeheuerlichste und verdammenswürdigste Ketzerei verurteilt wird?«

»Ich habe bereits zugegeben, daß ich nicht ganz bei Sinnen war«, murmelte Saryon beschämt. »Ich – ich bin Gelehrter … Ein Leben wie dieses hier erschreckt und – und verwirrt mich.«

»Aber jetzt seid Ihr nicht mehr verwirrt«, meinte Blachloq trocken. »Erschüttert und entsetzt, aber nicht verwirrt. Ihr werdet das Dunkle Schwert und Joram in meine Hand geben.«

»Das Schwert muß vernichtet werden«, unterbrach ihn Saryon. »Oder ich sehe mich außerstande, Euch zu helfen.«

»Selbstverständlich.« Blachloq verzog keine Miene, als wäre es ein zerbrochener Bierkrug, von dem sie sprachen, und nicht ein Schwert, das seinem Besitzer unvorstellbar große Macht verlieh. Was für ein Narr ich in seinen Augen sein muß, dachte Saryon verbittert. Wie zur Bestätigung nickte Blachloq nachdenklich. »Was den Jungen betrifft ...«

»Er muß Bischof Vanya übergeben werden«, antwortete Saryon mit rauher Stimme.

»Dann hat Simkin also recht gehabt. Nur deshalb seid Ihr hergekommen.«

»Ja.« Saryon schluckte mühsam.

»Ich wünschte, Ihr hättet Euch mir anvertraut«, bemerkte der Hexenmeister. »Damit hättet Ihr Euch das Leben hier sehr erleichtert, Pater. Euer Bischof Vanya muß ein Dummkopf sein«, fügte er leiser hinzu und richtete den Blick sinnend in eine Ecke des Zimmers, »zu glauben, ein Gelehrter wie Ihr könnte einem Mörder gewachsen sein.«

»Ihr werdet dafür sorgen, daß man Joram ins Baptisterium bringt?« drängte Saryon, während sich eine fiebrige Röte über seine Wangen ausbreitete. »Ich selbst kann es nicht tun, aus – aus naheliegenden Gründen. Eure Verbindungen zu den *Duuk-tsarith* ...«

»Ja. Das läßt sich arrangieren«, schnitt Blachloq ihm das Wort ab. »Ihr sagt ›aus naheliegenden Gründen‹. Ich nehme an, das soll heißen, Ihr wagt es nicht, ins Baptisterium zurückzukehren. Sagt mir, Pater, was wird aus Euch?«

»Ich sollte mich in Bischof Vanyas Hände geben«, erwiderte Saryon. Er senkte den Kopf. »Ich habe eine furchtbare Sünde begangen. Ich verdiene mein Schicksal.«

»Die Wandlung, Pater. Eine grauenhafte Art zu – leben.« Blachloq strich mit dem Zeigefinger über den schmalen blonden Oberlippenbart.

Saryon unterdrückte ein Frösteln. Ja, das war die Strafe, die ihn erwartete.

»Es könnte natürlich sein, daß man Euch vergibt, vielleicht sogar als Helden betrachtet ...«

Saryon schüttelte den Kopf.

»Ach ja, das ist Euer zweites Vergehen. Ich hatte es vergessen. Also habt Ihr nur die Wahl zwischen qualvoller Unsterblichkeit oder einem Leben hier in unserem Zirkel, mit der Aussicht, immer wieder sündhafte Taten begehen zu müssen. Es gibt natürlich noch eine Alternative.«

Welche Alternative er meinte, konnte Saryon an seinem kalten Gesicht und den ausdruckslosen, starren Augen ablesen. Der Katalyt schluckte den bitteren Geschmack hinunter, der ihm in den Mund gestiegen war. Die Fähigkeit dieses Mannes, seine Gedanken zu lesen, war unheimlich.

»Das – das ist keine Alternative«, bemerkte Saryon und rückte unbehaglich auf seinem Sessel herum. »Selbstmord ist eine unverzeihliche Sünde.«

»Unverzeihlicher, als mir zu helfen, zu morden und zu plündern, oder Joram eine Waffe in die Hand zu geben, die das Ende der Welt herbeiführen könnte?« erkundigte sich Blachloq zynisch. »Ich bewundere die zwingende Logik von Euch Katalyten. Aber weshalb soll ich mich beschweren, solange ich den Nutzen davon habe?«

Saryon hielt es für klüger, nichts zu erwidern. Bisher war alles gutgegangen. Vielleicht, wie Joram gesagt hatte, weil er nicht zu lügen brauchte. Selbstmord war nur dann eine unverzeihliche Sünde, wenn man an einen Gott glaubte.

»Wo ist der junge Mann?« Blachloq erhob sich.

Auch Saryon stand auf. »In der Schmiede«, antwortete er mit brüchiger Stimme.

Es brannte kein Feuer in der Schmiede. Ein matter, rötlicher Schimmer hing über dem Kohlennest, aber es war das weiße, kalte Licht des untergehenden Mondes, das auf der Klinge des Schwertes lag.

Das Schwert war der erste Gegenstand, auf den Saryons Blick fiel, als er und Blachloq sich in der mondhellen Dunkelheit der Schmiede materialisierten. Es lag auf dem Amboß und rekelte sich in dem fahlen Licht wie eine unheilige Schlange.

Auch Blachloq hatte es gesehen. Sein Gesicht lag wie immer im Schatten der weiten Kapuze verborgen, doch er verriet sich durch ein scharfes, zischendes Atmen, als für einen flüchtigen Moment die innere Erregung die eiserne Beherrschung des *Duuk-tsarith* durchbrach. Die gefalteten Hände schienen sich lösen zu wollen, die Finger zuckten begehrlich, aber der Erzwinger hatte sich bereits wieder vollkommen in der Gewalt. Mit allen Sinnen durchforschte er die Schatten, auf der Suche nach seiner Beute.

Der Katalyt hielt beinahe gleichgültig nach Joram Ausschau. Er hatte erwartet, vor Furcht wie gelähmt zu sein; vor wenigen Minuten noch war er kaum fähig gewesen, ein Exeunt zu dem Hexenmeister herzustellen. Doch mittlerweile empfand er weiter nichts als eine kalte, ruhige Leere in seinem Innern.

Während er in der Schmiede stand und die vielleicht letzten Minuten seines Lebens verrannen, spürte Saryon plötzlich, wie die Welt heranströmte, um die Leere zu füllen. Es kam ihm vor, als durchlebte er jede Sekunde einzeln, als bewegte er sich mit der Regelmäßigkeit eines schlagenden Herzens von einer zur nächsten. Er sah alles, hörte alles, nahm alles wahr, doch nichts davon hatte irgendeine Bedeutung für ihn. Er stand außerhalb, ein Beobachter, während sein Körper die ihm zugewiesene Rolle in diesem tödlichen Drama spielte. Blachloq hätte ihm die Hände abschlagen können, und Saryon würde es nicht gespürt haben.

Das also ist Mut, dachte er, während eine weiße Hand aus den Schatten auftauchte und den Griff des Schwertes umfaßte.

Es geschah völlig geräuschlos und mit sparsamen, fast unmerklichen Bewegungen. Hätte Saryon nicht so gebannt auf das Schwert gestarrt, wäre ihm die Veränderung gar nicht aufgefallen; Joram handelte mit dem Geschick und der Gewandtheit der Kunst, die seine Mutter ihn als Kind gelehrt hatte.

Die *Duuk-tsarith* aber werden geschult, sogar den samtenen Schritt der Nacht zu hören, die sich verstohlen naht. Blachloq reagierte mit solcher Schnelligkeit, daß Saryon nur einen schwarzen Sturmwind durch die Schmiede wirbeln sah, der die Kohlen zu roter Glut entfachte. Mit einem Wink und einem Wort unterwarf der Hexenmeister seinen Gegner dem Bann des Zaubers, der ihn unfähig machte, sich zu bewegen, der ihn seiner Magie beraubte, seines Lebens.

Nur daß Joram kein Leben besaß.

Saryon hätte beinahe schrill aufgelacht, als er fühlte, wie der Zauberspruch, statt den jungen Mann zu Boden zu schleudern, an ihm zerstäubte wie ein Wassertropfen. Die weiße Hand hob das Schwert. Kein Lichtfunke blitzte auf dem Metall, die Klinge zerteilte den blassen Mondschein, als führte Joram das Szepter der Nacht.

Das Schwert erhoben, trat Joram aus dem Schatten. Sein Gesicht war maskenhaft starr, die Augen dunkler als Metall. Saryon spürte seine Furcht und Unsicherheit. Trotz seiner Beschäftigung mit den alten Schriften hatte Joram nur eine unvollkommene Vorstellung von der Macht des geheimnisvollen Metalls. Doch mit seinen merkwürdig klaren, scharfen Sinnen ahnte der Katalyt auch Blachloqs Verwunderung und Furcht.

Was wußte der *Duuk-tsarith* über Arkanum? Vermutlich nicht viel mehr als Joram. Welche Gedanken ihm wohl durch den Kopf gingen? Hatte das Schwert seine Nullmagie abgewehrt? Besaß es auch die Macht, andere Zaubersprüche abzuwehren? Blachloq mußte sich blitzschnell entscheiden. Sein Leben konnte davon abhängen.

Mit ruhiger Bedachtsamkeit wählte der *Duuk-tsarith* einen Zauber. Ein grünes Leuchten trat in seine Augen, und eine grüne Flüssigkeit materialisierte sich brodelnd und zischend auf Jorams Haut. Grünes Gift, hieß der Zauber. Saryon ballte die Fäuste. Der Schmerz war entsetzlich, hatte er gehört, als stünde jedes Nervenende in Flammen. Jeder Magus, der stark genug war, sich gegen die Nullmagie zu wehren, mußte dem magischen Gift erliegen. Er konnte sich nicht gegen beides verteidigen.

Und wie es den Anschein hatte, waren auch die Toten nicht gegen die Macht dieses Zaubers gefeit. Jorams Gesicht verzerrte sich vor Qual. Er stöhnte auf und krümmte sich zusammen, als die Flüssigkeit sich ausbreitete und brennender Schmerz seinen Körper marterte. Doch es war ein Zauber, der an der Kraft eines Magus' zehrte.

»Gewährt mir Leben, Katalyt!« forderte Blachloq, den grün schillernden Blick unverwandt auf seinen Gegner geheftet.

Dies ist der Augenblick, dachte Saryon. Der Augenblick der Entscheidung. Ich bin Jorams einzige Chance. Ohne mich ist er verloren. Der Katalyt warf einen raschen Blick auf die Waffe und ihn überlief ein triumphierender Schauer. Jorams Körper verströmte ein grünes Licht, der junge Mann schrie in unerträglicher Pein. Das Gift fraß sich in sein Fleisch und zwang ihn in die Knie, aber die Hände, die das Schwert umklammerten, waren frei von der tödlichen Flüssigkeit, und noch während Saryon hinschaute, begann die grüne Schicht auf Jorams Armen und Oberkörper sich aufzulösen – das Dunkle Schwert absorbierte die Magie.

Leider geschah es nicht schnell genug. Joram blieben nur noch Momente, dann war sein Körper ein zuckender, bebender Klumpen Fleisch.

Saryon ballte die Fäuste vor der Brust und begann die Worte zu rezitieren, die uralte Formel, die er vor siebzehn Jahren gelernt hatte. Er hatte sie seither nie wieder ausgesprochen.

Er begann, Blachloq das Leben zu entziehen.

Es ist ein gefährliches Unterfangen, und die Formel findet

gewöhnlich nur in Kriegszeiten Verwendung, wenn ein Katalyt versucht, seinen Gegner damit zu schwächen. Statt ein Exeunt abzubrechen und damit auch den Zustrom von Leben für einen Magus, läßt der Katalyt das Exeunt bestehen und kehrt den Strom um. Der Vorgang bleibt selbstverständlich nicht unbemerkt; in den meisten Fällen wird der Magus sich gegen den Katalyten wenden und ihn vernichten – es sei denn, der Augenblick ist sehr günstig gewählt.

Saryon kannte die Gefahr, in der er sich befand, und er wankte nicht, als Blachloqs zorniger Aufschrei die Dunkelheit zerriß und das grüne Leuchten der Augen sich in seine Richtung wandte. Er hielt stand, auch als er sah, daß seine Fingerspitzen sich grün verfärbten.

»Joram!« rief er. »Hilf mir!«

Der junge Mann lag schluchzend und nach Atem ringend auf den Knien. Da Blachloq sich abgewandt hatte und das Schwert die Magie in sich aufnahm, verschwand das Gift langsam von seiner Haut. Als er Saryons Stimme hörte, hob Joram den Kopf. Mit zusammengebissenen Zähnen versuchte er aufzustehen, doch er war zu schwach und in seiner Reichweite befand sich nichts, worauf er sich stützen konnte. Schließlich rammte er die Schwertspitze in den Boden und stemmte sich empor.

»Joram!« Das Gift fraß sich in seinen Körper, und Saryon verfluchte sich selbst. Mit all seiner Logik hätte er das vorhersehen müssen. Er entzog dem Hexenmeister Leben, doch er konnte nichts damit anfangen! In der Schlacht stand jedem Katalyten ein Zauberer zur Seite. Der Katalyt gab das gewonnene Leben an seinen Verbündeten weiter, der es nutzte, um seine Magie zu stärken und den Feind abzuwehren. Der Katalyt konnte Joram kein Leben gewähren, er konnte ihm nicht helfen.

Dann wurde Saryons Blick von dem Schwert angezogen.

Es stand aufrecht im Boden, die Arme ausgebreitet wie ein um Hilfe flehender Mensch. Das schwarze Metall reflektierte kein Licht. Es war ein Geschöpf der Finsternis. Es *war* Finsternis.

Wie ein um Hilfe flehender Mensch …

Widerwille und Grauen erfüllten Saryon und betäubten sogar den Schmerz, der sich langsam durch seinen Körper ausbreitete; langsam, weil er nicht aufgehört hatte, dem Hexenmeister das Leben zu entziehen und spüren konnte, wie dessen Kräfte nachzulassen begannen.

Joram kann ich kein Leben gewähren, aber dem Schwert.

Erschüttert verschloß Saryon die Augen vor dem Anblick der schwarzen, höhnischen Karikatur eines Menschen, die ihre starren Arme auszubreiten schien, um ihn zu umfangen. »Ich kann aufgeben. Meine Qual hätte ein Ende.«

Obedire est vivere …

Vor sich sah er die Flammen des brennenden Dorfes, sah den jungen Diakon tot zu Boden stürzen und Simkin ein Spiel farbloser Karten austeilen.

Vivere est obedire …

Saryon riß die Augen auf. Joram hatte das Schwert aus dem Boden gerissen und hob es über seinen Kopf, aber der junge Mann erschien Saryon nur wie ein Schatten im Mondlicht. Der Mittelpunkt seiner Welt war allein das Schwert. Er streckte die vor Schmerz bebende Hand danach aus und stellte ein Exeunt zu dem kalten, leblosen Metall her.

Die Magie durchbrauste ihn mit einer solchen Urgewalt, daß er taumelte. Der Schmerz hörte auf, die grüne Flüssigkeit auf seiner Haut verschwand. Das Schwert erstrahlte in gleißendem Licht und mit einem unartikulierten Schrei stürzte Blachloq zu Boden. Die vereinte Macht des Schwertes und des Katalyten saugte die Magie aus seinem Körper.

Das Schwert fiel zu Boden. Auf diese wuchtige Entladung von Macht, die sein ganzes Wesen erschütterte, nicht vorbereitet, hatte Joram die Waffe fallen gelassen und starrte fassungslos darauf hinab. Sie lag zu seinen Füßen, eingebettet in ein vibrierendes Klingen und Summen unverkennbaren

Triumphs. Von dem Schwert wanderte sein Blick zu dem hilflosen Hexenmeister. Röchelnd und knurrend vor unbändiger Wut, bäumte sich Blachloq gegen sein Schicksal auf und kämpfte darum, die Herrschaft über seinen Körper wiederzugewinnen. Es war ein sinnloses Unterfangen. Geschwächt von dem rückhaltlosen Gebrauch seiner Magie und allen Lebens beraubt, zappelte der Hexenmeister im Staub wie ein Fisch auf dem trockenen.

Betroffen und bestürzt wandte Saryon sich ab. Er lehnte sich gegen eine Werkbank, und langsam kam ihm zu Bewußtsein, daß alles vorüber war.

»Ich werde jetzt eine Transversale öffnen«, sagte er, ohne sich nach Joram umzusehen. Er konnte es nicht ertragen, den Hexenmeister am Boden liegen zu sehen, aller Würde eines menschlichen Wesens beraubt. Es war schlimm genug, sein unverständliches Brabbeln und hilfloses Scharren anhören zu müssen. »Ich habe noch genügend von seiner Magie in mir, um dazu in der Lage zu sein. Ich lege ihn hinein und schließe die Transversale wieder, bevor die Erzwinger begreifen, was geschehen ist. Ich halte es nicht für sehr wahrscheinlich, daß welche von ihnen hierherkommen. Sie scheinen es sich zur Regel gemacht zu haben, diesen Ort zu meiden, und wenn sie Blachloq haben, werden sie die Technologen bestimmt unbehelligt lassen. Trotzdem ist es sicherer, wenn ...«

Ein Schrei unterbrach ihn, ein Schrei der Wut und des Entsetzens. Er steigerte sich zu einem gellenden Kreischen unsäglicher Qual und verebbte zu einem Wimmern, das mit einem grauenhaften, erstickten Gurgeln abbrach.

Bis ins Mark getroffen von dem furchtbaren Laut, drehte Saryon sich herum.

Blachloq lag tot am Boden, seine leeren Augen starrten in die Schatten unter der Höhlendecke, sein Mund war noch geöffnet zu dem Schrei, der in Saryons Kopf widerhallte. Neben dem Hexenmeister stand Joram, das Gesicht im Licht des Mondes kalkweiß. Seine Hände umfaßten den Griff des Dunklen Schwertes, das aus der Brust des Toten ragte. Mit einem Ruck zog er es heraus.

Der Katalyt brachte kein Wort heraus. Der Todesschrei des Mannes dröhnte ihm noch in den Ohren. Er starrte Joram an und bemühte sich, einen klaren Gedanken zu fassen.

»Warum?« flüsterte er endlich.

Joram hob den Blick, und Saryon erkannte das verstohlene Lächeln in seinen Augen.

»Er wollte Euch angreifen, Katalyt«, antwortete der junge Mann kalt. »Ich habe ihn daran gehindert.«

Das Bild des hilflos kriechenden, scharrenden Körpers stand Saryon lebhaft vor Augen. Er spürte, wie ihm eine brennende Flüssigkeit in den Mund stieg und würgte. »Du lügst!« stieß er zwischen zusammengebissenen Zähnen hervor.

»Nun komm schon, *Saryon*«, meinte Joram sarkastisch. Er trat über den Leichnam hinweg, bückte sich nach dem Tuch, das auf dem Boden lag, und begann, das Blut von der Klinge zu wischen. »Es ist vorbei. Ihr braucht Euch nicht mehr zu verstellen.«

»Verstellen?« fragte Saryon. »Wie kommst du darauf? Ich verstehe …«

»Almins Blut! Wofür haltet Ihr mich? Für Mosiah?« Joram lachte, aber es hörte sich an wie ein Knurren – bitter und häßlich. »Als würde ich auf dieses frömmelnde Gewäsch hereinfallen. ›Ich werde eine Transversale öffnen. Du bringst dich in Sicherheit …‹ Ha!« Er warf den blutigen Lappen auf den Boden und legte das Schwert behutsam daneben. »Habt Ihr Euch eingebildet, ich würde Euch das abkaufen? Ich habe Euren Plan durchschaut. Sobald die Transversale offen gewesen wäre …«

»Nein! Du irrst dich!«

Saryons leidenschaftlicher Ausruf ließ Joram überrascht verstummen. Er wandte den Kopf und schaute Saryon prüfend ins Gesicht. »Da soll mich doch – ich glaube fast, Ihr meint es ernst«, sagte er ungläubig.

Der Katalyt vermochte nicht zu antworten. Er sank auf die Werkbank nieder und schloß die Augen. Ihn fror. Dem Hexenmeister gelang es offenbar noch im Tode, Rache zu nehmen. So, wie der Katalyt ihm die Magie entzogen hatte, hatte sein Schrei Saryon allen Lebenswillen geraubt. Frierend, von Übelkeit gepeinigt, erfüllt den Haß auf sich selbst und den jungen Mann, wünschte Saryon sich seinen Glauben zurück, um von dem Almin die Gnade des Todes erbitten zu können.

Er hörte Jorams Schritte hinter sich. »Ihr *habt* es ernst gemeint«, wiederholte der junge Mann.

»Ja«, nickte Saryon müde, »ich meinte es ernst.«

»Ihr habt mein Leben gerettet«, fuhr Joram leise fort, »und Euer eigenes dabei riskiert. Ich weiß es. Ich habe gesehen ...«

Saryon fühlte die Berührung einer Hand an seiner Schulter. Überrascht hob er den Blick und schaute in das vom schwindenden Mondlicht erhellte Gesicht. Die Augen verrieten Sehnsucht, Hunger nach Liebe. Vor diesen Augen mußte Saryon sich endlich eingestehen, was er von Anfang an gewußt hatte.

»Vor vielen Jahren«, wisperte es in ihm, »hielt ich dieses Kind auf den Armen!«

Er wollte nach Jorams Hand greifen, die unbeholfen auf seiner Schulter lag, aber schon wurde sie zurückgezogen.

»Warum?« verlangte Joram zu wissen. »Was wollt Ihr von mir?«

Saryon starrte den jungen Mann verständnislos an, dann verzog ein mattes, trauriges Lächeln seine Lippen. »Ich will gar nichts von dir, Joram.«

»Ihr müßt einen Grund gehabt haben, Katalyt. Und kommt mir nicht mit dem honigsüßen Sermon, den Ihr Leuten wie Mosiah um den Bart schmiert. Ich kenne Euch. Für Eure Opferbereitschaft gibt es einen Grund.«

»Ich habe es dir gesagt.« Saryon richtete den Blick auf das Schwert, das am Boden lag wie ein anderer Leichnam. »Ich habe geholfen, dieses – dieses Werkzeug der Finsternis in die Welt zu bringen. Ich habe Schuld auf mich geladen. Es hat Blut vergossen, es hat ein Leben geraubt ...«

»*Ich* habe das Blut vergossen! *Ich* habe das Leben geraubt!« rief Joram und stellte sich vor den Katalyten. »Das Dunkle Schwert war nur ein Werkzeug in meiner Hand. Hört auf, von dem verdammten Ding zu reden, als wäre es lebendiger als ich!«

Saryon antwortete nicht. Mit langsamen, unsicheren Schritten ging er zu Blachloq und kniete neben ihm nieder. Beim Anblick der grausigen Wunde überkam ihn Brechreiz, er biß die Zähne zusammen, streckte die Hand aus und schloß die Augen, die mit dem Ausdruck ungläubigen Entsetzens ins Leere starrten. Als er nach den kalten Händen griff, um sie auf der Brust zu falten, wie es Tradition war, wurde der Brechreiz übermächtig, er stand hastig auf und wandte sich ab. Von einer Welle der Übelkeit geschüttelt, stützte er sich kraftlos auf die Werkbank.

»Ich werde den Leichnam im Wald verstecken«, sagte Joram.

Saryon hörte ein Rascheln, drehte sich um und sah, wie der junge Mann dem Toten die Kapuze über das Gesicht zog und ihn in seinen Umhang hüllte. »Wenn man ihn findet, wird man glauben, die Zentauren hätten ihn getötet.«

Einen *Duuk-tsarith*? dachte Saryon, aber er schwieg. Es war ihm auch gleichgültig. Bei einem wehmütigen Blick nach draußen erwartete er fast, den ersten Schimmer der Morgenröte am Horizont aufflammen zu sehen, aber der Mond war gerade erst untergegangen. Die Flut der Nacht hatte ihren Höchststand kaum überschritten. Er sehnte sich nach seinem Bett. Er wollte sich hinlegen, sich den Umhang über den Kopf ziehen, und vielleicht fand er endlich den Schlaf, der ihn seit vielen Nächten floh.

»Hört zu, Katalyt!« Jorams Stimme klang hart. »Der einzige Mensch, der außer Euch und mir von dem Dunklen Schwert wußte, ist tot ...«

»Das ist also der Grund, weshalb du ihn getötet hast.«

Joram ging über seinen Einwurf hinweg. »Dabei muß es bleiben. Während ich die Leiche wegschaffe, nehmt Ihr das Schwert und kehrt zum Gefängnis zurück.«

»Blachloqs Männer sind im ganzen Dorf unterwegs und suchen nach dir«, gab Saryon zu bedenken. Er dachte an den Aufruhr, der entstanden war, als er Jorams Verschwinden meldete. »Wie willst du ...«

»Was glaubt Ihr denn, wie ich hereingekommen bin? Es gibt noch einen Ausgang«, erklärte Joram ungeduldig. »Der Schmied hat ihn seit einem Jahr benutzt, um seine heimlich geschmiedeten Waffen hinauszuschmuggeln.«

»Waffen?« fragte Saryon verständnislos.

»Ja, Katalyt. Blachloqs Tage waren gezählt. Die Technologen planten eine Rebellion. Wir haben also nichts weiter getan, als den Ereignissen vorgegriffen, aber das ist jetzt nicht so wichtig! Nehmt das Schwert und geht zum Gefängnis zurück. Niemand wird Euch aufhalten, denn man weiß, daß Ihr mit Blachloq zusammengewesen seid. Wenn man Euch doch fragt, dann erzählt ihnen, der Hexenmeister hätte meine Spur gefunden und mich in die Wildnis verfolgt. Und mehr wißt Ihr nicht.«

»Ja«, murmelte Saryon.

Joram betrachtete ihn mit zusammengezogenen Brauen. »Habt Ihr mir überhaupt zugehört?«

»Ich habe zugehört!« entgegnete Saryon streng. »Und ich werde tun, was du gesagt hast. Mir ist ebenso wie dir daran gelegen, daß niemand von dieser furchtbaren Waffe erfährt.« Er richtete sich auf und schaute dem jungen Mann geradewegs ins Gesicht. »Du mußt sie vernichten. Wenn du es nicht tust, tu ich's.«

Die beiden Männer standen sich gegenüber auf einer vom

rötlichen Leuchten der glosenden Kohlen aus der Dunkelheit hervorgehobenen Insel. »Wenn jemand käme und würde Euch die Magie anbieten, Katalyt?« fragte er leise. »Wenn jemand zu Euch sagte: ›Hier ist die Macht. Du brauchst nicht mehr wie ein Tier auf der Erde zu gehen. Du kannst fliegen. Ruf den Wind. Lösch die Sonne aus und hol dir die Sterne vom Himmel, wenn dir danach zumute ist.‹ Was würdet Ihr tun? Das Angebot zurückweisen?«

Würde ich es zurückweisen? Saryon mußte an seinen Vater denken. Er sah einen kleinen Jungen die verhaßten Schuhe von den Füßen stoßen, während er in den Armen eines Zauberers über die Erde schwebte.

»Das ist meine Magie«, sagte Joram und richtete den Blick auf das Schwert zu seinen Füßen. »Morgen breche ich nach Merilon auf. Wenn Ihr immer noch darauf besteht, könnt Ihr mich begleiten. Dort, in Merilon, in der Stadt, die meine Eltern ins Unglück stürzte und mich meines Geburtsrechts beraubte, wird dieses Schwert mir die Sterne vom Himmel holen und sie in meine Hand geben. Nein, ich werde es nicht zerstören.« Er schüttelte den Kopf. »Und Ihr auch nicht.«

»Warum nicht?« fragte Saryon.

»Weil Ihr geholfen habt, es zu erschaffen.« Der rote Widerschein der Glut huschte über sein Gesicht. »Weil Ihr geholfen habt, es in die Welt zu bringen. Weil Ihr ihm Leben eingeflößt habt.«

»Ich ...« begann Saryon, aber dann versagte ihm die Stimme. Er hatte zuviel Angst, in sich selbst nach der Wahrheit zu forschen.

Joram nickte zufrieden. Während er zu dem Leichnam trat, gab er Anweisungen. »Wickelt das Schwert in diese Tücher. Wenn Euch jemand anhält, sagt, daß Ihr ein Kind im Arm habt. Ein totes Kind.« Mit einem lächelnden Blick auf den bleichen, zitternden Katalyten, fügte er hinzu: »Euer Kind, Saryon, Eures und meines.«

Er bückte sich und hob den Leichnam des Hexenmeisters

vom Boden auf. Nachdem er ihn über die Schulter gewuchtet hatte, machte er sich zwischen den herumliegenden Werkzeugen, den Holzstapeln und Kohlehügeln auf den Weg in den hinteren Teil der Höhle. Die schlaff herabhängenden Hände des Toten schwangen bei jedem Schritt hin und her; es sah aus, als versuchte der tote Hexenmeister etwas zu greifen, sich in der Welt festzuklammern, aus der man ihn mit Gewalt vertrieben hatte. Schließlich tauchte Joram mit seiner schaurigen Last in den Schatten unter. Saryon blieb allein in der Schmiede zurück und starrte auf das Dunkle Schwert.

Lange Zeit stand er dort, unfähig, sich zu bewegen. Dann überkam ihn ein merkwürdiges Gefühl – als würde er sich langsam vom Boden erheben. Er stieg höher und sah, wie er langsam zu dem Schwert hinüberging. Die unsichtbare Kraft trug ihn immer weiter empor, er entfernte sich weiter und weiter von diesem anderen Saryon, der das Schwert in Tücher hüllte, es mit großer Behutsamkeit in die Arme nahm und die Schmiede verließ.

Die schwere Eichentür schloß sich hinter den schlurfenden Schritten des Katalyten und dem Rascheln seiner Gewänder. Stille flutete in die Schmiede zurück wie das Meer in die Häuser einer versunkenen Stadt. Das Klirren von Metall zerriß diese Ruhe wie ein Donnerschlag. Eine große Zange rutschte von dem Nagel, an dem sie hing, und landete klatschend in einem Eimer mit Wasser.

»Verdammt«, brummte die Zange. »Habe das blöde Ding im Finstern nicht gesehen.«

Das Klappern eines umstürzenden Eimers wurde begleitet von einem reichhaltigen und abwechslungsreichen Repertoire an Flüchen, bis Simkin aus dem Durcheinander zum Vorschein kam und mitten in der Schmiede stand.

»Meiner Treu«, bemerkte der junge Mann, strich sich das

Wasser aus dem Bart und schaute sich um, »was in so einem kleinen Dorf nicht alles geboten wird. Superb. Ich habe mich nicht mehr so gut unterhalten, seit der alte Graf von Mumsburg an einem etwas stürmischen Herbsttag einen aufsässigen Dienstboten über seinem Schloß steigen ließ. Band ihm ein Seil um den Fußknöchel und machte das andere Ende an der Turmspitze fest. ›Der Bursche hat versucht, sich über seinen Stand zu erheben‹, sagte Mumsburg zu mir, derweil wir zuschauten, wie der Mann sich neben dem Wetterhahn drehte. ›Jetzt weiß er, wie das ist.‹«

Kopfschüttelnd ging Simkin zu der Stelle, wo das Blut aus der tödlichen Wunde des Hexenmeisters in den Sand auf dem Boden der Schmiede eingesickert war. Er schnippte mit den Fingern, und ein orangefarbenes Seidentuch erschien in der Luft, sank gemächlich herab und bedeckte den dunklen Fleck. Mit einem erneuten Fingerschnippen ließ Simkin das Tuch und den Blutfleck verschwinden.

»Auf Ehre«, murmelte er mit einem Lächeln voller Vorfreude, »wir werden viel Spaß haben in Merilon.«

Dann war auch Simkin verschwunden, vom Winde verweht.

Der letzte Trumpf

Das Abendessen im kleinen Kreise bei Bischof Vanya wurde abgesagt.

»Seine Heiligkeit sind indisponiert«, lautete die Nachricht, die den Geladenen von den Ariels überbracht wurde. Zu ihnen gehörte der Schwager des Kaisers, der um so häufiger ins Baptisterium geladen wurde, je mehr der Gesundheitszustand seiner Schwester sich verschlechterte. Jeder zeigte sich äußerst verständnisvoll und ließ dem Bischof die besten Genesungswünsche übermitteln. Der Kaiser bot sogar an, ihm seinen eigenen *Theldarn* zu schicken, aber Vanya ließ dankend versichern, es handle sich nur um eine vorübergehende Unpäßlichkeit.

Der Bischof speiste alleine, und zwar in so gedankenverlorener Stimmung, daß er ebensogut am karg gedeckten Tisch seiner Feld-Katalyten hätte sitzen können, statt sich mit Delikatessen bedienen zu lassen, die er achtlos verzehrte.

Nachdem er das Tablett hatte abräumen lassen, trank er einen Weinbrand und richtete sich darauf ein, zu warten, bis der winzige Mond in dem Zeitglas auf seinem Schreibtisch im Zenit stand. Anfangs fiel es ihm schwer, ruhig sitzen zu bleiben, aber dann gab es so viel zu überlegen, daß die Zeit schneller verging als erwartet. Die plumpen Finger krochen wie bleiche Spinnen über die Armlehnen des Sessels.

Die Kaiserin – eine Fliege, die bald tot sein würde.

Ihr Bruder – der Erbe des Throns. Eine andere Art Insekt; er verlangte besondere Aufmerksamkeit.

Der Kaiser – sein Geisteszustand war prekär, selbst unter den günstigsten Bedingungen; der Tod seiner geliebten Frau und der Verlust seiner Position konnten durchaus den völligen Zusammenbruch zur Folge haben.

Sharakan – die übrigen Reiche in Thimhallan beobachteten diesen rebellischen Staat mit zu großem Interesse. Er mußte zur Räson gebracht, den Ambitionen des Herrschers ein Riegel vorgeschoben werden. Gleichzeitig bot sich die Gelegenheit, die Adeptenbrut des Neunten Mysteriums ein für allemal auszurotten. Diese Pläne entwickelten sich äußerst zufriedenstellend – oder hatten sich bisher äußerst zufriedenstellend entwickelt.

Vanya bewegte sich unruhig und warf einen Blick auf das Zeitglas. Der kleine Mond erschien über dem Horizont. Mit einem unwilligen Knurren schenkte der Bischof sich einen zweiten Weinbrand ein.

Der Junge. Zum Henker mit dem Jungen. Und mit diesem verfluchten Katalyten ebenfalls. Arkanum. Vanya preßte die Lippen zusammen. Er befand sich in tödlicher Gefahr. Falls jemals irgend jemand des unverzeihlichen Fehlers gewahr wurde, den er sich geleistet hatte …

Vanya sah die gierigen Augen vor sich, die jeden seiner Schritte beobachteten und darauf warteten, daß er strauchelte. Die Augen des Kardinals von Merilon, der angeblich bereits Entwürfe für die Umgestaltung der Privatgemächer des Bischofs im Baptisterium anfertigen ließ. Die Augen seines eigenen Kardinals, zwar kein großes Licht, aber ein Mann, der sich mit zäher Beharrlichkeit aus den unteren Rängen heraufgearbeitet hatte. Und es gab noch andere, die lauerten und warteten … Bei der geringsten Witterung von Schwäche würden sie sich auf ihn stürzen wie Greife und ihn mit ihren scharfen Krallen in Stücke reißen.

Aber nein! Vanya ballte die plumpe Faust, dann entspannte er sich mit einer deutlichen Willensanstrengung. Es gab keinen Anlaß zur Sorge. Er hatte auch für die unwahrscheinlichsten Fälle vorgesorgt.

Der Bischof erwachte aus seinem Grübeln, bemerkte, daß der Mond sich dem höchsten Punkt des Zeitglases näherte, wuchtete den massigen Leib aus dem Sessel und begab sich mit bedächtigen, gemessenen Schritten zur Krypta.

Die Dunkelheit war leer und still. Kein Anzeichen dafür, daß sein Vasall ihn bereits ungeduldig erwartete. Vielleicht war das ein gutes Zeichen, meinte Bischof Vanya zu sich selbst, während er auf dem Sessel in der Mitte dieser Nische außerhalb der Welt Platz nahm.

Er wartete.

Die Finger, die den Kardinal so lebhaft an fette Spinnen erinnerten, zuckten ungeduldig.

Vanya rief erneut.

Vielleicht werde ich antworten, vielleicht auch nicht, hatte die Stimme gesagt. Ja, das sähe ihm ähnlich, diesem arroganten …

Vanya stieß einen Fluch aus, er umklammerte die Sessellehnen, Schweiß strömte über sein Gesicht. Er *mußte* es wissen. Es hing zuviel davon ab! Vielleicht …

Ja!

Der Griff der Hände lockerte sich. Vanya dachte nach. Er hatte sogar für diesen unwahrscheinlichen Fall vorgesorgt – ohne es auch nur zu ahnen – der Beweis für wahres Genie.

Bischof Vanya lehnte sich zurück und berührte mit seinen Gedanken einen anderen Strang des Netzes. Sein Ruf ging hinaus an jemanden, der ganz sicher nicht darauf vorbereitet war, ihn zu empfangen.

ENDE

Joram muß fliehen, und er zieht ausgerechnet nach Merilon, in die Stadt seiner geheimnisvollen Herkunft. Doch welch große Gefahren ihn auf der Reise dorthin erwarten, erfahren Sie im nächsten Band:

DER WEG NACH MERILON

(Bastei-Lübbe Taschenbuch, Band 20171)

Band 20 159
Margaret Weis &
Tracy Hickman
Kind des Todes
Deutsche Erstveröffentlichung

In dem edlen Reich von Merilon bedeutet Magie Leben. Jedes Kind, das ohne magische Fähigkeiten zur Welt kommt, wird ausgestoßen und ist dem Tod geweiht – ein grausames Schicksal, das auch dem jungen Joram droht. Doch die verrückte, zerlumpte Zauberin Anja schützt ihren Sohn, damit er heranwachsen und selbst das dunkle Mysterium seiner Abstammung lösen kann. Eines Tages aber kann auch sie die Katastrophe nicht mehr verhindern: Ein Wächter entdeckt das Geheimnis des Jungen.

DAS DUNKLE SCHWERT – ein neues, ungewöhnliches Fantasy-Epos voller Magie und Abenteuer. Von den zur Zeit erfolgreichsten Autoren des Genres.

BASTEI LÜBBE

Sie erhalten diesen Band im Buchhandel, bei Ihrem Zeitschriftenhändler sowie im Bahnhofsbuchhandel.

Band 28 198

**Margaret Weis/
Tracy Hickman**

Himmelsstürmer
Die vergessenen Reiche, Band 1

Deutsche Erstveröffentlichung

Vor undenklichen Zeiten teilten mächtige Zauberer die Welt in vier Reiche auf. Dann verschwanden sie, ihr Zauber verblaßte, und ein Schleier des Vergessens legte sich über die Welt: Nur wer durch das Tor des Todes geschritten ist, vermag die Rätsel der vier Reiche zu erschauen.

Arianus, das Reich des Himmels, ist eine Welt voller schwebender Inseln, wo Menschen, Elfen und Zwerge leben und seit Jahrhunderten um die wenigen kostbaren Quellen kämpfen. In diesen erbitterten Krieg gerät der Meuchelmörder Hugh, als er einen höchst sonderbaren Auftrag bekommt: Der König befiehlt ihm, seinen eigenen Sohn, den Prinzen, zu entführen – und zu töten. Hugh hat keine Wahl. Wenn ihm sein Leben lieb ist, muß er sich dem König beugen. Doch seine Pläne gehen gründlich schief. Sein Drachenschiff stürzt ab, und Hugh ahnt bald, daß mehr auf dem Spiel steht als das Leben des Prinzen . . . vielleicht das Schicksal einer ganzen Welt.

BASTEI LÜBBE

Sie erhalten diesen Band im Buchhandel, bei Ihrem Zeitschriftenhändler sowie im Bahnhofsbuchhandel.